JN030569
清張

憧れて

清張さんの灰皿

みうらじゅんの灰皿

清張さんに

マイ愛用品セレクション

松本清張

メガネ

掛け時計

時計

筆記用具

みうらじゅん

メガネ

掛け時計

時計

筆記用具

みうらじゅん、清張「冷マ」を配る

2018年7月21日、松本清張記念館開館20周年記念特別企画展「清張オマージュ展」のオープニングに駆けつけたみうらじゅんは、テープカットに参加し、オリジナルの「冷マ」（冷蔵庫に貼るマグネット）を来場者一人ひとりに配布した。

看板の絵もみうらの作品

清張十二面相

NHK「土曜ドラマ　松本清張シリーズ」では、
原作だけでなく、脇役俳優としても活躍した松本清張。
そのすばらしい出演シーンをみうらじゅんが色鉛筆で再現！

「火の記憶」(78)
元刑事

「たずね人」(77)
政界の大物

「最後の自画像」(77)
雑貨屋の老人

「天城越え」（78）
巡礼者

「事故」（75）
遊園地の整備員

「一年半待て」（78）
裁判官

「棲息分布」（77）
経済評論家

「虚飾の花園」（78）
ファッション界の大物

（　）は放送年

「愛の断層」（75）
タクシー運転手

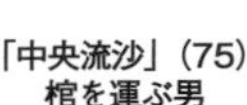
「中央流沙」（75）
棺を運ぶ男

「遠い接近」（75）
闇市の洋モク売り

「依頼人」（77）
花屋

NHKの土曜ドラマは、当時何度か見たことがあって、清張さんが『ヒッチコック劇場』のようにカメオ出演されていたことも覚えている。しかし、その頃の僕はまだ、清張小説の熱心な読者ではなかった。

今回、改めて見直し、さらに清張さんの出演シーンをイラストに起こしてみたところ、清張さんの百面相ともいえる役柄の成り切り様に、カメオ出演の枠を逸脱した意気込みを感じた。

時は70年代、チャールズ・ブロンソンやアーネスト・ボーグナインなどの性格俳優がスターであり、日本にも、志村喬や映画『砂の器』の加藤嘉といった、やたら個性の光る脇役俳優が大勢いた。

ひょっとして清張さんは俳優業も本気で考えておられたのではないか。主役のドラマや映画が見たかったものである。

文春文庫

清張地獄八景

みうらじゅん編

文藝春秋

清張地獄八景

はじめに

反面清張――この生き地獄をどう切り抜けるか？

地位と金を「成功」の象徴と捉える人はいずれ清張地獄に堕とされる。それを得たという満足感が油断を招くからだ。

汗水垂らしてコツコツやってきた故の、または卑怯な手を使って摑んだ「幸せ」という幻想。たかぶる気持ちが抑え切れなくなり、そんな自分に御褒美を与えたくなる。それくらいは神様も許してくれるだろうと高を括るが、どっこいその瞬間から清張地獄のカウントダウンは始まるのだ。

それは必ず、偶然を装ってやって来る。取り立ててマズイ現場を押さえられたわけじゃないのに、真綿で首を絞められるようにジワジワと近づいてくる。気が付いた時は既に遅く、荒れる日本海のせり出す崖に立たされている。

早目に反省、謝罪してしまえばいいのだが、追い込まれし者はどうにか隠蔽をしようと画策する。そこも清張地獄はお見通し。

〝見とるぞ見とるぞ〟と、どこかで呟く声がする。

因果応報。そんな自然の摂理も分からなくなるほどＤＳ（どうかしてる）状態が続くと人は犯罪に手を染める。

だから、人は驕（おご）るなかれ。決して他人の芝生を青く見るな。

安定とは不安定と不安定の隙間にある小さな止まり木くらいに思っていたほうが賢明なのである。

僕は30代半ばから、清張小説を反面教師ならぬ、反面清張と思って読んできた。かく言う僕も、清張地獄行き確定な人生を歩んできたからである。

〝どうにかこのままバレずにいたい〟〝イチからやり直すのだけは御免だ〟、そんな僕の心の声は清張地獄に筒抜けだった。

ちなみに清張地獄とは死んでからの地獄ではない。生き地獄のことだ。

その〝見とるぞ見とるぞ〟という呟き声の主はもう一人の自分であるからし

て、どんな悪考も悪事もすぐにバレてしまう。要するに裁くも、裁かれるも自分なのだ。

ようやく僕は最近、清張地獄からの脱出方法が少し見えてきた気がしている。それは〝イチからやり直すのだけは御免だ〟を改め、〝そこがいいんじゃない！〟とすること。そして、それを念仏のように日々唱えて暮らしていけば、清張地獄も、そんな呑気な考えに呆れ、対象から外されるのではないか？

さぁ、あなたならこの生き地獄をどう切り抜けるか？　本書が脱出のガイドブック的役割を果たすことを切に望む所存である。そして、この本の制作にあたり、原稿の再録をご快諾してくださった方々に感謝いたします。

２０１９　令和元年　みうらじゅん

MIURA JUN 2001

清張地獄の門

『ゼロの焦点』——因果応報の世界

NHK出版「NHK知る楽」2009年10—11月号掲載

みうらじゅん

結婚してから読め！

松本清張を語るにあたって、僕にはまず、言いたいことがあります。

それは、清張の作品は、家庭を持ってから読んでほしいということです。

結婚して、できれば子供もいる夫がいい。まああの仕事にありつけていて、そこそこの暮らしができている人なら、もっといい。「これが幸せというやつか」なんて、プチ守りに入っている人なら、言うことありません。加えて、そうでありながら、心の底に、「もうちょっと刺激がほしい」とか「ばれなきゃいいんじゃないか」みたいな不埒な欲望が渦巻いている人だったら、どんぴしゃのベストだと思います。

なんでこんなヘンなことを言うかというと、巨人的大作家・松本清張の作品の核をなしている要素の一つに、「不倫」というものがあるからです。

え？　そんなのは僕の独断と偏見だと？

いやいや、そんなことはない。『日本の黒い霧』や『日本史発掘』みたいなノンフィクションは別として、それ以外のほとんどの清張作品の根底には、女にまつわるどろどろの痴情話が、程度の違いこそあれ、通奏低音のように流れているのです。

じつは僕自身も、かつては、清張の作品をそういうふうには見ていませんでした。読みはじめたのは高校生ぐらいだったと思いますから、ぜんぜんリアルじゃなかった。ピンともこなかった。その部分の面白さがわからなかったのです。

ところが、結婚して、子供もできて、守らなきゃいけないものがたくさんできたときに読み返したら、「なんだ、これ！」と、目からうろこが落ちました。あまりにも自分の深層心理にビンゴしていて、息が詰まるほどグッときた。そして、こう思ったのです。

——これは、ホラーじゃないか！

それなりに努力して築き上げた社会的地位が、「ちょっとしたできごころ」のために、もろくも崩れ去っていく。まさに「砂の器」です。この「崩れ落ちていく」感は、ひとりものの学生なんかにゃわかるはずがない。

――清張作品は、「守り」に入った人間でないと味わえないものなんだな。

と、しみじみ思いました。

僕のおすすめの不倫作品（なんてカテゴライズしてはいけないんだろうけど）を、いくつかあげてみます。

たとえば、検事とブローカー的人物の奥さんが道ならぬ恋に落ちる『波の塔』[*1]なんていうのがあります。

経験のある方はご存じだと思いますが、不倫カップルというのは、人目を避けたいがために、なにかと「旅行」に行きたがります。彼らもご多分にもれず中央線で山梨方面に行くのですが、そういう時に限って……、アクシデントが起こる。台風が来て電車が止まって帰れなくなるという、大岡昇平の『武蔵野夫人』[*2]ばりの展開になるのです。それでも彼らは暴風雨中を強行突破して帰路につくのですが、着ていた服に、東京ではめったにお

＊1『波の塔』
『女性自身』一九五九年五月二十九日号～六〇年六月十五日号に連載。小説の影響で、「青木ケ原」樹海での自殺者が増えたといういわくが伝わる。

＊2『武蔵野夫人』
一九五〇年。武蔵野に住む富裕な人妻の恋愛を描いたいわゆる「姦通小説」。フローベール、ラディゲなどのフランス文学に想を得ている。

目にかからない梨の葉っぱがくっついていて、バレてしまう。

アクシデントによって帰れなくなる、というパターンでは、「箱根心中」[*3]というのもあります。この二人の場合はそれほど明確な浮気意識があったわけではなく、ちょっとした冒険で箱根に遠出しただけだったのですが、運悪く自動車事故に巻き込まれ、ケガをして、やむなく何泊かするはめになります。そのうちにほんとにデキちゃって、帰るに帰れなくなって、結局、心中に追い込まれるのです。こういうなりゆきも案外ありそうで、かなりの恐怖。

そして、タイトルからしてそのものずばりなのが、「弱味」[*4]です。そこそこ地位のある役人が愛人と密会旅行して旅館に泊まったところ、泥棒に入られて、財布から着るものから一切がっさいを盗まれてしまう。しかた

＊3 「箱根心中」『婦人朝日』一九五六年五月号に掲載。

＊4 「弱味」『オール讀物』一九五六年三月号に掲載。

なく、仕事で目をかけてやっている出入り業者に電話して窮地を救ってもらうのですが、その後、この一件をネタにゆすりたかりが始まり、破滅に追い込まれるのです。これなどは、怪談に近い恐ろしさ。

「清張作品の醍醐味の一つは不倫だ」という僕の主張は、必ずしも同意を得られず、「そーいうことは、一般にはあまり指摘されていません」などと反論されることがありますが、そんなのは嘘だ！ 清張を愛する読者（とくに中年男）が、こんな重要な事実を見逃しているはずがないじゃないですか。

しかし、その理由もわからなくはないのです。それは、あまりにも「どんぴしゃ」に言い当てているため、話題にできない人が多いんじゃないかということです。うかつに女房の前で「清張のあれ、身につまされるよナア」などと言おうものなら、「あら、アナタもそうなの」みたいに疑いをもたれかねない。それこそ、「無用の一言」からものごとが破綻していく「清張的展開」になってしまう。

だからこそ、いま僕は、「やぶへび」を恐れて口をつぐんでいる百万の男たちになり代わって、清張／不倫メインテーマ説を主張したいと思うのです。

加えて、再度言いたいことは……、

清張を本当に楽しみたかったら、まず結婚するべし。結婚してちっちゃな幸せみたいなものを築くべし。その後に読めば、百倍グッとくること請け合いですから。

グッとくるグッド・クリフ

松本清張といえば、「代名詞」のように、『点と線』の「時刻表トリック」などが語られたりしますが、正直言って、推理小説のトリックというのは時代がたてば古くなるのが常。トリックというのは、清張ならずとも必ず陳腐化するものだから、しかたがないんです。

そんなことよりも重要なのは、清張の作品には、トリックの妙よりももっとすごい魅力があるということ。一九五〇年代に書かれた作品などは、すでに半世紀もたっているのに、いまだに多くの人に読み継がれています。それはなぜかというと、清張の作品には、時間がたっても古びない「普遍的な要素」がたくさん含まれているからだと思います。

たとえば、ドロドロの「野心」、保身に走る「気の弱さ」、醜くていやらしい「業(ごう)」、やみがたく渦巻く「独占欲」、他者を蹴落としてのしあがろうとする「功名心」……。さっき言った不倫なんかも、ここに入りますね。

清張は人間が生きている限りまとわりついてくるこうした「負」の要素を、「これでもか!」というくらい暴き出してみせた。そのあたりがリアルだからこそ、清張作品はいつまでも色あせず、恐いくらいの存在感をもって、輝きつづけているんでしょう。

そのようなことで愛されつづけてきた清張作品ですが、あえて「この一本！」みたいなものを選ぶとしたら――。僕は、『ゼロの焦点』を挙げたいと思います。なぜなら、『ゼロの焦点』には、いわゆる「清張的な要素」が、全部入っているからです。

この作品の最大のインパクトは、やはり舞台地の[*5]「能登金剛」（ヤセの断崖）の、やるせなさの極致のような雰囲気にあると思います。

じつは、僕は九〇年代、「崖っぷちブーム」という「マイブーム」にはまり、日本全国の崖をめぐったことがあるのですが、その中でも最高にグッときたのが、「能登金剛」でした。自殺しにいく以外、何も用がない

＊5「能登金剛」
能登半島の西岸に位置する断崖。数十キロにわたって奇勝奇岩が続く。「巌門」「ヤセの断崖」などの見どころがある。石川県羽咋郡志賀町。

ような鉛色の海、鉛色の空。そして、その名の通り、瘦せこけてあばらが浮いたような断崖絶壁。じつに「グッとくるグッド・クリフ」です。

舞台地の設定が最高なら、時代背景や人物の過去などの設定も、これ以上あるかというくらい、やるせないんです。

ヒロインの夫は鵜原（うはら）という元警官で、その後広告代理店に勤め、北陸出張所の主任になった男です。彼は能登の寒村に内縁の妻を持っているのですが、そんな暗くウエットな裏日本の暮らしをぜんぶ捨てて、若く美しいヒロインと二人、東京で新生活を始めようとします。しかし、そう簡単には、ことは運びません。

中途半端なやさしさゆえに能登の女に別れを切り出せず、悩んでいるところに、「自殺したように見せかけて、この土地から消えちゃえばいい」と入れ知恵する人間が現れます。それは、いまは金沢の名流婦人に収まっているが、戦後の占領期、東京の立川で街娼をしていた女です。彼女はひたかくしにしている過去を元警官の彼に「知られている」ことを極度に恐れていて、その秘密を守るために、自殺の偽装に協力するふうを見せかけて、断崖から突き落としてしまうのです。

「米兵相手の娼婦」「知られたくない過去」「寒風吹きすさぶ裏日本」「内縁の妻、美しい新妻」「いつわりの二重生活」……。何とも言えないマイナス要素のオンパレードです。

『ゼロの焦点』は、刊行から間をおかずして映画化され[*6]たのですが、映画がまたなかなか秀逸です。死にたくなるような断崖の風景、死にたくなるような貧しい農家、その上に、死にたくなるような芥川也寸志の音楽が流れて、これ以上のお膳立てはないんじゃないかと思いまし

＊6 映画『ゼロの焦点』 一九六一年、松竹映画。監督：野村芳太郎、出演：久我美子、高千穂ひづる、有馬稲子ほか。

た。

少々キワモノ的な発言になりますが、『ゼロの焦点』といえば、いつも反射的に思い出すシーンがあります。それは、鵜原が新妻のヒロイン（映画では久我美子さんが演じています）と新婚旅行に出かけ、いっしょに風呂に入って、妻をなめるように見て、「君は、若い身体をしているんだね」とか言うところ。これに対して、妻は「いやですわ」と言いながら、心の中で「また誰かと比較された……」とつぶやくんです。これがなんともいえず清張チックに粘～っこくて、グッときます。

仏教観？　神様目線？

よく言われることですが、清張作品には、「心温まるハートフルな人」みたいな人物は、ほとんど出てきません。自己チューだったり、身勝手だったり、ウソつきだったり、守銭奴（しゅせんど）だったり……。むしろ嫌なやつのほうが多いといえるでしょう。

だから、捕まってもそれほど気の毒という感じはしないし、当然の報いというふうにしかみえなかったりする。

でも、罪を犯した彼らがほんとに悪人なのかと問うてみると、そうでもないことも多い気がします。

たとえば、映画にもなった『影の車』[*7]という作品があります（『影の車』は短編集のタイトルで、映画の原作はそのうちの「潜在光景」）。主人公の男は、昔の知り合いと二十年ぶりに再会し、愛人関係になるのですが、彼女の家を訪ねるうちに、彼女の息子に悪意を持たれているような気がしはじめ、次第に身の危険を感じるようになり、ついには子供を殺してしまうのです。

表面だけをなぞれば、この男は家庭があるのに浮気し

＊7 『影の車』
『婦人公論』一九六一年一月号～八月号に発表された連作短編。「潜在光景」はこのうちの一つ。他に「薄化粧の男」「鉢植を買う女」など。

て、相手の子供まで殺した極悪人です。でも、彼がなぜそんな凶行に及んだかというと、彼自身、昔、母親に男ができて、「お母さんを取られたくない」一心で相手の男を殺した経験があり、その記憶がダブって、子供が自分を殺そうとしているかのように錯覚してしまったのです。

それを思えば、別に冷血漢でも凶悪犯でもないわけで、むしろ人一倍「罪悪感」にさいなまれやすい、ただの中年男だということができます。

同じようなことは清張の他の多くの作品にもいえます。極端な話、悪人のファーストクラスのメンバーみたいな『わるいやつら』[*8]の院長だって、よく考えれば、それほど「わるいやつ」でもない。たしかに、女を金づるとしか考えない非道さはあるけれど、殺人現場を何度も確認しにいってしまう小心者でもあり、ずるずると昔の

＊8 『わるいやつら』 『週刊新潮』一九六〇年一月十一日号〜六一年六月五日号に連載。「色と欲」の塊の病院長が破滅するまでを描く。

女を捨てきれないウエットさもあり、また、本気で惚れた女性には手もなく騙されてしまう初心（うぶ）さもある。

もし彼がほんとうに血も涙も感情もない愉快犯みたいな男だったら、案外、完全犯罪が成立したかもしれません。でも、そうじゃなかったから、結局破綻して、網走刑務所行きになってしまったのです。

その意味では、清張の描く犯人たちは本物の悪人ではなく、「良心の片鱗」とか「やさしさの残りかす」みたいなものが残っているから失敗するのだ、ともいえるのではないでしょうか。

しかし、だからといって、安易に彼らを救ったりしないのもまた、清張のスゴさなのです。

えげつない形でのし上がった人間が、そのままいい思いをしつづけることは、清張作品ではありえない。そういう人間は、きちんと地獄に落ちることになっている。

金持ちだから得するということもない。貧乏人だから許してもらえるということもない。その意味では、清張の目は公平なのです。要するに、やることをやったら、そのぶんだけの報いは受ける。そんな哲学が、清張作品には貫かれているのです。

要するに、

因果応報（いんがおうほう）——！

ですね。

清張の作品を読みながら、僕はときおり、ある種の「仏教観」みたいなものを感じることがあります。それは手を変え品を変え、いろんな作品ににじみ出ているように思います。

そう感じるのは、僕だけでしょうか。

いや、清張はかなり意識していたに違いない、と、僕は確信します。だって、『ゼロの焦点』なんていうタイトルは、相当インド哲学っぽいではないですか。
清張の作品は虚無（ニヒル）的なイメージでとらえられていることも多いから、そちらに注目すると、神も仏もないという話になって、いわゆる他力本願的な仏教のイメージからは遠くなります。しかし、本来的には、仏教というのはやたらに相手に救いの手を差し伸べるものじゃない。ある意味、「人はそう簡単には救われない」というところに、お釈迦さまの思想の本質があるからです。

お釈迦さまが言いたかったことは、究極的には、「生きていること自体が苦行」ということですから、登場人物を安易に救わない清張のありようのほうが、釈迦の思想を地でいっているともいえるのではないでしょうか。

仏教的、ということに関連させて言うと、僕は、清張は「神様目線」を持っていた作家だと思います。といっても、何か特定の偉い神様仏様という意味ではなく、高みから世界を見下ろすような、俯瞰(ふかん)的なスタンスのことです。

清張という人は、あれだけたくさんの文章を書きながら、自分自身についてはほとんど書きませんでした。私小説的な作品は、ほんのわずかしかない。たとえば、『半生の記』[*9]など、自伝的なものも少しはあるけれど、それに対してすら、「あんなものを書くのじゃなかった」と述懐していたといいます。これはつまり、いつも「自分」を離れ、対象を「第三者的」に突き放して書こうとしていたということじゃないでしょうか。

清張は、「長編ミステリー」のほか、「短編小説」「歴史ドキュメント」「社会事件/エンターテインメント」「考古学/推理小説」……と、ジャンル横断的にじつにさまざまな著作を発表しましたが、そのいずれにも共通していたのは、「俯瞰的な視線」であり、いずれの場合

＊9 『半生の記』 原題は「回想的自叙伝」。『文藝』一九六三年八月号～六五年一月号に連載。幼少期から戦後の混乱期までのことがつづられている。

も、「自分が面白いかどうか」じゃなく、「読む人が面白いかどうか」ということを、大所高所から眺め渡して書いていたと思います。

物書きに限らず、いわゆる表現者と呼ばれる人たちは、ほぼ例外なく、「自分探し」みたいなことをしています。しかし、僕は清張にはそれとはまったく反対の、「自分なくし」みたいなものを感じるときがあります。それくらい、この方は素顔があまり見えないんです。「素顔が見えない」ということは、「書いたものがすべて」という強烈な自負の裏返しでもあります。清張は膨大な文章を書き継ぎながら、同時に、「オレがオレが」なんていうちゃちくさい根性を捨て去る努力をしつづけていたのだと思います。

いかに自我を滅却するかというのは――、これまた、きわめて仏教的なテーマですね。

女はわからんばい

と、そのように、清張の根底にあったのは因果応報的な仏教観であり、清張は神のような目線をもって小説を書いていた——ということで、話を終わりにしてもいいのですが、それだけじゃ、清張独特のドロドロ感について説明しきれていないし、冒頭の不倫話も、宙に浮いたままです。

そこで、「蛇足(だそく)」的に、もうちょっとだけ余計な「女」話をつけくわえて、終わりにしたいと思います。つけくわえたからといって、別に結論にも何にもならないのですが、少なくとも話しはじめからぐるっと円環を描いて、「因果はめぐる」的に、形としてのオチはつくような気がします。

誤解を恐れずに言うと、清張さんという人の中には、ある程度社会的に成功した男は、必ず女に手を出して必ず失敗するという、一種の決めつけみたいなものがあったんじゃないかと思います。

また、社会人の男がたどる道筋には順序があって、「地位→金→女」だと思っていたんじゃないかという気がします。

その証拠に、清張作品には、貧乏人が女で失敗するパターンはほとんどありません。それはたぶん、「女というのは貧乏人には手の届かない、遠い存在である」と思っていたからに違いない。清張は、「女というのは金を自由に使えるようになって初めて手が出せるものだ」と思っていたのです。

女の次に金、じゃない。金の次に女。この順序は重要です。だからこそ、「社会的な地位が、女とのあやまちによって崩壊する」というシナリオが成り立つのです。

つまり、のしあがった人間に「因果応報の鉄槌（てっつい）」を食らわせるものとして、「女」が存在するわけです。

こんなことを言っているからといって、女は疫病神（やくびょうがみ）である、なんてことを僕は言いたいわけじゃありません。男と女は、そもそものごとを同質に楽しむことはできないようにできていて、そこに悲劇の源泉がある。昔から、「男と女の間には深くて暗い河がある」というでしょ。

清張の作品には、謎めいた女が、とてもたくさん登場します。謎めいている、というより得体が知れないと言ったほうが正しいかもしれません。何をしでかすかわからない不気味な存在――それが女だ。『黒革の手帖』[*10]の元子などが代表選手です。

あそこまで「大物」でなくてもいい。『ゼロの焦点』の、能登のボロ家で待っている内縁の妻だって十分不気

*10『黒革の手帖』 『週刊新潮』一九七八年十一月十六日号～八〇年二月十四日号に連載。もとは連作の『禁忌の連歌』の第四部として執筆されたもの。元銀行員の女が横領した金を元手に銀座で勝負する。

味です。というよりも、死にたくなるような暗い土地で一途(いちず)に待っているああいう女の人こそ、男にとってはホラーなんです。

そういえば、地方出身の若い女性が、兄の弁護を引き受けてくれなかった弁護士に恨みを抱き、徹底的に復讐する『霧の旗』[*11]なんかにも、似たような趣があります。なんでそこまで、というくらい執拗(しつよう)に食らいついてくる女。あれもまたホラーですね。

とすると、女の情念こそが、清張作品に描かれた最大のホラーであった、という結論になるでしょうが。

しかし。蛇足の蛇足で言うと、もしかすると、清張さんという人は（というよりも、「あの清張さんにして」、というべきなのかもしれないが）、「女」というものが、究極的にはわからなかったのかもしれない。

清張作品に登場する、謎のような女たち。それは意図

＊11『霧の旗』『婦人公論』一九五九年七月号～六〇年三月号に連載。

してそのように描いたのではなく、もしかすると、本当にわからなかったから、わかんないままを書いたのかもしれない。その結果として、ものすごくミステリアスになったのかもしれない。

だとすると、僕は、その気持ち、すごくよくわかる気がするんです。

女の人って何考えてんだか、僕はいまだにぜんぜんわかりません。しかし、だからこそミステリアスでグッとくるのでもあり、やめられないというのもほんとです。わからないから怖い。怖いから面白い。

そこらへん、どうなんです？　清張さん共感してくれますか？

――ああ、女ってわからんばい。

とか、渋面（じゅうめん）を作って、おっしゃりませんかね？

みうらじゅんの
清張八大（以上）地獄一覧

政治
いもぼう
京都・鎌倉あたり
黒幕 フィクサー
談合
樹海
時効
気持ちだけは
絶倫
上司―寝取られ
部下
御局OL
保険外交員
大豪邸
寺
料亭
西村晃
坂道
老いるショック
考古学
古代史
D
出土
パトロン―白豚
民俗学―方言
出世欲
教授
書道
万葉集
女性先生
湖底
車
手帳
運転手
からのタレ込み
名誉
黒塗りハイヤー
芸者
大文字
地方紙
事故
過去
俳句
買う女
逃亡
共犯者
宗教
飛行機乗り継ぎ
青年期の
貧乏
トラウマ
加藤剛
時刻表
数字のトリック
病院長―看護婦
天城越え
弁護士
お遍路
加藤嘉
映画館
アリバイ
武蔵野
雑木林
家―二階
失踪
もく星号
スーツケース
土下座
赤い―紐―絞殺
毒

もくじ

第三章　人間・松本清張

第四章　映像

サスペンスドラマでおなじみの
犯人が崖に追い詰められるシーンの
ルーツは清張だった！

第一章　崖

人の転落は蜜の味ですよ。まして男女関係が絡んでいたら……

男と女　地獄のサスペンス

船越英一郎×みうらじゅん

文藝春秋「週刊文春」2017年11月2日号掲載

船越　僕は三十年以上サスペンスを生業(なりわい)とさせていただいているんですけど、最初に二時間ドラマに出演したのが松本清張先生の『歯止め』(83年・日本テレビ)だったんです。それが二時間ドラマの筆おろしでした。

みうら　清張筆おろし(笑)。どの作品で筆おろしするかが重要ですもんね。

船越　サスペンスの中でも清張作品をやれるのが、俳優にとってどれだけ幸せなことか。清張作品との出会いは財産であり、宝物だという気がします。

みうら　松本清張の原作ドラマや映画はやっぱ大人っぽくて濃い顔の俳優さんじゃないとグッとこないですよね。だから、船越さんにはどんどん出ていただきたい。役柄の年齢は気にしないで、ぜひ『内海の輪』や『影の車』の主人公を船越さんに演じてほしいです。

船越　そう言っていただけると嬉しいです。今と違って昭和の日本人はみんな大人だったのか、清張作品の登場人物は年配でもせいぜい四十代。でも、確かに昔の四十代を今の四十代がやってもダメで、僕の年代（57歳）の俳優が演じた方が、説

得力が生まれると思います。

みうら　実年齢から十歳引いたくらいがちょうどいいですね。船越さんは善人の役と悪人の役は、どっちがやりやすいですか？

船越　悪い人の方が面白いです。ある時期から犯罪者の役を演じづらくなっていましたが、やはり清張作品では落ちていく男の役をいただくことが多い。松本清張生誕百周年には『黒の奔流』（09年・テレビ東京）と『書道教授』（10年・日本テレビ）、そして『わるいやつら』（14年・BS日テレ）で落ちていく中年男を三連発で演じました。

みうら　落ちていく中年を見るのが快感ですからね、清張作品は（笑）。コツコツ真面目にやってきた男が金や地位を摑み、つい調子に乗って愛人も摑んで地獄に落ちる。これが清張さんのテーマですもんね。清張作品は随分読みましたが、この地獄から逃れる道は一つ。頑張って不真面目に生きていくしかありません。

船越　アハハ。『わるいやつら』では、情欲と金のために人を殺める病院長を演じました。ドラマでは原作から少し視点をずらして、病院長と看護婦との初恋地獄にフォーカスしています。彼は大病院の院長の息子に生まれ、何不自由なく育ったけれど、純粋な恋心を寄せた看護婦がなんと父親の愛人だったとわかる。そして、父親との関係を清算させないまま彼女と心も体も重ね合わせていきます。父親に対するコンプレックスから、彼は常軌を逸していくんです。

みうら　いったん「清張地獄」に落ちたら、蜘蛛の糸が垂れてきたり、一筋の光が差し込んだりすることは一切ありませんもんね。ま、そこがいいんじゃないの世界ですから（笑）。

船越　ドラマの『歯止め』も原作とは大きく設定を異にしますが、これも地獄でしたよ。僕が演じた予備校生の青年は、受験戦争のなかで鬱屈した感情や歪んだ性欲を持て余し、母親の身体を求めるまでに暴走してしまう。

みうら　清張さんの作品には、感情を散らすなんてありませんもんね。思い込んだらどこまでも一点集中なんですもんね。

船越　推理小説は謎解きの面白さを描くものが多いですが、清張先生は罪を犯す動機にも大きくスポットを当てていました。

みうら　そこですよね。犯人の〝動機と息切れ〟。いくら「救心」を飲んでも助かりません（笑）。もはやトリックは古典ですけど、人間の煩悩は今も昔もちっとも変わりませんから、そこが不朽の煩悩小説なんですよね。いったん思い込んでしまうと、息が切れたときには即、殺人（笑）。その中間がないのが清張の描く真面目さです。

船越　もっと突っ込んで伺いたいのですが、自分に対する真面目・不真面目とは何なのでしょう。

みうら　僕に聞きますか？（笑）「不真面目」は自分も相当、どうかしているということの自覚と言いますか。反対に、自分で自分を笑えない状態が「真面目」だと思うんですよね。

僕、清張作品を初めて読んだのは高校生の頃だったんですけど、本当の面白さが分かったのは結婚してからでした。やっぱ〝守るもの〟があると少しでも真面目に思ったときに隙が出来たというか。だったら逆に少しは遊んでもいいんじゃないかみたいな油断ですね。清張の岐路。途端に人生に「清張ボタン」が現れるようになりました。一つのボタンには「よく考える」と書いてあったのに、ついつい「清張」と書いてある方のボタンを押してしまって（笑）。

船越　（頷きながら）不思議なものですよね。いくら社会から逸脱した生き方を選んでみても、あるいはその生き方を無頼という言葉でなぞらえたりしたところで、本当に追い詰められると、みうらさんがおっしゃるような生真面目さがどうしても出てきます。特に罪を犯す人間は真面目さが高じると、ついつい清張ボタンを押してしまうものなのかもしれません。

みうら　そんな時に限ってバッタリ知人に会ったりする。例えば『内海の輪』では、野心家の考古学者が兄の元嫁とデキちゃって、不倫旅行中に同級生の新聞記者とバッタリ会うじゃないですか？　大学の助教授で守るべき地位も家庭もある主人公は、同級生に不倫がバレたんじゃないかと思い込み、ついつい清張ボタンを押してしまう。

船越　真面目さゆえの妄想ですよね。呵責が生む妄想ほど怖いものはありません。しかも、清張ボタンを一度でも押してしまうと、運命は悪い方へ悪い方へ転がっていってしまう。

みうら　「な、わけねぇな」の余裕がありませんから。

船越　「落ちるところまで落ちてみよう」と口で言うのは簡単ですけど、人はそんなに不真面目にはなれませんよ。まして大切な家族がいたり、一生懸命に築いてきた地位があったりするならなおさらです。

みうら　ですよね。清張地獄は来世ではなく、現世にこそ地獄があるとする教えですから。だから死んだ方が楽なのかもとつい思っちゃう（苦笑）。

船越　生きている限り、地獄は続くわけですからね。

みうら　そういう意味で清張作品のジャンルは〝ホラー〟だと思うんですよね。

船越　僕もまさに『書道教授』はホラーだと思って演じました。不倫という罪の意識が生み出す妄想に主人公の銀行員が苦しむシーンは全てホラーです。不倫関係にあるホステスを豪雨の中で殺害し、完全に息絶えたはずの彼女が目を剝いて襲ってくる。驚いて目覚めると夢だった、とか。しかも単なるホラー描写ではなく、追い詰められていく男の精神が少しずつ壊れていき、その恐怖を煽るという設えにきちんとなっているんですよね。清張先生の作品には、映像化する際にすごく説得力を持つ心理描写が多いと思います。

みうら　その顕著な例が『ゼロの焦点』の〝崖〟ですもんね。

船越　僕があまりにも崖の上で追い詰めたり追い詰められたりしているので、今や「崖の上」といえばポニョか船越英一郎かと言われていますけど（笑）。

みうら　アハハハ。

船越　その〝崖〟を最初に映像の世界に持ち込んだのは清張先生なんですよね。映画『ゼロの焦点』（61年）では主人公と犯人が対峙する場所が石川県の「ヤセの断崖」でした。原作には能登金剛とだけ書いてあり具体的な名称は明記されていませんが、このシーンは発明だったと思うんです。犯人の深層心理を〝崖〟という大自然がきちんと代弁してくれている。このシーンの影響を受けて、その後、犯人を崖に追い詰める展開が、いつのまにか二時間ミステリードラマの定番になったと聞きます。

みうら　崖や樹海や鄙(ひな)びた温泉宿など、清張さんの見つけた〝マイナス観光地〟が全て心理描写に繋がっていますもんね。あと、ＧＨＱ占領下の日本という括りも。

船越　『砂の器』では新進気鋭の前衛音楽家が生い立ちを隠すために、旧知の元巡査部長を殺してしまいます。戦前の閉鎖的な時代ならまだしも、なぜ彼はあれほど頑なに出自を隠す必要があったのかと疑問に感じたことはありませんか？　そこに固執しなければ名声も幸せな家庭もみんな手に入ったのに。

みうら　不真面目な友人でもいりゃ気が楽になったのにねぇ（笑）。やっぱ一人で考え込むとロクなことがありません。

船越　結局、清張ボタンを押してしまう最も大きな要因はコンプレックスだという気もします。

みうら　清張作品の場合、生い立ちが大きいですもんね。貧しかったからこその〝金・地位・愛人〟。成功の形が今よりもっとはっきりしていたからじゃないですかねぇ。『証言』は勤続二十年の中年サラリーマンが部下の若いＯＬを愛人にしてアパートに囲う話でしたけど、男は女に〝ラブ〟なんて感情は一切ないわけでね。『たづたづし』の主人公に至っては、「課長になったうれしさがあり、三十二というと、そろそろ浮気もしたくなるころである」とまで語っておられる（笑）。

船越　「女を囲う」ということが分かりやすく男の憧憬であり、ステータスだったのでしょう。

みうら　女の人からしたら「バカね」と思うんだろうけど、バカねで済まないという（笑）。

船越　僕は落ちていく男を何度も演じましたが、バカだなんて微塵も思わなかったですよ。『書道教授』では平凡な銀行員がバーの女の子と親密になり、痴情のもつれが殺意に変わる。でもスナックやクラブに入って席に座るとき、モテたらどうしようと妄想しない男はいませんよ。妄想できなきゃ行かないでしょう（笑）。

「幸せは不安の止まり木」

みうら　当然です。高い金払ってまでね（笑）。

船越　銀行員の彼はそれまでバーに行ってもポツンと座り、モテることを妄想していたのでしょう。ところがいざ妄想が現実になり、しかも相手は自分よりだいぶ若くて積極的に迫ってくるんです。（身を乗り出して）その状況に浮かれてしまった彼をバカと言えますか⁉

みうら　言えません言えません（笑）。こっちが勃ちさえしなければ問題は別なんですけどね。

船越　それならそれで、また男として違う地獄に落ちるんじゃないですか？

みうら　マジッすか！（笑）

船越　妄想に浮かれるのって、むしろ人間なら誰もがもつ感情ですし、女性も一緒だと思いますよ。妄想が現実として転がり込んで来るか否か、それが人生の分かれ目ってものじゃないですか。

みうら　そして、それを幸せと感じた瞬間に、不幸のカウントダウンが始まる……。清張作品が教えてくれることは、「幸せなんてものは不安の止まり木に過ぎない」ってことでしょ（笑）。

船越　（しみじみと）ああ、いい言葉ですね。この普遍性があるからこそ清張作品は男女問わず受け入れられたのだと思います。人間の精神の中に潜む森羅万象を描いたから、今日までこんなに愛されている。

みうら　みんな自分は嫌だけど、他人が地獄に落ちていく話は大好きですからね（笑）。

船越　まさに蜜の味ですよ（笑）。ましてそこに男女関係が絡んでいたら、もう楽しくてしょうがない。嫌な感情だけど、おそらくそれも人間の普遍的な性質なんでしょう。

みうら　他人との関係を断ち、山に籠っている仙人のような人は、清張さんの小説には出てこないですからね。
船越　確かに出てこない（笑）。
みうら　窮地に追い込まれたとき、つい殺すか殺さないかの二者選択で考えてしまうのも清張作品の影響ですかね？（笑）
船越　それは嫌なすり込みだなぁ（笑）。でも確かに、僕たちはいつの間にかその清張哲学を、膨大な映像作品や小説に触れることで、シャワーみたいに浴びてしまっているのかもしれませんね。〝清張シャワー〟を。
みうら　たぶん霧みたいに僕らを包んでいるんですよ。
船越　何せ『日本の黒い霧』と言うくらいですから。
みうら　〝霧〟は隠し事を暗示していますからね。
船越　清張作品はタイトルの魅力だけでも十分酒が飲めますね。僕は、「書道教授」と看板に書いてあるだけでエロスを感じますよ（笑）。
みうら　アハハハ。もう、それだけでエロス（笑）。
船越　清張シャワーを浴びてしまっているからかな。「書道教室」には何も感じないのに、「書道教授」と言われただけで、密室で綺麗な女性にお習字を教わる場面を想像して妄想が膨らんでしまう。

みうら　完璧に小説のストーリーと一致してるじゃないですか（笑）。現実には、書道の先生といったら、おっさんが多いんじゃないですかね？

船越　（きっぱりと）僕の妄想の中には、おっさんは一回も出てこないです。

みうら　童貞の頃に抱く、女家庭教師に筆おろししてもらう妄想に似て（笑）。

清張地獄からは逃れられない

船越　そうそう。僕はこういう妄想を抱くつまらない男なんですよ（苦笑）。

みうら　いえ、そこがいいんじゃないですか（笑）。清張さんの小説の中には三十歳を超えると「秋を迎えた女が」と書いてありますから、なかなか女性にも手厳しい。

船越　四十歳になると、女としての輝きは終わったみたいな扱いです。今の時代だったらこれからが女盛りじゃないですか。

みうら　『夜光の階段』に登場する社長夫人の不細工な形容が本当に酷くて「牝豚のような白い肉塊」って書いてある。清張さんの小説には美人か豚しかいない

んですかね？（笑）

船越　中間がない（笑）。

みうら　まあ、主人公はパトロンとして利用してるだけのつもりだから仕方ないのかも知んないけど、好きになる努力をすればいいじゃないですか、たとえ豚だって（笑）。

船越　その通りです。

みうら　恋愛では駄目なところもいいと思える場合があることを主人公は知らないんですよね。

船越　ゲーテとはだいぶ違いますね。

みうら　ゲーテと比べますか？（笑）

船越　清張作品といえば悪女だけど、その意味で一番怖かったのは『黒の奔流』です。僕は正義感溢れる弁護士を演じたのですが、殺人容疑で起訴された依頼人の女性の無実を証明して一躍有名人になる。そして、その女性に積極的に迫られ、拒絶しきれずに一夜の過ちを犯してしまうんです。しかし、やがて彼女の愛情は憎しみに変わって、弁護士は人生を滅茶苦茶にされてしまう。

みうら　怖いですね。『霧の旗』にもそんな場面がありましたね。そんな人に一度目をつけられたらもう、おしまいですね。

船越　誰も清張地獄からは逃れられないものなんです。逆にそうでなければ、これだけ清張作品が支持されるわけがありません。

みうら　分かっちゃいるけどやめられない現象ですからね。

船越　どちらの選択肢が魔の「清張ボタン」なのか、分からない場合の方が多いのかもしれませんよ。『砂の器』や『ゼロの焦点』で犯人は、個人的な過去の秘密を隠そうとするあまり殺人を犯してしまいますよね。でも、隠そうとすること自体は罪ではない。また隠し通そうとするか、思い切って公表するか、この選択はどちらが正しくてどちらが間違っているというわけではありません。でも、なぜか人は不幸になる方を選択してしまうのです。

みうら　船越さんの言葉、まるでナレーションのように聞こえました（笑）。幾つになっても間違えてしまうのが人間、ということで？

船越　それが結論でいいんじゃないですか？　人間は幾つになっても成長できない、ということで。ご清聴ありがとうございました（笑）。

ふなこしえいいちろう　1960年生まれ。俳優。松本清張原作の『歯止め』（83年・日本テレビ）を皮切りに、数々の2時間ドラマに出演。現在、『ごごナマ』（NHK総合　月～金　13時5分～16時）にレギュラー出演。

みうらじゅんのわびさびたび

いい崖出してるツアー・前編

みうらじゅん

集英社「小説すばる」1998年11月号掲載

オレはその旅を『いい崖出してるツアー』と名付けた。

「崖に、いいも悪いもないでしょ！」

と、ツッ込むお方もおられると思うが、アメリカのグランドキャニオンだって、福井県の東尋坊(とうじんぼう)だって、

「どないだ！　いい崖出してまっしゃろ」

と自信満々なわけで、

「こんなとこから落ちたら一溜りもありまへんでぇ〜〜！」

と、（関西弁ではないにしろ）マイナスをバリバリ、ポジティブ・シンキン

グ！　観光地の売りにまで高めているわけだ。

「崖ブーム！」

も一度、今度はもっと強く、

「崖ブーム！」

オレは昔から些細なことでも、己が胸に突然飛び込んでくるものに対し、必ずその下に〝ブーム〟という言葉を付け、口に出してみることにしている。

うーん、響きはなかなかいい。〝崖っぷち〟と呼んだ方がプリティで、女子高生あたりにも流行るかも知れないなぁー（笑）。

オレの仕事は基本的に〝一人電

通〃なので、アイデアも会議も、営業も一人で熟す。

「じゃ、ロケハンということで——」

オレは今年の初め〃崖の名所〃と呼ばれる東尋坊を視察することにした。

北陸本線、福井駅で下車。そこからタクシーに乗ったオレは、予想通りのセリフ、

土産物屋で発見！　東尋坊の「ダサブクロ」

「あの崖から落ちたら一溜りもないで」

を運転手の口から聞いた。

「そうですかねぇ?・」などと、疑いでもしたら怒られそうな雰囲気が漂う。やはり自慢なのだ、それが。

タクシーを降りると土産物屋がズラッと並ぶ坂道に出た。〃崖グッズ〃は果し

てあるのだろうか？　オレの心はオバチャン色に染ったが、魂までメロメロにするイカ焼きの臭いを鼻に感じながら海の方に向った。

そして遂に出たっ！　東尋坊は大海原を強く、そして激しく抱き締めているように見えた。オレは早くスニーカーの下に荒々しい岩の凹凸を感じたくなり、崖に走り寄った。

しかし気が付けばそこは観光客の群れ。その上、オレの嫌いなアベックまでいやがる！

「キャー、怖いっ！　押さないでよぉ〜〜」

違う！　何かが違う！

最悪カッコ悪いへっぴり腰で、崖っぷちまで行ってみたが、凹型崖はオレの理想とする〝いい崖〟ではなかった。

その帰り、イカ焼きとサザエの壺焼きとラーメンを食べながら考えた。己が胸に突然飛び込んできたと思い込んでいる『崖ブーム』には、きっとルーツがあるに違いない。そしてそこにはきっと東尋坊にはない何かが……。

仕事で北九州の小倉に行った。〝冬ならフグだったのにぃー〟とガッカリしたが、駅ビルに貼ってあった一枚のポスターを見た瞬間、運命のようなものを感じた。

『松本清張記念館オープン』

そうか！　松本清張の故郷は小倉だった。

〝清張グッズが出てるかも〟、オレはまたすぐにオバチャンに成ったが、何かに導かれるようにタクシーに乗っていた。

40歳を越えてから作家デビューした不屈の闘志。会場には夥（おびただ）しい清張さんの作品群が所狭しと展示してあった。オレが崖のようにドキドキ、ワクワクするＧＨＱ統治下の戦後どさくさ日本コーナー。その横にはモニターがあり、清張さん原作による映画のビデオが流されていた。古い白黒の画面には、久我美子と高千穂ひづるが映っている。

「松本清張記念館」で記念撮影。なんとオープンから4日後！

ヤセの断崖
故・松本清張氏
高千穂ひづる
(昭和36年松竹映画)
"ゼロの焦点"より
久我美子
有馬稲子
ゼロの焦点
ピュ〜
オレはとうとう
ゼロの焦点の
舞台になった
崖に立ったのだ……♪
ヒィ
能登半島
ヤセの断崖
輪島
門前
富来
巖門
三明
金沢
関野鼻
立ち心地
切なさ
角度
ザパ
荒れ狂う日本海
せり出す崖っぷち
グッとくる
グット・クリフを
捜して彷徨う
いい崖出してるツアー♪

「あなたの推理は少しだけ間違っているわ」

映画『ゼロの焦点』のラスト・シーンだ。

重く雲が垂れ込め、冬の日本海は荒れ狂い……どうしようもない悲しさが……。

待てっ！　待てよ……。

二人が立っている場所は、崖だっ!!

ここだ！　ここに違いないっ！　オレが理想とする〝いい崖〟とは、松本清張『ゼロの焦点』にルーツがあったのだ！

売店では予想した以上のおもしろグッズ（ライター、扇子、のれん、小説のタイトルが書かれた湯呑み、キーホルダーなど）をゲットし、満足&感動を覚えたオレは、帰って『ゼロの焦点』をさっそく読み返した。

〝断崖のある海岸はどこかと聞くと、赤住(あかすみ)だと答えた〟

〝牛山(うしやま)という海岸の断崖から、身を投げて〟

〝能登(のと)金剛(こんごう)の名に値しそうな景色だったが〟

〝石川郡鶴来(つるぎ)町の崖下で女の変死体が〟

〃海岸沿いに福浦（ふくら）の方面に向うのである。ここからは、憲一が死んだ、切り立った断崖があった。〃

（『ゼロの焦点』より）

その崖は能登半島の能登金剛と呼ばれる地帯にあることは分ったのだが、どの崖とは限定出来なかった。

オレは旅行する時、その土地のガイド・ブックを買う趣味はないが、藁（わら）にも縋（すが）る思いで『北陸』という本を手に取った。能登半島のコーナーに〃能登金剛〃の文字を見つけ、胸は高鳴った。やるせないあの日本海の切なさや、悲しさが全く伝ってこないポップな色調のページをめくると、出てきたっ！　出たぁーーっ!!

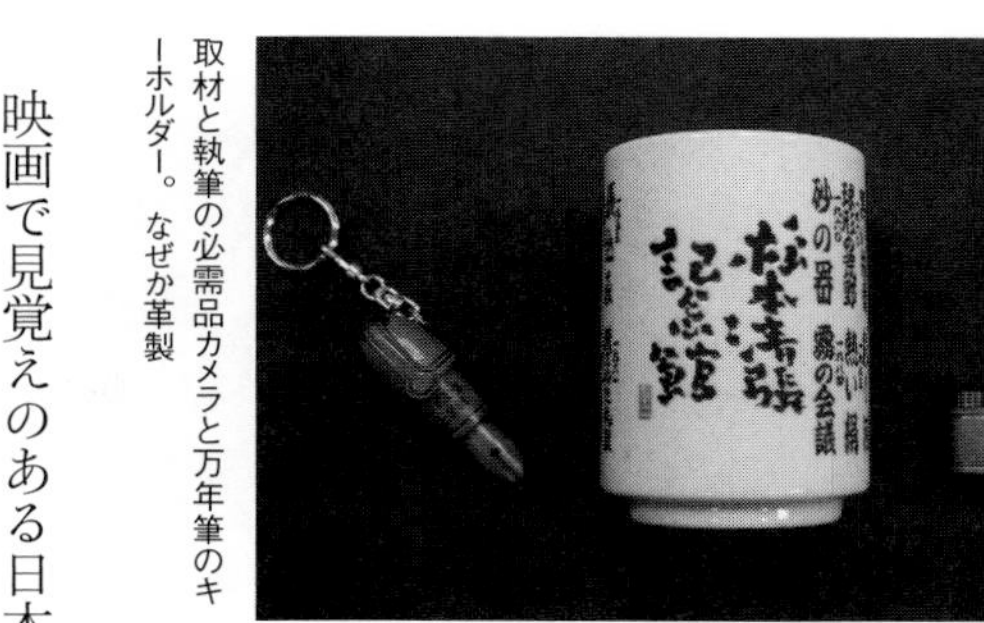

取材と執筆の必需品カメラと万年筆のキーホルダー。なぜか革製

映画で見覚えのある日本海にグッと迫り出した崖っ！

〃海面からの高さが55ｍもある。柵もなく、冬には強風で飛ばされそう。この断

崖が、松本清張の小説『ゼロの焦点』に効果的に使われているのもよく分る。〃

サンキュー！　昭文社『まっぷる』！

その名は、

ヤセの断崖と判明!!

オレはもう居ても立ってもいられなくなり、『いい崖出してるツアー』を敢行することにした。

先ずは『点と線』よろしく、時刻表を買った。オレがどうしても乗りたかったのは、北陸本線だった。『ゼロの焦点』の時代は、夜行でマル一日かかったが、何と！　オレが発見した列車はその名を〃サンダーバード〃といい、京都からだと2時間近くで金沢に着いた。

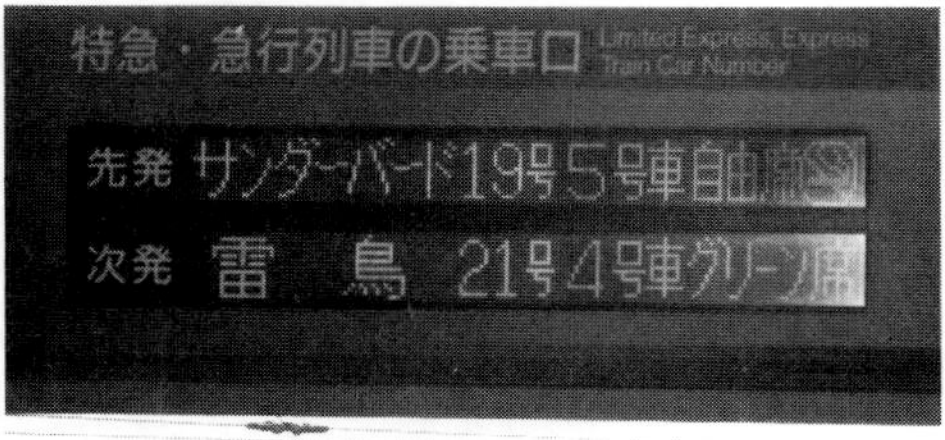

普通、サンダーバードは5号まででしょ！

〃サンダーバード19号〃、お……おいっ！　オレの知ってるテレビ版サンダーバードは、5号までしかなかったぞ。いつの間にそんなに増えてんだ！　運転手はちゃんとタスキ状に〝THUNDER BIRD〟と掛けているのか？

オレは「サンダーバードに乗ったぜ」って、自慢したいがためにわざわざ京都から乗ることにした。一応付け加えておくと、乗務員にタスキ掛けはなく、到ってフツーだった。

3時過ぎに金沢駅到着。そこから北陸鉄道バスに乗ろうと窓口に行くと、

「どこに行こうとしているの？」

と、聞かれた。

「えーと、ヤセの断崖という所なんで——」

オレが言い終らない内に、窓口のオバチャンは、

「行けないね今日は」

とキッパリ言った。

そのぶっきらぼうな言い方は、〝こんな時間に何しに行くか？　自殺でもするんか〟な気持ちが含まれているように感じた。

「ダメっスかねぇ？」

オレは努めて陽気に聞いた。

「富来までではバスが出てるが、乗り継ぐバスがないでなぁー」

「そこからタクシーか何かで……」

食い下るオレに窓口のオバチャンは、〃そこまでして死にたいなら勝手にせー〃とばかり、

「タクシー会社はあるけど、タクシーがいるかどうか分らん」

と答えた。

オレは陽気にしても信用してくれそうにないオバチャンの忠告を外に、北陸鉄道バス『富来行き』に飛び乗った。

不安になる長い時間、オレはバスに揺られ、外の景色が海に変わることだけを期待してた。北陸の方言が飛び交っていた車中もやがて、オレと何か事情がありそうな人たちだけを乗せて山の中を進んだ。

夕暮れがもうすぐそこに迫ってきている。いくら陽気にしていても、どんより沈んだ鉛色の雲と、山の中の荒屋を見ていると〃このままオレがここで消えても、何も世の中なんて変わりやしねぇ〃的な悲しさが胸に迫ってきた。いかん

っ！　オレは今『いい崖出してるツアー』の真っ最中なんだぞ!!
オレはこのツアーのために作詞・作曲した歌を口ずさんでみた。

〝[Am]荒れ狂[G]う　日本海[Am]
[Am]せり出[G]す　崖っぷち[Am]
[Dm]グッとくる　グ[Am]ット・クリフを
[G]捜して　彷徨う（さまよう）[E]
[F]いい崖出[G]してるツアー[Am]
[F]いい崖出[G]してるツアー[Am]♬〟

うーん、マイナーコードがさらに悲しさを盛り上げてしまったようだ――。

（つづく）

崖っぷちブームは危険だ!

みうらじゅんのわびさびたび

いい崖出してるツアー・後編

みうらじゅん

集英社「小説すばる」1998年12月号掲載

北陸鉄道バスは相変わらず山道を昇り続け、窓に広がる鉛色の空は夕暮れを迎え始めた。

〝崖に立つ〟、その言葉の本来の意味が不安な気持ちに拍車をかける。松本清張の『ゼロの焦点』が書かれた時代には、これ以上の不安が北陸という地帯全体を包み込んでいたに違いない。

バスは山道を蛇行しながら、そしてゆっくりと坂を降り始めた。

「次は富来(とぎ)――」

感情を押し殺したようなテープが沈黙の車中に流れた。

オレはずっと窓の外を見つめ、いつ風景が海に変わるのか待ち望んでいた。その時、暗く繁った木々の間から微かに海が見えた。防風林の松林がその体を風の向きにしならせ、淋しい日本海をバックに立ち尽していた。

〝遂に来た！〟

オレはその言葉を呪文のように何度もつぶやいた。

乗り継ぎバスは金沢駅案内所のオバチャンが言ったようにすでに終っていた。富来駅のバス停前にタクシー会社を見つけたオレは、「これからヤセの断崖に行きた

呼んでも何の反応もなし！ シャイニング状態！　ホテル巌門

い」と申し出たが、この時間だと今日の宿泊地を先に決められた方が賢明だろうと言われた。

一応、ガイドブックで下調べしていた〝ホテル巌門〟という所に行ってもらったが、いくら呼べど何の応答もない。まるでキューブリックの映画『シャイニング』のように、ホテルは不気味に静まり返っていた。

「潰れたんですかね？　このホテル」

「いや、どうかねぇー。ピークの頃はここら辺も賑やかだったんだけどね」

ピークの頃というのは、松本清張の小説が話題になった頃だという。運転手は今から30年以上も前の話をしているのだ。

結局、タクシー無線で捜してくれた旅館〝湖月館〟で1泊することにした。

翌朝、また同じタクシーを呼んでヤセの断崖に向った。

ゲットした崖グッズ
崖テレカ
ヤセの断崖
関野鼻
関野弁財天
能登半島
こんなのれんどこに掛けるわけ？
崖のれん
タテ
ヨコ
能登金剛
ヤセの断崖
使っていいよ崖テレカ！
何、このテレカ…
ヤセの断崖
↑オレ考案 崖ジオラマ・セット
こんな土産物出してもらえませんかねえ～
GAKE
ヤセの断崖ここらへん
手で出来る能登半島
BOOM

「お客さん、落ちたりしないだろうね」

運転手は昨日からずっとそれを心配していた。オレは努めて陽気な口ぶりで、

「やっぱ今でも多いんですか？」

と聞いた。

「去年だったかねぇー、ヤセの断崖に連れてった客を道路脇で待ってたんだが、待てども帰って来ないので見に行ったら身を投げててなー」

「へーーっ！」

これはかつて東尋坊で聞いた自慢話ではない。

オレはオーバーアクションで驚いてみせた。

『いい崖出してるツアー』の説明をしようと思ったが、益々疑われそうなのでオレはまた海に目を移した。

少しして〃国定公園　能登金剛　ヤセの断崖〃と書かれたプレートが道路の頭上に現われた。

オレはカバンからカメラを取り出し、その身を投げた人と同じように、道路脇で少し待っていて下さいと運転手に告げ、タクシーを降りた。

ゆるやかな坂を駆け降りると、不規則な石段が続いた。枯れ果てた木々の下に目をやると松本清張の歌が刻まれた石碑が無造作に転がっている。

〝ここだ！〟

オレは少しでも自分を盛り上げようと、少し俯(うつむ)き気味に進んだ。まだヤセの断崖の全貌を見るにはもったいないと思ったからだ。

〝荒れ狂う　日本海
せり出す　崖っぷち
グッとくる　グット・クリフを
捜して　彷徨(さまよ)う
いい崖出してるツアー♬〟

テーマ曲を歌うオレ。

そして足元に断崖の一部である岩盤を感じた時、オレは顔を上げた。

〝こ……ここだっ!!〟

さわやかな朝であるはずなのに、雲は鉛色に垂れ籠め、先ほどから降り出した霧のような雨がオレの崖心（？）を刺激した。もう後二、三歩進むとそこは日本海。夏なので荒れ狂いはしていなかったが、白い波しぶきが断崖に飛び散る時〝ドーン〟と不気味な音をたてた。

オレは勇気を出してもう一歩だけ崖っぷちに進んだ。足はガクガク、心臓はハクハク、キューと股間に切なさが走る。

〝もう一歩！〟

〝無理っスよ！〟

〝さぁ、もう一歩だけ！〟

〝か……勘弁して下さいよっ！〟

雲たれて　ひとりたけれる　荒波を
かなしと思へり　能登の初旅

オレは一体、誰と会話しているのか？

もう立っていることは出来ず、今度はへっぴり腰の体勢で少しだけ崖っぷちに近づいた。

〝もはやここまで!!〟

現時点でのオレの崖っぷちは、一歩半手前ということが分った。

立ち心地といい、切なさといい満点のヤセの断崖だが、オレのいい崖出してる条件としてどれだけ日本海に迫り出しているか、その角度も見てみたかった。それには少し離れた位置から断崖を見るしか方法はなく、オレはへっぴり腰のまま後ずさりし、防風林の立つ海と崖の稜線の小道を歩いてみた。冬ならスッキリ見渡せたのだろうが、生(お)い繁る草木で視界を阻まれ、体を乗り出す勇気のないオレはその角度を正確に見ることは出来なかった。

それでも夢中にシャッターを切り続けるオレは36枚撮りフィルムをその時点で2本も撮り終えていた。

「お客さん、大丈夫か?」

運転手も流石に心配になったとみえて、崖のところまでオレを見に来た。

「いや……大丈夫です! 本当、いい崖出してますねぇー」

自殺者よりも理解出来ないオレの行動に運転手はただ笑顔を見せるだけだっ

た。

「関野鼻といってなぁー、ここから少し行ったところにあるんだが、そこから眺めるといいでなぁー」

どうやら落ちる目的でないことだけは理解してもらったようだ。

そこから車で5分ぐらい先に行ったところに、やたら駐車場の広い観光センターらしき建物が現われた。

〃やった！　崖グッズがあるかも⁉〃

オレのオバチャン魂に火がついた。

店に駆け込み物色したが、オレが理想とする崖のジオラマ・セット土産はここでも存在しなかった。それでもヤセの断崖テレカ2種と、崖の絵が大きく描かれた暖簾をゲット！　一体どこに暖簾など掛ければいいのか⁉　後悔している暇はないっ！

関野鼻は海に面した高原風で、その展望台からはヤセの断崖が遠くに見えた。

〃迫り出す角度、45度以上！〃

オレは改めてその侵食度にため息をついた。崖は立つもいいが、やはり遠くから眺めるが良し！

観光バスの団体客もヤセの断崖を指さしている。

〝みんなやっぱ崖が好きなんじゃん！〟

そう思った瞬間、先ほどまでオレが崖に立っていたことを思い出した。顔こそは判別出来なくても、この距離からでは完全にオレの姿が見えたはずだ。

「おい！　あいつ、落ちるんじゃやないの？」

「どこ、どこ？」

「あの崖だよ！」

〝プ〜〜ッ！〟

「へっぴり腰で崖っぷちに座り込んでるよ」

「死に切れないんじゃやないの？」

「女じゃやないの？」

「違う！　ありゃオネエだね」

〝プ〜〜〜ッ！〟

オレは観光客の会話を勝手に想像し、腹を立てた。今後の崖ファンとしては、誰に見られても平気なように、男らしく堂々と立つことが大切だ。

後日談――

崖ブームの話をTBS朝の奥様番組『はなまるマーケット』で喋ったところ、全国の崖付近にお住いの視聴者から「うちの崖はいい崖出してます！」とのFAX情報を数多く頂いた。

さっそくスタッフから『いい崖出してるツアー』の依頼を受け、夜中の3時にTBSに集合、ロケバスに乗って北は新潟県の親不知崖から、南は山口県のホルンフェルスと呼ばれる崖まで、走行距離にして1596㎞。2泊3日で五崖制覇！〝つらい旅だぜ　おまえに分かるかい♬〟（フロム矢沢永吉）オレは各地に〝崖先生〟の名を轟かした。

どうやら聞くところによると、この日本の政治は今、『崖っぷち政権』なんて呼ばれてるらしいじゃないの。遂に来たね！　崖っぷちブーム‼　なんて喜んでる場合じゃないか？

いい崖出してるツアー

断崖先生

みうらじゅん

ザパ〜ン

青林工藝舎『ドチャック』2011年3月刊掲載

文部省
ペタ
ペタ
そこの御婦人
文部大臣を呼んでもらおうか
アポはお取りになってますか?
ブァクァムォーン!!
断崖が来たと伝えてもらおう!
はい…
あ…ど—も…断崖先生…本日はどんな御用で…
ドサ
日本史
教科書問題じゃ!!
ただ今検討中でございまして…
ザバ〜〜ン

ワシの言いたいのは
いつまで
『第二次世界大戦』
と表記しておる
のかという
ことじゃ！
崖

『猿の惑星』
にだって
『最後の
猿の惑星』
があった
ように――
ジーラ
オイラ
13日の金曜日にだって
『ジェイソンの命日』
があるように――
エマニエル夫人
にだって『さらば
エマニエル夫人』
があるように
崖

全てのものには
終わりがあるという
のにどーして
世界大戦には
終わりがないのだ！

第三次、第四次
と続けられそうな
タイトルは許せん

愚かな世界大戦
完結篇
表記を
こう変えろ！

それにだ！ 修学旅行
学生も見る気がない
ワシらも見られたくない
よって廃止!!
70歳を超えた頃に
突然 案内状が届けばいい
修学旅行御案内
御出席
御欠席
やあ…
お久しぶりでございます…
ありがたや
ありがたや ありがたや
教育問題はまだまだ改善の余地ありだ

おしまい

第二章 小説

清張を読めば人生が学べる！
一度ハマると抜け出せない
清張作品の魅力とは？

みうらじゅん的20選

清張文学とはボブ・ディランの歌であり、仏教書である

みうらじゅん

太田出版「ケトル」2015年10月号掲載

「松本清張さんって『社会派』とか『昭和の文豪』みたいに言われていて、堅苦しくて入りにくいと思うんです。でも、本当は若い人が読んでも面白い、人間の普遍的な苦悩を書いている作家なんですよ」

そう語るのは、松本清張の大ファンであるみうらじゅんさん。作品の「聖地巡礼」まで行うほどハマり、一時は少しでもハードルを下げるため「マッキヨ」という愛称のもと、各種メディアで啓蒙活動に励んでいました。

一生、松本清張だけ読んでいても構わない——。みうらさんをそこまで魅了した清張作品の真髄とは、いったい何なのでしょうか?

清張は「ホラー小説家」

推理小説に時事問題をからめた名作の数々により、「社会派ミステリーの大家」と称される松本清張。しかしみうらさんは、そこに清張の真髄をわかりにくくしている〝誤解〟があるといいます。

「僕は清張さんって『ホラー小説家』だと思っているんです。昔から推理小説マニアの

本、ビデオなどみうらさんの清張コレクション

人たちが『トリックが甘い』と批判してきたそうだけど、清張さんは何も推理の妙を描きたいわけじゃないの。事件の背景にある人間の業や深い闇を描きたかったと思うんですよ。映画化もいっぱいされてTSUTAYAにもＤＶＤが並んでいるけど、全部『サスペンス』の棚なんですよね。でも本当は『ホラー』の棚に置かないと魅力がきちんと伝わらない。清張さんの作品って、どれも不倫や出世欲といった『煩悩』に惑わされた人が、ちょっとしたことから事件を起こしちゃって、慌てふためいてどんどん悲惨なことになっていくという物語が多い。つまり、誰もが心の中に抱える煩悩の果ての地獄めぐりを描いてらっしゃるわけです。異常な人の犯罪じゃなくて、普通の人が煩悩によって加害者になったり、被害者になったりする恐怖を描いている。だからホラー小説として読んだほうがわかりやすいし、ゾッとするんですよ」

みうらさんはそんな清張作品を読むことで、「自分を戒めてきた」とも言います。

「清張さんは若い頃に極貧の環境で育たれ、戦争も経験された。明るい青春なんてないところが作品の根底にある。だから清張さんの作品の登場人物は、まじめに働いてようやく出世したり小金を稼いだとき、つい調子に乗ってズドーン！と地獄に落とされる。家庭も仕事も守り、愛人ともうまくやっていきたい。そんなことを考え始めるとね、清張さんがやって来て、『そんなうまい話あるわけないだろ！　わしは見とるぞ！』って怒られる。僕は極フツーの家庭に育った根が陽気な人間だから、そういう清張さんの視点を身につけて、『調子に乗っているとひどい目に遭うぞ！　これは地獄への入り口だぞ！』って気をつけるようになったんです。でも、世の中から不倫がなくならないように、地獄って知れば知るほど逆に魅力的に見えてくるから困っちゃうんだよね（笑）」

日常に潜む「清張スイッチ」

みうらさんは自身の経験から、「清張さんを読むと、人生で2つのスイッチが見える瞬間がある」と言います。

「仕事も家庭も安定して、周りからチヤホヤされるようになり、女にもモテるようになってきた。そんな『俺もまだ捨てたもんじゃないな』と思い始めたときスイッチが見えるんだよね。それは片方に『よく考えろ』と書いてあり、もう片方には『清張』って書いてある（笑）。そっちを押すと、必ず地獄に行けるんです。でも、人間ってつくづく業が深いなって思うのが、『押すなよ！』って言われると、かえって押したくなっちゃうもんでね。僕も何度か調子こいてた時期があって、ついそのスイッチ押しちゃいましたからね。『松本清張の地獄スイッチ』を。そしたら、本当にどえらいことになった（苦笑）。僕は自分で体験してみて、『清張地獄』の怖さがよくわかりました。だから清張さんを戒めとして何度も繰り返し読んでいる。僕は30代からどっぷりハマったけど、若い人が早いうちから読んでおけば、『これが地獄への入り口か』ってわかるようになるから、いざというときに大ケガしないで済むと思いますよ」

そもそもみうらさんが松本清張にハマったきっかけは？

「野村芳太郎監督の映画『ゼロの焦点』を観てからですね。画面に漂うこの暗さはいったい何だと衝撃を受けた。当時の僕は『崖』がマイブームで、『グッとくる崖』を『グット・クリフ』と呼んで日本全国の崖を巡礼する企画をやっていたんです。それで『ゼロの焦点』のロケ地である能登金剛の『ヤセの断崖』に行きました。そこはもう本当にグッとくる『ベスト・オブ・崖』で。角度といい立ち心地といい切なさといい、完璧な崖だったんです。そうしたら、やはりそこに松本清張さんの歌碑もあった」

ヤセの断崖は映画『ゼロの焦点』の大ヒットにより北陸を代表する観光地として有名になりましたが、登場人物が自殺することに影響され、崖から投身自殺する人も急増。その霊を鎮魂し、さらなる自殺者を出さないようにと、現地には清張直筆の歌碑が立てられたのです。

「僕の『崖ブーム』って、初め自分の中に湧き起こった理由がよくわかっていなかったんです。でもその歌碑を見る前に、北九州市の松本清張記念館に行ったんです。そこではちょうど『ゼロの焦点』の崖のシーンが流れていて、その映像を観たときに自分の中ですべてに合点がいった。おそらく、僕は小さい頃に映画の『ゼロの焦点』を観ていて、その崖のイメージが脳裏に刷り込まれていた。だからメディアに注目され始めたときに、『そんなうまい話はないぞ!』っていう清張さんの戒めの声が無意識のうちに聞こえてきた。それが崖ブームだったんだと思います。実際、清張さんの歌碑の立ち方ってまるで道祖神みたいで、疫病が流行らないように悪いものが噴き出してくる地獄の入り口にフタをしているというか。僕の崖ブームは、自分がまさに崖っぷちに近づきつつあり、『このままだと地獄行きだ！』という警告の声だったわけです。でも当時の僕はそれをわかったうえで、崖っぷちにしか咲いていない美しい花を摘んで帰ってきたかった。それは清張さんの小説をより理解したいがため。とことん落ちたら、戻って来れませんから（笑）」

清張はマイブームの大先輩

さらにみうらさんは、「松本清張はマイブームの先輩である」とも評します。

「調査がすごいんでしょ、それは『日本の黒い霧』のような社会派ノンフィクションだけじゃなく、『内海の輪』とか『時間の習俗』といった小説にも生かされている。物語の核は〝不倫もの〟なんだけど、そこに考古学とか民俗学とかの細かい知識がいっぱい詰まっているんです。しかも学者以上にお詳しい。でも話自体は、考古学を背景にしなくても成立するからね（笑）。ただ、当時の清張さんにとってのマイブームを取り込まずにいられない。しかもそれが物語の中でちゃんとカギになるように組み立てられている。ニッチなマイブームと大衆性を両立させたところが清張さんのすごいところで、たぶん日本の文学史上で初めてだったんじゃないかな」

そこで思い出されるのが、松本清張は芥川賞を受賞した純文学作家として世に出たという事実です。１９５３年に『或る「小倉日記」伝』で受賞しています。「だから最初から『面白いだけじゃダメ、ニッチだけでもダメ』という両立を目指しておられたんだと思う。多分それはお育ちになった環境がね、大きく影響してますよね。ふんぞり返った文学の権威なんて信じない、でも権威に対して『わしはこう思う』って言うために猛勉強する。それは文学だけじゃなくて、考古学とか民俗学とかの学界に対してもそう。政治家に対してもそう。あくまで庶民目線で闇の部分を暴くために猛勉強する。『小説帝銀事件』なんてフィクションとして書いているけど、ほとんど最後は真犯人を追いつめてらっしゃるからね。今はネット社会になって世の中を斜めに見るなんて当たり前じゃないですか。でも清張さんはずっと前から権威を疑い、何か裏があるんじゃないか調べていくことが原動力になってたんですよ。『わしは見とるぞ！　見とるぞ！　王様は裸だぞ！』って（笑）。それだけハングリーな反骨精神で世の中を見ていたら、そりゃあくちびるも飛び出してきますよ。清張さんって若い頃の写真はとても美少年で、ああいう顔じゃなかったんです。きっと悔しいことがいっぱいあって、自然と口元に力が入っていたんでしょう」

みうらさんはそんな松本清張の姿を一度、実際に見たことがあるそうです。

「生前、一度だけ東京駅でお見かけしたんですよ。黒いスーツを着ておられて、東京駅のポールの横から半分だけ顔を覗かせていらっしゃいました。市原悦子のドラマ『家政婦は見た！』みたいな感じで、まさに『見とるぞ！』という姿だった。そういえば、『家政婦は見た！』の第1話も清張さんの小説が原作（『熱い空気』）でしたね。いつも弱者の側に立って書いていた清張さんは、生きておられたら今の社会のいろんなこともきっと暴かれてたでしょう。僕はいつも『清張さんが生きておられたらな……』って思うんですよね、ニュースを見るときは」

清張が伝えるメッセージとは

42歳という遅いデビューながら、推理小説に社会派ノンフィクション、時代小説など、多彩なジャンルで執筆し、生涯で約７００冊もの著作を遺した松本清張。その中から、みうらさんにおすすめの20冊を入門編として選んでもらいました。

「いきなり大長編に挑むと挫折してしまうかもしれませんから、今回は短編を中心に選んでみました。ただ、清張さんはいろんな題材を扱っておられますが、書かれていることはひとつだと思うんです。それはいつも、『答えは風に舞っている』ということ。僕が大好きなボブ・ディランと一緒（代表曲の『風に吹かれて』の歌詞にこの一節が出てくる）ですよ。人々が地獄行きになる様子は描くけど、それを良いとも悪いとも判断しない。すべては万物流転なんです。しかもその根本には、人間が捨てたくても捨てられない煩悩があります。だから清張さんの小説を読むイコール、仏教書のような印象を受けるんです。浄土宗においての地獄の教典『往生要集』が『悪いことをするとこうなるよ』という戒めの話であるように、清張さんの小説も、『調子に乗っているとこんなえらい目に遭うぞ』という反面教師として読んでみるといいのです。それであんまりグッとこなければ、あなたは『清張地獄』とは無縁の幸せな人だから安心してください。グッときてしまった人は、これからの人生で『清張スイッチ』を押さないように気をつけるため、何度も読み返しましょうね」

みうらじゅん的20選 ❶ ゼロの焦点

松本清張自身が生前、「好きな作品といえば」と第一にあげていた長編推理小説です。

「前任地である金沢へ仕事の引き継ぎに行ってくる」

そう言い残したまま、新婚旅行からわずか1週間で失踪した夫・鵜原憲一。彼の行方を探し求めて北陸地方に足を踏み入れた妻・禎子は、謎の連続殺人事件に巻き込まれていき、夫の隠されていた過去を知っていきます。それは終戦直後のGHQ占領時代から始まる悲劇とつながっていた……という物語です。

小説のポイントは、夫の隠されていた過去。実は夫の憲一は終戦直後に東京・立川の米軍基地周辺で風紀係の警察官をしていました。主な仕事は、米軍相手の売春婦（作中では「パンパン」と呼ぶ）の取り締まり。このときの「出会い」が、夫の失踪と連続殺人事件を引き起こしたのです。

「戦争が生み出した悲劇と、推理小説の要素がうまく絡み合って、社会に翻弄される人間の煩悩が見事なほど描かれています。清張文学の要素がすべてある、入門編にふさわしい作品でしょう」

みうらさんは本作をそう評します。しかも前出のインタビューでも語っているように、魅力的な「グット・クリフ（＝良い崖）」まで登場。まさに、清張全部のせ！

「犯罪で追いつめられた人間は、やがてこれ以上は先に進めない『崖』にたどり着き、すべての謎が明かされる。後に2時間サスペンスドラマでも定番になった心象風景の描き方ですが、これを発明したのは『ゼロの焦点』です。これがすごい！　僕は本作に影響を受けまくっていて、たまに筆で絵を描くときのペンネームを『三浦断崖』にしているほど（笑）。日本海の鉛色の海と空が煩悩に翻弄された人々のやるせなさを引き立てていて、小説を読んでも、何度映画を観てもグッときますね」

本作にはすべてのきっかけになる「清張スイッチ」が存在します。それは新婚旅行中に夫の憲一が禎子に言った「君は、若い身体をしているんだね」というひと言。妻と誰かを比較するような言葉に、禎子はほかの女の影を感じとります。小説はその疑惑が膨らんでいき、夫の謎の解明につながっていくのです。

「人間はうしろめたいことがあるときほど、真実をほのめかす余計なひと言を口にしてしまうんですよ。僕はそれを『うしろメタファー』と呼んでいるんですが(笑)、特に浮気をしている男性が言いがちですね。何気ないひと言のつもりでも、そこでチョイスした言葉にはものすごいインパクトがあって、犯罪を解くカギにまでなる。これが大悪党だったら悪事をはたらいても平然として余計なことは言わないんでしょう。『ゼロの焦点』の夫は普通の人だからこそ、そのうしろメタファーで、ついポロッと言ってしまった。清張さんはそういう人間の煩悩の仕組みを本当によく御存知ですよね。

人はずーっと頭を垂れていられない。やがて欲が出て、自分のやっていることを誰かにほのめかしたくなってくる。その瞬間に地獄行きのスイッチを押してしまうわけです。これはもう仏教ですね。タイトルも『無の思想』を表していますすから。『ゼロの焦点』って、『光り輝いているのに明るさはないに等しい』って意味だから、名誉とか幸せとか、そこにあると思ったものが実は存在していないという仏教の根本思想につながる言葉。人間の業の深さを端的に表す名タイトルですよね。清張さんはコピーライターとしてもすごいんです」

学び――犯罪も浮気もすべては日々の何気ないひと言からバレてしまう

松本清張
ゼロの焦点

『ゼロの焦点』（新潮文庫）
清張の社会派推理小説の代表作は、当時としては珍しい「女性の素人探偵もの」でもありました。まさに日本の推理小説史に新境地を拓いた一作です。

みうらじゅん的20選 ❷

証言

勤続20年。平凡な中年サラリーマンの石野貞一郎には、家族にも言えない秘密がありました。それは愛人がいること。ずっと誰にもバレずにうまくやってきた石野でしたが、愛人のアパートを出た直後に、自宅の近所に住む保険外交員・杉山とすれ違い、反射的に挨拶を交わしてしまいます。

妻には映画を観て遅くなったと言い訳しますが、後日、なんと杉山が殺人事件の容疑者として逮捕されることに。しかも殺人が起こったのはちょうど石野とすれ違った時刻でした。本来であれば、無罪を証明できるはずの石野は愛人の存在が明るみに出ればすべてを失うと恐れ、杉山には出会っていないと嘘の「証言」をしてしまい、杉山に死刑が求刑されます。

「これはまさに真面目な人が、その真面目さゆえに周囲も巻き込んで落ちぶれていく話です。長年コツコツ仕事をしてきて、地位も上がり、部下の女子とつい不倫。今でもよくありそうな話じゃないですか。でも彼は根が真面目だから、愛人の存在を隠そうと嘘に嘘を重ねていく。彼がもっと適当な人で、『愛人のことは女房には黙っててください』とケロッと警察に証言してれば、何の問題もなかったんです」

しかし石野は真面目な人間だからこそ最悪のケースばかり想像してそれができず、事態は泥沼化していきます。次第に杉山だけでなく、自分の身もほろぼしていくのです。

「この小説からわかることは、『清張地獄』に落ちる最大の原因は自分にだけ真面目ということなんです。自分にだけ真面目って結局、他人には不真面目ですからね。それは自分の守るものだけが幸せであればいいという考えになります。大人は何かと『守らなきゃならないものがある』と言いがちです。しかし、人間として本当に自分が守らなきゃなんないものは何なのか？　いろんな誘惑に負けてしまう前に、よーく考えることです」

学び——ピンチのときほど自分の都合ばかり考えてはいけない

『黒い画集』（新潮文庫）
「証言」が収録されている『黒い画集』は収録作の全部が男女の業を描いた初期短編集。その後の作風を決定づけた一冊と評されています。

みうらじゅん的20選 ❸ たづたづし

「これは現代の四谷怪談ですよ！」とみうらさん。32歳のサラリーマン（わたし）が電車でたまたま出会った若い女性・良子と不倫をするのですが、実は彼女には暴力的な夫がいて、恐喝傷害の罪で服役中だと告白されます。しかもその夫は、あと1週間で出所予定。夫の暴力に怯(おび)える彼女は、主人公に自分を守ってくれるように迫るのです。しかし「わたし」は、暴力的な夫のせいで自分の社会的な立場が危うくなる心配ばかり……。とうとう彼女を長野県の山林に連れ出して殺害し、不倫をなかったことにしてしまいます。しかし後日、主人公は新聞記事で殺したはずの良子が生きていることを知ります。彼女は事件の後遺症によって記憶喪失になっていたのです。真実が明るみに出ることを恐れた「わたし」は、良子に再び近づいていきます。

「この状況は、主人公にとって完全にホラーですよ。しかも自分のしたことが原因になっているわけで、因果が巡っているんですね。これは日本人が持つ独特の恐怖のセンスです。海外ホラーの場合、たとえば『13日の金曜日』だったらジェイソンのいるクリスタル・レイクに近づかなければ何も起きない。でも因果応報のある日本の古典的ホラーは、うらみがある当人だけじゃなく、家族や子孫にまでたたりが及んでいく。因果のある限り追いかけられるのが、日本的な『うらみ』の怖さなんです」

ちなみに『たづたづし』とは、「夕闇は　道たづたづし　月待ちて　行ませ我が背子　その間にも見む」という万葉集の歌からとられています。恋人とはなればなれになりたくない切なさを、夜道を歩く不安な心情に託した歌で、主人公と良子との揺れ動く微妙な関係を象徴しています。

「万葉集の歌を現代の不倫につなげ小説にするってすごいですね。日本人のセンスの原点が詰め込まれた小説です」

学び

たとえ殺してもうらみからは逃げられません

眼の気流
松本清張

『眼の気流』（新潮文庫）

「たづたづし」は、男女のもつれに端を発した悲劇5編を収める短編集『眼の気流』に収録。

みうらじゅん的20選 ❹

内海の輪

みうらさんが「清張作品の中でも特に清張スイッチが多い作品だと思う」と話す本作の主人公は、清張が最も憎んだ〝権威〟に執着する考古学者の助教授・江村宗三。宗三は、大学生の頃に一夜の過ちを犯した元兄嫁の西田美奈子と14年ぶりに偶然再会し、W不倫をエンジョイしています。ある日尾道へ不倫旅行に向った宗三は新幹線で友人の長谷に遭遇。助教授としての働きぶりを褒められ、出世欲が頭をもたげると同時に、不倫が学者にとって命取りになるのではと恐れ始めます。そんな愛欲と出世欲の板挟み状態の中にあって、宗三はつい美奈子に結婚をほのめかす発言をし、見事地獄モードに突入。言質を取ったとばかりに「もう一泊してよ」とねだる美奈子に危険を感じますが……。

「再会して、彼女との体の相性が抜群に良いことに気づいたんでしょう。男にとって体が合うってうれしい反面、弱ったところで本当は帰りたいはずですが、結局もう一泊してしまうんです」

愛欲に負け、今度は関西に不倫旅行する二人。そして告げられる妊娠。みうらさん曰く「『できちゃった』が出ると本格地獄でしょ」。絶望に落ち、出世を選んだ宗三は美奈子を殺害、遺体を山に埋めるに至ります。出世を脅（おびや）かす不安材料を抹殺したと安心しますが、現場付近に落としたと思われる証拠品を探している途中、皮肉にも考古学上最大の発見となる腕輪を見つけたのが運の尽き。猛烈な功名欲を抑えきれず、腕輪の発見を学会に公表したことで警察の目に留まってしまうのです。

「本当の地獄とは、守るべきものがあると思い込んでいる心と、それでも肉欲に溺れ、追い詰められて身動きが取れない状態のこと。『もう一泊』も、論文の発表も全ては自分本位の欲望がゆえの地獄スイッチ。気を付けてるくらいではカルマは急に止まりません」

学び――

あれも欲しいこれも欲しいが身を滅ぼします

『内海の輪』（光文社文庫）
『週刊朝日』に連載され、サラリーマンのニーズに応えた官能度高めの一編。短編「死んだ馬」も収録。

みうらじゅん的20選 5

書道教授

清張作品の中でも一、二を争うマヌケな主人公・川上が、悲惨な末路を辿る本作。銀行員として人並みに働く至極普通のお父さんだったのに、銀座のホステスと身の程知らずの不倫に溺れたことから、人生が狂い始めます。案の定、相手を重荷に感じた川上がとった行動は、上品な未亡人・久子の書道教室で書を習い、心を静めるという〝現実逃避〟でした。

「書道や陶芸って、現実から遠く離れたいオヤジの逃避世界なんだと教えられました。とはいえ、先生に気に入られようとしたり、他の生徒に嫉妬したりという男の〝とっつき精神〟は枯れていない。でも普段の生活に刺激のないカスカスな人だから、急に水（刺激）を与えると沼地になってぬかるむんですよね」

不倫相手に大金を要求され絶望した川上はある日、久子が不倫の果ての殺人を幇助した事実を知ることに。先生なら、自分が同様に殺人を犯しても協力してくれるかも――。この〝とっつき精神〟がもたらした希望的観測は、川上を罪の泥沼にひきずり込むのです。沼に両足を突っ込んだ川上は、マズイことが起きたときに慌てまくるせいでさらに深みにハマるのもマヌケなところ。

「清張さんの作品には、鎌倉か京都に住む本当に悪い金持ちのジジイキャラが出てくるでしょ。そんな奴らには『うしろメタファー』がないから地獄には落ちないのですが、それを凡人が中途半端に真似すると即、地獄行き。真面目で気が弱くて、性欲や地位といった後ろめたいことでいっぱいだから、浮気や犯行がバレると慌ててごまかそうと変なスイッチを押して、自滅していくんです」

身の丈に合わない欲望は持たないこと。そして、逃げない、慌てないことで地獄は防げるかもしれません。

学び――

破滅を防ぐ三原則　持たない・逃げない・慌てない

『宮部みゆき責任編集 松本清張傑作短篇コレクション 中』（文春文庫）「書道教授」は、「悪女を描くとき、清張さんは手加減しなかった」と語る、宮部みゆき責任編集の文庫に収録。巻末に清張作品人気ランキングも。

みうらじゅん的20選 ❻

事故

杉並区の会社重役の家に、ある夜、運送会社のトラックが突っ込む事故が発生。本作は、その事故の裏で登場人物が入り乱れ、W不倫に保身に殺人にと奔走するドロドロストーリーです。

「浮気調査の依頼者と探偵が浮気するとか、お互い素性を知らない検事と人妻が恋に落ちるとか（『波の塔』）、清張さんは〝あってはならない恋〟っていうのもお好きですよね。そこで描いているのは、みんな肩書きに振り回されて悩んでいるだけで、結局『善も悪も関係なくやることはやっちゃうのが人間』ということなんですかね」

トラックが突っ込んだ家の主人・山西省三、その妻・勝子。勝子から依頼された夫の浮気調査を請け負ううちに、勝子と不倫関係になってしまう探偵・田中幸雄。山西は妻の浮気を「お恥ずかしい話ですが」と偶然にも当の本人である田中の探偵事務所に依頼し、所属探偵の浜口久子は勝子の浮気相手が田中とは知らず、熱心に調査を進めて……と、立場やメンツを気にしまくる人々の交錯には、滑稽さすら感じられます。

「立場は違っても考えていることは一緒だったりするのが人間です。でもそんな相手の気持ちは、実は同じ立場に立ってみないとわからないもの。よく警察の暴力団担当の刑事はヤクザと顔や趣味が似てくるなんていうけれど、善と悪は表裏一体で、悪いやつのことも知ってないと解決できないからなんですよね。清張さんはずっと、単純な善悪ではかりきれない〝人間裁判〟を描いてきた人なんだと思います」

人の先入観、権威と不正、現実の社会に起こるすべてを「見とるぞ！」と疑い続けた清張は、人がついこだわってしまう立場や肩書きを、根底からグラグラと揺らして崩してみせるのです。

学び

悪いやつの気持ちは、悪さを知らなきゃわからない

『事故』（文春文庫）
ドラマ『家政婦は見た！』の第1話の原作となった「熱い空気」を収録。現実にひそむドロドロも、清張は見ています。

みうらじゅん的20選 ❼

遠い接近

『遠い接近』は膨大な著作の中でも珍しく、松本清張の自伝的要素が色濃い小説です。

本作には「ハンドウ」というキーワードが登場します。これは戦時中の軍隊用語で「懲罰」という意味があり、戦争に協力的でない市民や、軍隊の規律を乱す「ハンドウ（＝反動）分子」を罰する際に使われていました。終戦後にも広く使われた言葉でしたが、戦中と戦後でその意味は正反対。元は「戦争に非協力的な人」を罰するための言葉でしたが、戦後は「軍国主義者」を指す言葉として使われ、「戦争に協力した人」の罪を問う意味になったのです。

ここには清張自身の戦争体験が反映されています。実際に戦中の清張は仕事で忙しく、町内の軍事演習に参加していませんでした。そのことが役所の職員に悪印象を与え、「ハンドウをまわす（＝懲罰を与える）」ために軍隊に召集されてしまうのです。

『遠い接近』の主人公・山尾も、清張とまったく同じ経緯から召集されます。ただ違うのは、清張は終戦後に疎開先の家族と再会することができたものの、山尾の家族は広島に疎開したため、原爆により全滅してしまいます。それもこれも、役所の職員が恣意的に「ハンドウをまわした」から――。そこから山尾の壮絶な復讐劇が始まるのですが、それは権威に厳しい眼を向け、背後にある闇を暴くことに生涯を捧げた松本清張の姿と重なっていきます。

「戦争の体験が『先入観を持たず、すべてを疑う』という清張文学の原点になった」とみうらさん。「ハンドウ」という言葉が戦中と戦後で正反対の意味になったように、正義と悪の価値観も時代によって変わってしまいます。だから清張は表面的な言葉の意味に惑わされず、その背後にいる〝人間〟を凝視します。本作には、松本清張の「わしは見とるぞ！」という強烈なまなざしの原点があるのです。

学び——

言葉の意味は時代によって正反対にもなる

『遠い接近』（文春文庫）
書名の『遠い接近』は、自身の正体を隠して復讐する相手に徐々に近づいていく主人公の怨念を象徴しています。

みうらじゅん的20選 8

黒い福音

1959年に起こった「英国海外航空（BOAC）スチュワーデス殺人事件」を題材にした本作。東京都杉並区の善福寺川で日本人スチュワーデスが水死体で発見され、司法解剖の結果、他殺であることが判明します。女性の交友関係を調べていくと、捜査線上にカソリック教会のベルギー人神父が浮上。しかしメディアの報道合戦も過熱するなか、神父はベルギーに帰国。重要参考人を失ったことにより、そのまま事件は迷宮入りしてしまったのです。

この事件からわずか8カ月後に連載が始まった『黒い福音』は、フィクションでありながらも、圧倒的な取材力と洞察力によって国際的な犯罪組織の関与も匂わせながら真相に迫っていきます。その答えは読者のひとりひとりに判断してもらうとして、ここで注目したいのは、やはり清張文学の定番である男女関係。日本の教会に赴任した若い外国人神父は、今でいうイケメンだったことから女性信者の人気を集めます。本来は禁欲生活がルールのはずのカソリックの神父でありながら、その誘惑に負け、日本で愛欲に溺れていくのです。しかし、それは当時は珍しい「外国人神父」という立場を利用した仮のモテ期。やがて神父は好きな女性ができ恋人関係になるものの、立場を利用した恋愛ゲームにいそしんでいたツケがまわり、本当に守るべき恋人を犠牲にしなければならなくなってしまうのです。

「清張さんの世界では地位を利用して金儲けや女遊びをするやつは必ず地獄に落ちます。聖職者さえも『裏があるに違いない、にんげんだもの』と厳しく見るのです」とみうらさん。周りからチヤホヤされたとき、それが本来の自分に対する評価なのか、それともほかの要素に対するものなのか。浮かれる前によく考えたほうがいいでしょう。

学び——地位を利用して異性を口説いたら痛い目に遭う

『黒い福音』（新潮文庫）
現実の殺人事件を題材にしただけでなく、綿密な調査で真相を推理し真犯人像まで提示してみせた問題作。

みうらじゅん的20選 ❾ 赤いくじ

「暴力を直接扱うより、戦争の悲惨さが伝わってくる小説。こういうジワジワした恐怖のほうがリアルで共感できる」

そうみうらさんが評するのが『赤いくじ』。戦時中の朝鮮半島の町を舞台に、そこに住む出征軍人の若妻をめぐって参謀長と軍医が恋のさや当てを演じる物語です。美しいだけでなく、教養もある彼女に二人の中年男性が年甲斐もなく惚れてしまう、一見ほほえましい話なのですが、そこは松本清張の本領発揮。「敗戦を機にアメリカ軍が乗り込んで来て、日本人の婦女子が暴行される」という噂が流れたことから、アメリカ軍に差し出す「生贄」として、くじ引きで町の中から慰安婦を選ぶことになります。そこで当せんを示す「赤いくじ」を引いたのが、二人が恋い焦がれる若妻だったのです。

実際にアメリカ軍が来てみると、拍子抜けするほど紳士的で、慰安婦を用意する必要などなかったのですが、若妻は「赤いくじを引いた女」として、高嶺の花だった存在から、周囲に蔑まれる立場に落とされてしまいます。すると、彼女に恋した二人の男たちが、次第にその欲望を露わにしていくのです。

参謀長と軍医も、初めのうちは若妻の気を引くために、彼女に贈るプレゼントを競い合っていました。戦中は貴重だった砂糖だったり、新鮮な魚だったりと、互いの立場を利用してさまざまなプレゼントを与え、こちらに振り向いてもらおうとしたのです。

しかし若妻が運悪く「赤いくじ」を引いてしまうと、そうした恋のさや当てなど忘れ、まるで「自分の好きにできる娼婦」であるかのように彼女に迫ります。結局のところ、たくさんのプレゼントは彼女のためを思ったものではなく、あくまで自分の醜い欲望を隠すためのものでしかなかったのです。

学び——

たくさんのプレゼントには必ず裏がある

『松本清張傑作選 憑かれし者ども——桐野夏生オリジナルセレクション』（新潮文庫）

「赤いくじ」は桐野夏生がセレクトした短編集に収録。清張文学の真髄を短い言葉で端的に見抜いた解説もファンなら必読。

みうらじゅん的20選 ⑩

天城越え

16歳の家出少年がくぐった天城トンネルは地獄への入り口でした。小説の冒頭で川端康成の『伊豆の踊子』の一文が引用されていることからもわかる通り、本作はそのパラレルワールドともいうべき作品です。実家の鍛冶屋がある下田から、兄のいる静岡に向けて家出しつつも心細さを覚えていた少年は、天城トンネルを抜けた先で、修善寺方面から向かってきたひとりの美しい女性と出会います。少年は初めて感じる女性の色香にドギマギしますが、少年の楽しいひときは二人の前に「土工」が現れたことからどす黒い現実に変わるのです。

「『伊豆の踊子』って結局、金持ちのボンボンが、天城トンネルをくぐって脇にある峠の茶屋で踊子と会話して、ロリータに淡い恋心を持つ話じゃないですか。しかし、この同じ天城トンネルをモチーフにしながら、『天城越え』はすべてが逆ですよね」

本作には、思春期の甘酸っぱさとは程遠い、冷たくじめじめした雰囲気が漂います。大家族で楽ではない暮らし、持ち金はたったの16銭、小言を言う母親に歪んだ思いを抱えていて……。そんな世界からなんとかして〈よその土地〉に出たいと願った少年は、貧しく暗い少年時代を過ごした清張そのものだとみうらさんは言います。

「清張さんは、自分自身には楽しい青春なんてひとつもなかったから自伝は書かないと語ってらっしゃったけれど、実は『天城越え』も含めて自伝的な短編ってものすごく多いんですよね。だから、神の目線ではなくて、清張さんの目線で読むと感情移入できるんです。確かに、現実には『伊豆の踊子』みたいなロマンティックなことってそうそう起こるもんじゃない。清張さんは自分の実感があるからこそ『わしが書くものはそんなに甘くないぞ！』という思いで、この作品を書かれたんじゃないでしょうか」

学び――
人生、そうそうロマンティックなことは起こらない

『黒い画集』（新潮文庫）
「天城越え」も収録。娼婦と土工の行為を目撃するシーンの描写は、清張が実際に犯罪者から聞いた話がヒントになっているそう。

みうらじゅん的20選 ⓫

恩誼の紐

「小説という体裁をとってはいるけれど、これもあまり明かされていない清張さん自身のお話だと思います」とみうらさんが話す本作は、女中をしながら自分を守ってくれるババやん＝祖母を救い出そうと、9歳の少年がババやんの奉公先の奥さんを殺してしまうことに端を発する、ショッキングな物語です。

「主人公の男の子って当然、すごく純情なんですよね。ババやんだって貧しいから生活費を稼がなきゃいけないのに、その事情には気づけなくて、ただ守りたい一心で奉公先の奥さんを殺してしまう。しかもその罪を、奉公先にまで金をせびりに来ていた自分の父親に被せて。ピュアな少年がそこまで思い詰めざるを得ない状況って異常だけれど、貧しい少年時代を過ごした清張さんも、自分ではどうしようもない閉ざされた生活の中で、こんな衝動を感じた瞬間があったのかもしれないと思うんです」

また、この作品で注目したいのは、成長した主人公がよく尽くす年上の妻・富子に対し、〈非の打ちどころのない女房というのは万事が面白くない〉〈とにかく富子と暮らしているのが気詰まりになった〉と感じた末に、妻を殺害してしまう展開です。

「地獄が待っている男の奥さんって大概、清張世界ではつまらない人ってことになってます。例えば、奥さんに浪費癖があってとんでもないものを買ってきたとか欠点を挙げて文句を言える人は、なんだかんだ日常に刺激があるから、殺しにまで考えが至らないはずなんです。尽くしすぎる妻が殺されるほうが、現実味があると思いますね」

貧しさも尽くしすぎる妻も、刺激を奪い、男の生活を閉ざしていくという点では同じなのでしょう。清張地獄は閉塞的な日常の中に潜んでいるのです。

学び――
日常には適度な刺激が必要です

『松本清張傑作選 戦い続けた男の素顔―宮部みゆきオリジナルセレクション』（新潮文庫）
「夜が怕い」「父系の指」といった私小説的な作品と共に「恩誼の紐」を収録。自身が「濁った暗い半生」と語る少年時代が浮かび上がる。

みうらじゅん的20選 ⑫
潜在光景

「天城越え」が、大人の男に自分の女を奪われるような気持ちを抱いた少年の犯行を描いたものならば、本作は大人になったその少年に同じ因果が訪れるトラウマもの。主人公は20年ぶりに初恋の人と偶然出会い、子持ちの未亡人になった彼女と不倫。しかし彼女の子どもの不審な行動に自分への殺意を感じ、自分が幼少時代に犯したある行為がフラッシュバックし始めます。

本作の背景にあるのも実は子どもの貧しさ。貧困ゆえに追いつめられた先の出来事が描かれます。

「清張さんは自分の子ども時代の貧しい思い出を漏電するくらい差し込んできますよね。大人の事情なんて、友達の家でテレビゲームでもやっていれば忘れられるはずなのに、貧乏だからどこにも行けなくて、黙って甘受するしかない。それは兄弟もいなかった清張さんが、ひとりぼっちで悩んで知った現実なんじゃないでしょうか。貧しさゆえに、大人になって知ればいいことを全部子どもの頃に知ってしまうって、やるせないですよ」

本作の6歳の子どもも、家に知らない男が上がりこんでお母さんを奪うかもしれない大人の事情に、殺意で立ち向かうしかなかったのです。

「僕たちは『貧しい人＝いい人』って思い込みがちですが、人間だから悪いことも考えるのが自然なんですよね。現実にはイメージと違うことが起こるものだと思い知らされて、ドキッとしてしまいます」

本作のあとがきで「子どもは案外不気味な存在」と語っている清張。主人公の悲劇は、貧しい人はいい人、子どもは無邪気なものという思い込みから始まったのかもしれません。清張作品では金持ちや権力者が悪者になることが多いものの、かといって質素な生活を送る人の心が清らかだとも描かれないのは、それが本当の現実だからなのです。

学び
安易な思い込みが命取りになるかも

『潜在光景』（角川文庫）

「この平凡な生活も常に危機に満ち満ちている」と語った清張。すぐそばで起こり得る現代ホラーを味わえる一冊。

みうらじゅん的20選 ⑬

小説帝銀事件

1948年1月26日、終戦直後の日本を震撼させる大量殺人事件が発生しました。この日、帝国銀行（現在の三井住友銀行）椎名町支店に東京都の腕章をつけた男が現れ、「近所で集団赤痢が発生した。感染者がこの銀行に来たことがあるとわかったので、GHQ（占領軍）が行内を消毒する前に予防薬を飲んでもらいたい」と告げました。しかしそれは毒性の強い青酸化合物で、銀行にいた16人のうち12人が死亡。犯人は現金と小切手を奪い逃走しました。警察はその手口から、旧陸軍関係者に疑惑を抱きます。しかし、その捜査はGHQの圧力により中止が命じられ、それと代わりになるかのように、画家の平沢貞通という男性が容疑者として浮上します。すると多くの謎があるのにもかかわらず、本人の自白（しかも拷問に近い取り調べを受けていたことが後に判明）だけで死刑判決が下ってしまうのです。

松本清張はこの事件の経緯に巨大な権力の意図を感じとり、事件の裏側を徹底的に調査していきます。その結果、清張の社会派小説を代表する本作が生まれたのです。

みうらさんは清張の数ある社会派小説の中から『小説帝銀事件』を選んだ理由について、こう話します。

「小説を読んでから帝銀事件そのものにも興味を持って、裁判の記録も読破したし、椎名町の帝銀跡地にも行きました。それだけハマったのは、この事件が他人事だと思えなかったからです。犯人だとされた平沢さんは、決定的な証拠があったわけじゃなく、『怪しげな絵描きが捜査線上に浮かんできたから、きっと事件に関わっているに違いない』というイメージが先行してとうとう逮捕されました。これって僕みたいなイラストレーターには本当にホラーで。もし僕が何かの事件に巻き込まれて捕まっても、世間は『あいつならやりそうだ』って納得しちゃいそうじゃないですか？　画家っていう特殊な職業に就いていたために、警察からも、世論からも貶(おとし)められていく。自分が完全に平沢さんの側の人間だから、ほかの清張さんの社会派小説よりも身近な恐怖を感じるんですよ」

実際に清張はさまざまな角度から事件を検証し、「平沢冤罪」を提唱します。多くの人がこの見解を支持したものの再審は認められず、事件から39年後、死刑の執行が延期されたまま、平沢貞通は95歳で獄中死してしまいます。本作の発表以降、「冤罪説」を裏付ける多くの研究が世に出ましたが、関係者のほとんどが亡くなった今となっては、事件の真相は闇の中です。

「本当の大悪党って、悪事を働いてもうしろめたさがないんですよ。だから清張さんの多くの作品の犯人のように慌ててボロを出すこともなく、まんまと逃げおおせる。戦争を体験した清張さんはその現実をわかってらっしゃったから、ほとんどノンフィクションの社会派小説を書くことで、大悪党を追い詰めようとしたんだと思うんです。『どうしたんだ！　わしはお前らの悪事を見とる、見とるぞ！』って。この小説を読むたびに、清張さんのそんな声が聞こえてきます」

松本清張は後に、昭和史の裏側を暴いた大作『日本の黒い霧』でも帝銀事件を追いかけることになります。「黒い霧」が流行語になるほど同作は話題を集め、日本の文学史に「ノンフィクション」というジャンルを打ち立てました。つまり、田原総一朗も立花隆も、今も活躍するジャーナリストはみんな、この『小説帝銀事件』の影響から誕生していったのです。

学び
みんなが思う「悪いやつ」は誰かが意図的に作り上げた偶像かもしれない

小説帝銀事件 松本清張

『小説帝銀事件』（角川文庫）
10年にわたる膨大な調査により、戦後の米軍占領期に潜む権力の暗躍に迫った記念碑的作品。この魅力にハマったら、続く『日本の黒い霧』もぜひ一読を。

みうらじゅん的20選 14
月

『月』は清張文学を象徴するタイトルです。不倫も犯罪も白昼堂々ではなく、夜の闇にまぎれて行われます。その光景は他人の目に触れることはありませんが、ただひとつ、月だけが見ており、やがて明るみに出てしまう――。松本清張の小説には、そういうイメージがよく似合います。

本作は年老いた歴史学者・伊豆の悲劇を描いた短編です。真面目なだけで才能に乏しく、人付き合いも苦手な伊豆は、学界の名誉とは無縁の人生を送り、ある女子大の「もっとも目立たない教授」として、地味な研究に没頭していました。しかし、そんな彼を慕う女子大生が現れると、少しずつ、伊豆の人生に変化が訪れていくのです。

「この小説は最後の2行がすごい。そこまでは女子大生と老学者の普通に良い話だったのに、最後の最後でドンっと暗転して終わってしまう」とみうらさん。その衝撃のエンディングとは、女子大生への好意をずっと胸の内に秘めていた伊豆が、思いの丈を打ち明けることがきっかけになります。ネタバレは避けますが、「自分のような老人が年の離れた女性に恋をしても、良い結末は迎えないだろう」と自身が予感した通りの結果が待っていたのです。

「悪い予感ってだいたい当たるものでしょ。彼が『愛』だと錯覚したものは本当はどこにも存在していなくて、ただ『月がきれいに出ていた』というだけのことだったと最後にわかるんです」

明治初期まで、日本語には「愛している」という言葉がありませんでした。そのため夏目漱石が「I Love You」という英文学のセリフを日本語訳する際に、そのニュアンスだけでも伝わるように「月がきれいですね」としたのは有名なエピソードです。この『月』という短編には、そんな「愛」のロマンティックな面と、はかなさの両方が表れています。

学び——悪い予感はだいたい当たるもの

『松本清張傑作選 戦い続けた男の素顔―宮部みゆきオリジナルセレクション』（新潮文庫）「月」は、清張の人生経験が反映された作品をテーマに、松本清張ファンとして知られる作家の宮部みゆきが選んだ短編集に収録。

「誰もが年齢を重ねると共感できる『ゴーギャン幻想』をベースに書かれたものです」

ゴーギャンって、あの有名な画家のことですか？

「そうです。今でこそタヒチの絵で有名なゴーギャンだけど、実は最初から画家だったわけじゃない。もともとは会社員として妻子と一緒に地味な生活を送っていた。でも、どうしても絵描きになりたくて〝脱サラ〟するんです。それで極貧になってしまい、ずっと奥さんになじられます。ゴーギャンはそれが嫌で、晩年に家庭から逃げるようにタヒチに行っちゃうんですよ。有名な作品の多くはそこで描かれるんだけど、最終的には梅毒で孤独に死ぬんですよね。普通に考えたら、『幸せな家庭があったのに……』という人生だけど、ゴーギャンはすべてを捨ててでも絵を描き逃避行がしたかった。こういう『ゴーギャン幻想』は、年をとった男なら誰しも考えると思うんです。『駅路』は、そのルーツ的作品です」

本作は銀行を定年退職した平凡な男性が、余生を好きに過ごそうと、妻も子供も何もかも捨てて愛人と失踪する物語です。ゴーギャンは、そんな主人公があこがれていた画家として登場しています。

「子供も大きくしたし、生活に不自由しないくらいの財産は遺した。それならもういいじゃないか。余生は本当にしたかったことをやりたい。一人の人間としてね。問題は、それで本当に幸せな余生が送れるのかってことですよね。ゴーギャンも最後は悲惨だったけど、不幸かどうかなんて本人が決めることで、他人が口を出すことじゃないんじゃないかと。みんな常識とか普通といった基準に縛られているけど、世の中には『常識的な人』なんて本当はいない。人それぞれの生き方があるだけなんだってことを、清張さんは教えてくれました」

学び――
常識人なんて実はどこにもいないんです

『駅路　傑作短編集6』（新潮文庫）
表題作のほか、ごく平凡な生活を送る市井の人々が起こしてしまう犯罪を扱った10編の短編を収める。

みうらじゅん的20選 16

二階

松本清張の短編の中でも、シンプルな筋立てで知られる秀作です。竹沢幸子の夫・英二は病気のために自宅の「二階」で寝たきりになってしまいます。しかし幸子は家業の印刷屋の仕事で忙しく、夫の世話をする時間がありません。そこで付き添い看護婦の坪川裕子を雇います。彼女は優秀で、夫の世話にも問題はないはずでしたが、なぜだか幸子は二階に上がることにためらいを覚えるようになっていきます。看護婦というよりも、ひとりの女が二階で夫とひっそり向かい合っているような気がする――。そう感じた幸子はある日、夫の目の前で泣いている裕子の姿を見てしまいます。「明日からもう来なくていいわ」。そう告げる幸子に、彼女はもう1日だけ英二に別れを言う時間がほしいと頼み込みます。幸子が承諾すると、翌日、2人は〝ある行動〟に出てしまうのです。

「これは家政婦に来た女性が、たまたま夫の昔の恋人だったという一見、ロマンのある設定の話のように思えますが、妻が階段を登ってくるギシギシした音が聞こえると、なんでもないように即座に取り繕っていたんでしょう。読んでいると、その画が見えるくらいリアルです。これも因果応報というか、偶然という人生のいたずらですよね。ただそうなると当然、『あんたらはいいけど奥さんはどうするんだ？』ってことになっていく。それが人生のままならなさを表しています。どっちも幸せにできればいいのだけど、『そんな都合のいいことはあり得ないぞ！　お前はどうする？』と清張さんが仰っているかのようです」

なつかしい昔の恋人を選ぶのか、平凡な日常を守るために奥さんを選ぶのか。衝撃のラストの解釈は人それぞれでしょう。ただ言えるのは、そのとき試されているのは読者の人生観なのです。

学び——

自分に関わる人すべてを幸せになんてあり得ない

『黒地の絵　傑作短編集2』（新潮文庫）
「二階」は、事件の推理や犯人当てよりも、人間の本当の怖さに焦点を当てて描く清張文学の本質が収められた短編集の一編。

みうらじゅん的20選 ⓱

絵はがきの少女

幼い頃から絵はがきを収集していた主人公が、裏富士の見える寂しい農村の絵はがきに偶然写り込んでいた少女に惹かれ、彼女の足跡を追う本作。きっと美人に育ったに違いない、本当に会えたらなんと声をかけようか。そんな主人公の淡い期待は、彼女を襲った悲惨な現実に打ち砕かれることになります。

「たまたま持っていた絵はがきに写り込んでいた少女。そして、偶然出会う人たちから真相を告げられる。小説としては行き当たりばったりな展開だけど、逆にドラマティックですよね」とみうらさん。そもそもは主人公の想像力が度を超えたことに端を発しますが……。

「この作品には、きっと少年時代に絵はがきを見て想像旅行をしていた清張さんの姿があるのだと思います。ご自身がいろんな絵はがきを見てきたからこそ、寂れた農村の風景にも想像力を膨らませられたのでしょう。清張さんなら、居酒屋に貼ってあるビールのキャンペーンガールのポスターからだって、モデルの末路まで考えると思いますよ。いけすかないCMディレクターと不倫の末殺されて、見つかった水着の生地の一片から捜査が始まる、とかね（笑）。実は僕も気になる絵はがきを見つけたことがあって、スーツの男が藤棚の下のベンチにぽつんと座って裏富士を眺めている写真なんだけれど、実際現地に行ってみたら到底スーツで来るような場所じゃなかった。おかしいと思っていたら、今度はその男が全く同じ場所で女と並んで写ってる絵はがきが出てきたんです。二人の距離感が微妙だったから『これは不倫だ』と（笑）。わざとなのかたまたま写り込んだのかはわからない。でも実際、世の中にはおかしい構図がいっぱいあるんです。どんなさりげない一瞬にも、裏にはものすごく事情が含まれていると清張さんは教えてくれているのかもしれません」

学び――
キレイなものの裏には〝事情〟が隠されています

『憎悪の依頼』（新潮文庫）
「絵はがきの少女」は初期の短編集に収録。新聞社の学芸部員が美術界の疑惑を探る「美の虚像」も必読。美しさの裏にはワケがある。

みうらじゅん的20選 18

巻頭句の女

俳句雑誌の巻頭句を飾っていた常連の女性から3回続けて投稿がない——彼女は療養院に入っており、選者の男性二人は心配から彼女に会いに行くことを決意します。

「この作品は、俳句雑誌の選者たちの『最近、彼女の投稿がないねぇ』なんて何気ない会話から始まります。全く関係のない遠い遠いところからどんどん事件の真相に向かって掘っていく手法は、まさに清張さんの真髄。いつも〝遠い接近〟ですよね」

「これぞ、松本清張の真髄を見る作品」というみうらさん。

療養院に行くと女性の姿はなく、聞けば最近結婚して退院したとのこと。選者コンビの純粋な心配は「一度顔を見てみたい」というかすかな下心に変わっていたのかもしれません。行方探しを諦められず、なかば執念のように彼女の足跡を追っていきますが、そこには二人の幻想を蹂躙する殺人の影。結局、女性の姿も声も知らぬまま、物語は淡々と終わりを迎えます。

「結末に理由なんて要らないんです。一応最後にトリックは説明されているけど、ひとつの俳句から悲惨な結末に至る過程が醍醐味ですからね」

また、この作品は清張自身も好んだ「俳句」が重要なモチーフになっています。『身の侘びは掌に蓑虫をころがしつ』という一句から、選者コンビは「孤独者に違いない」と想像し、淡い興味を持ったからこそ行動に移したのです。

「でも、俳句というイメージの世界が剝かれて剝かれて最後は丸裸になり、現実を見せつけられるんですよね。『絵はがきの少女』とも似ていて、最初はのんきに妄想しているんだけれど、それが思わぬ結末を迎えてポカンとする。その不条理さのほうが実際は現実に近くてリアルなんです。『人生、ドラマティックなことなんて起こらない！』と思い知らされる作品です」

学び

幻想も妄想も、いつか必ず丸裸になる

『駅路　傑作短編集6』（新潮文庫）
俳句がモチーフの「巻頭句の女」ほか、万葉集×考古学が題材の「万葉翡翠」、邪馬台国の所在地を探る「陸行水行」など、清張のマイブームが詰まった短編集。

みうらじゅん的20選 ⓳

遠くからの声

「殺人事件もないし、不倫もない。どこか純文学の香り漂う作品ですね。でも人間の感情がこもっていて、なぜだかゾクゾクする」とみうらさんが推す本作は、主人公が珍しく〝清張地獄〟に落ちない一編。姉の交際にたびたび利用された無意識小悪魔系の妹は、姉と結婚した主人公に恋心を抱いていますが、主人公はその気持ちには気づきません。新婚旅行先にまで現れ、中禅寺湖の霧の中から無邪気に「おにいーさまあ。おねえーさまあ」と二人を呼ぶ義妹。その声に隠された意味は、義妹が自分を痛めつけるかのようにして人生の転落を選んだとき、やっと主人公に伝わるのです。

「霧がかかっていて、遠くから声が聞こえるというのは、清張作品のひとつのテーマ。精神病院から抜け出した男が山道を来るとか、闇から魔物が現れるとか、闇や霧の中から声が聞こえる清張作品って多いんですよね。ホラー映画でも『THE FOG』や『ミスト』のように霧って欠かせない要素ですから。逆に霧の中から声が聞こえ始めたら、清張スイッチが出現した証拠だと言えるかもしれません が。この主人公は義妹の声の意味に気づかず、歴代主人公が陥りがちな不倫に至らなかったから、地獄を回避できたわけです」

中禅寺湖で義妹が名前を呼ぶ直前の光景は〈白い霧のおりた黒い木立のぼやけた奥行に、彼女の姿は精霊のように消えた〉と表現されています。

「清張さんはのちに『日本の黒い霧』シリーズを発表しますが、物事は、わかるようでわからない、つかめるようでつかめないもの。人間の感情だって同じ。清張さんは、旅に出かけても湖の霧をじーっと見ていたりしたらしいのですが、いつも、実体のないものから『見とるぞ!』と真実を読み取ろうと努めた人だったんです」

学び——

人の気持ちは、そう簡単にはつかめない

『宮部みゆき責任編集 松本清張傑作短篇コレクション中』（文春文庫）「姉の夫への恋」という煩悩を抱いた義妹の末路は、〝地獄〟ではなかったか？「遠くからの声」が収録された短編集。

みうらじゅん的20選 20

鬼畜

「今回の20作の中でも、『鬼畜』はダントツの生き地獄ぶり」

みうらさんがそう語るほど本作はホラー！ 松本清張が検事から聞いた実在の

事件がもとになっており、まさに「本当にあった怖い話」なのです。

事の発端は地方で印刷屋を経営する竹中宗吉が、料理屋の女中・菊代と不倫関係になったこと。宗吉は妻のお梅との間に子供がなく、印刷屋の事業も軌道に乗っていたのをいいことに、菊代との間に3人の子を儲けます。

しかし数年後、最新の機材がそろう印刷所が進出してきたことで、宗吉の事業は窮地に陥ります。ついに愛人に渡す金もなくなってしまったことから、菊代は我慢の限界に達し、子供たちを連れて宗吉の家に乗り込んで来ました。妻と愛人に挟まれて煮え切らない態度を取り続ける宗吉に嫌気が差した菊代は、子供たちを置いて出て行ってしまいます。残された3人の子を「子供ができなかった妻への愛人による当てつけ」と解釈したお梅は、目障りな子供たちをひとりずつ「処分」するように宗吉に命じるのです。

妻への負い目から、冷酷な命令に逆らうことができない宗吉の境遇は、自業自得とはいえまさに生き地獄。どんな扱いを受けるか知りながらわが子を置いていった菊代も、3人の子の処分を命ずるお梅も、そして、嫌々ながらも子供を手にかけていく宗吉も、地獄の中で普通の人が「鬼畜」になっていく様子を、松本清張は丹念に描いていきます。

本作には主人公の地獄行きのきっかけとなる「清張スイッチ」が、とてもわかりやすく登場します。それは菊代を口説いた際のやり取りです。

〈「浮気じゃない。おまえのことは考えている」

宗吉はあえいで答えた。

「そう、きっとね？ 捨てないでみてくれるのね？」

女のこの質問の意味の重大さを彼は半分気づいていた。彼の熱い頭の中は、いまの商売の順調を勘定した。この女ひとりぐらいは、なんとかなりそうな気がした。

「おれに任せてくれ」

彼は女の耳に上からささやいた。〉

この一見、男らしい言葉を根拠に菊代は子供をどうするのかと迫るのです。

「これは凡人が『おれは出世した！』と思ったときに見せる間違った男気です。そんな浅はかなひと言が地獄への切符になっていると気がつかない。本当は陽気に、『いや〜、おれには無理かもしれないな〜』なんていい加減に答えていればよかったんです」

みうらさんは松本清張をこれまで読み込んできて、「地獄行き」を防ぐ一番の秘訣を見つけたと言います。

「それは『努めて陽気でいること』に尽きます。赤塚不二夫じゃないけど、バカ田大学（『天才バカボン』に登場する、その名の通りバカな大学）に入学して、ピンチになっても『これでいいのだ！』と言っていれば地獄には落ちません。清張さんの犯罪者は根が真面目だから、本当はそんな覚悟がないのに『おれに任せろ』と安易に約束してしまう。いけませんねえ。間違った男気は後でドンとツケが回ってきますから。僕が一生懸命バカなことを思ったりやっているのも、すべては地獄への入り口をふさぐため。僕はこれを『清張止め』と呼んでいます(笑)。煩悩はどんなに抑えこんでも湧き上がってきます。それを完全に消し去ることは不可能に近い。だったら清張さんを読み、地獄に落ちてしまった人たちの物語を反面教師として、明るく陽気に生きることを心がけなければいけません」

学び——

安易な気持ちで「おれに任せろ」と約束しては絶対にいけない！

『鬼畜　映画化作品集2』（双葉文庫）

数多い清張の映画化小説を集めた作品集。特に1978年に映画が公開された『鬼畜』は高い評価を集めました。原作と映画を比べるのも面白い一冊。

『不安な演奏』解説

清張地獄

みうらじゅん

文春文庫『不安な演奏』2012年12月刊掲載

松本清張を深く味わうためには先ず、既婚者であることが条件だ。

そして、人生の中で何度も〝それしか〟考えられなくなった経験を持っていること。それが、より追い込まれた主人公（または犯人）の心境に近づくことになるのである。

〝それしか〟とは、それ以外のことが全く考えられない状況。この世の中で自分だけがそのことについて深く悩んでいると思い込んでいる時間の長さを指す。

既婚者でなければならない理由の一つに〝不倫〟がある。既婚者の場合、家庭外の恋愛は全て不倫。いくら愛し合ってると言い張っても不倫は不倫。いずれ地獄を見ることになる。幸せとは人間一人に対し、一つ。それ以上、持ってる者は世間的にズルイということになっている。「いや、家庭はちっとも幸せではない」と、主張しても結婚式の時、牧師がカタコトの日本語で〝ソノ　スコヤカナルトキモ、ヤメルトキモ、ヨロコビノトキモ、カナシミノトキモ、トメルトキモ、マズシイトキモ、コレヲアイシ、コレヲタスケ、ソノイノチアルカギリ、マゴコロヲツクスコトヲチカイマスカ？〟と、聞いてきたではないか。それに対し「誓います」と、あなたは言った。牧師にではなく、牧師や参列者を通して神に誓ったわけだ。当然、神を裏切ると罰が下る。それは松本清張の小説の結末と同じ。「他にもっと悪い奴はいるじゃないか」と、あなたは小心者でちょっとした浮気心だと主張したいが許してはくれない。問題なのは日頃から気にしてる小心者である自分。ちっとも幸せじゃないという家庭であっても、それを壊したくない。出来れば〝それしか〟考えられない時が静かに通り過ぎ、いずれいつも通りの生活に戻るだろうと望んでいるところに〝隙〟が出来るのである。

既婚者でない者の恋愛は別れの時、互いが傷つくことを前提に進行するが、不倫は相手が未婚である場合「あなただけズルイわ」って、ことになる。「オレだって辛いんだ」などと言ってみても「私の悲しみに比べれば」が出れば黙るしかない。松本清張はそんな衆合地獄をさらに引き下げ、地下三百六十万キロの最深部にあるという〝阿鼻地獄〟に落すべく女のセリフを付け加えてみせる。

「妊娠しちゃった」、である。

これを切り出された時、不倫者は〝それだけ〟しか考えられなくなる。今までちっとも幸せじゃないと思ってた家庭が突然、極楽のように思え、いかにこの最悪の状況を回避し幸せを取り戻せるか？〝それしか〟考えられなくなるのである。女はさらに続ける。

「あなたが何と言っても、私は産むから」

小心者で、今まで揉めごとは出来る限り避けて生きてきた。今回だって、初めに誘ってきたのはこの女の方だ。そもそもこの女に恋愛感情なんて持ってなかったんだ。すぐに別れられるもんだと思ってた。それがズルズルと。それが今、人生最大の危機を迎えている。〝こいつさえいなくなれば……〟もう一度、幸せがやり直せる。自由の身に成れるんだ。その時、不倫者の頭に過るのは〝殺意〟。それしか考えられなくなった男の末路だ。

僕は松本清張の小説（または映像）を、推理や社会派として見てこなかった。その根底に流れる人間の煩悩。分っちゃいるけどやめられない肉欲や、他人と比較しないと今いる自分の位置が確かめられない人間の弱さや、〝幸せ〟という人間が生み出した幻想を追い求めてしまう虚しさなど。これら全てがまるで反仏教のように展開するストーリーにゾクゾク、時にはワクワクしてきた。

本書『不安な演奏』は何と、煩悩渦巻くラブホテルでの録音テープから幕を開ける。たぶんこの時代はラブホなどというライトな呼び方ではなく〝旅荘〟、または〝連れ込み宿〟であろうが、その方が後ろめたい秘めごとにはしっくりくる。フツーの旅館と違って仲居は宿泊客の顔は見ないのが礼儀。しかし、事件の発端は男同士の客。珍らしい盗み録りから意外な方向に話はどんどん進展していく。特に既婚者であれば、そんな後ろめたい現場は何度か訪れたこともあるだろう。録音機を仕掛けられ、今ならＹｏｕＴｕｂｅで流されるかも知れない。それが原因となり、今ある地位や家庭が崩壊する可能性だってある。

なのにあなたはラブホに行くの？　これも全て〝それしか〟考えられないからである。この場合の〝それしか〟とは肉欲。

松本清張の小説のおもしろさは連れ込み宿から一気に場面が日本全国に飛ぶところである。今回は新潟だった。それも市内ではなく、柏崎（かしわざき）。当時、市内から電車でどれくらいかかったのだろう？　寺泊（てらどまり）から出雲崎（いずもざき）、その先が柏崎。特に冬場は荒狂う日本海と豪雪であった。

僕は数年前、松本清張の小説の現場を訪れるブームがあってその柏崎に

行ってみたことがある。そしてこの『不安な演奏』に出てくる映画監督久間隆一郎が泊った〝青海荘ホテル〟を捜し出した。まるで自分も小説の中にいるような不思議な気持ちがして、旅館の方に尋ねると「取材旅行で一度、清張さんもお見えになってます」と、おっしゃった。実際の名称は〝蒼海ホテル〟、僕は何度も旅館の前でシャッターを切った。

そこから少し行ったところが〝海につき出た米山峠の北の端の海岸が鯨波になり、南の端が椎谷になる〟。小説と同じでドキドキワクワクしたもんだ。

それから現場は甲府、東海道、尾鷲、そして九州と飛ぶ。小さな連れ込み宿の部屋から始まったストーリーがまるで主人公・宮脇平助と旅してるように広がっていく。布田での教会のくだりは戦後、実際の事件がベースとなった小説『黒い福音』での、スチュワーデス殺しの臭いがプンプンするし、選挙違反にまつわる殺人は、これも戦後まもない怪事件・国鉄総裁が轢死した〝下山国鉄総裁謀殺論〟（文春文庫『日本の黒い霧』㊤に収録）が基盤になっている気がした。

松本清張の小説のおもしろさは単なる推理ではなく、清張さんの中で湧き起った〝霧〟的マイブームが小説の中にたくさん盛り込まれているところ。それは最初バラバラで起った出来事が、途中から絶対不可欠の説得力を持って結びついていく。点と線。正しくそのタイトルが清張さんの骨頂なのだ。

『夜光の階段』解説

闇の中でしか光ることのない階段

みうらじゅん

新潮文庫『夜光の階段』2015年11月刊掲載

如何(いかが)だったでしょうか？　上・下巻の長編『夜光の階段』。意外な結末に驚かれた方もおられると思いますが、松本清張作品の中には〝自ら墓穴を掘る〟というオチがけっこう多く、それがよりリアルな犯罪のイメージとなっているのです。そこが一般の推理小説と大きく異なるところです。冒頭、九州の温泉地の旅館に宿泊し、たまたま近所で起きた殺人事件を知ることになる大阪地方検察庁の検事は、何度かの偶然で美容師を疑い続けますが、結局のところ犯人として追い込むことが出来ず、半ば諦(あきら)めていた時に天罰なのか、それとも単純なミスだったのか、美容師は自ら墓穴を掘ってしまいます。要するにこのストーリーは美容師の半生記のようなもの。貧しさからどうにか這い出し、上京して美容師の才能を発揮しながらパトロンたちの力を借りて出世、金、名声など、かつては信じられなかったものを手に入れます。

この小説が書かれた当時は当然〝カリスマ美容師〟なんて言葉もありません。男の場合は理髪店に勤めるものでしょう。とても珍しい男性美容師だったからこそ、そこに集まる有閑マダムたちはまるでホストクラブに通う気分で彼のパトロンになっていく。

それは清張さんの先見の明と申しましょうか、若く新しい職種の者にも必ずや心の闇が隠されているに違いないという確信が見て取れます。映画ではクラシック音楽家だった『砂の器』の主人公も、原作では当時〝ナウ〟な現代音楽家だったことも納得がいきます。

〝いつか、おまえの本性を暴いてやるぞ!〟

と、小説は神目線ならぬ地獄の裁判官目線(清張さんのことですが)で進行していきます。断ち切れたと思った過去が偶然という形を借りて犯人に降りかかり、逃げ切れたと思っても今度は恐怖となって付きまとう女の執念。差し詰め

『夜光の階段』は現代版『東海道四谷怪談』。主人公の佐山道夫は民谷伊右衛門で、男は女という不可解な存在を決してナメるでないぞ！と、昭和の鶴屋南北は教えてくれるのです。要するに清張作品は勧善懲悪ではなく、あくまでも因果応報という仏教的な怪談話だと思ってかかった方が分り易いのではないでしょうか。

主人公がめちゃモテする話は『わるいやつら』が有名ですが、この男性美容師は〝細い身体の、撫で肩で、むしろ貧弱な感じ〟〝眉は濃過ぎ、眼は細い。鼻筋は徹っているが、平凡な容貌である〟と説明されています。さらに〝とくに好男子でもない〟と、付け加えてあるあたり、清張さんにとって一番わけが分らない人物ということでしょう。しかし一点だけ〝服装の目立たないところに気をつかっている〟、これが全ての始まりであり、地獄の裁判官に見つかってしまう大きな原因となることを犯人はまだその時点では知りません。

さて、ここで男性美容師・佐山道夫の女性遍歴を思い返してみましょう。決して〝千人斬り〟など豪語する類の者ではないということがお分りになると思います。

精神病者に殺されたと偽装工作された彼女、村岡トモ子は、古い寺を見て回るのが好きな事務員。国分寺や観世音寺などによく一人で行っていたと書かれていますが、太宰府の観世音寺には見事な馬頭観音や不空羂索観音立像などがあり、よほどの仏女だったのではないかと私は推理します。当、二十一歳。

次は最初のパトロンとなる社長夫人・波多野雅子。三十七、八歳くらいと思われる小肥りの女。後には〝牝豚のような白い肉塊〟と、表現されるまでに。カリスマ美容師同様、当時は〝熟女〟などという都合のいい名称もなかったわけです。この性に貪欲な白い肉塊が主人公・佐山道夫の人生を大きく変えたことは言うまでもありません。〝彼女は彼の上にあらゆる無恥な行為を加え、刺戟を行なった〟〝眼をつりあげ、叫び、大きな身体を転がした〟。

それに比べ、枝村幸子（雑誌編集・ライター、二十七歳）は未婚で、性に対して何らの激情を伴わないいわゆる〝マグロ〟タイプ。またプライドが高く、どんな時でも男への屈服を極端に嫌う女。痩せ型。ある意味、一番面倒臭そうですね。出世&名誉欲のためとはいえ、この二人と同時期につき合えた佐山はやはり若く、体力が有り余っていたとしか言い様がありません。しかも、特に雅子の方は毎回大満足させないと独立して新たな店を築く金は引き出せなかったでしょう。ここにも清張さんの〃私には明るい青春などなかった〃という半生記のセリフが聞えてくるようです。

〃とくに好男子でもない〃佐山が、突然プレイボーイに成れるはずがなく、二人をうまく仕切れず仕事にも支障をきたし始めるのです。清張作品の最大の特徴は追い込まれた人間の心理描写。決して得意気に謎（なぞ）を解く名探偵など出てきませんので、つい感情移入してしまうのは犯人側ということが多くなります。〃自分ならこのピンチをどう切り抜けるか？〃〃分らないようにこの女を消すにはどうすればいいのか？〃などと、読んでる間、全く気が抜けず、さらに夢にまでその悩み苦しみが出てきたりして本当、疲れますよね。

佐山とは肉体関係はないのですが、この小説では珍しくアイドルが登場しました。彼女について詳しい記述は書かれていませんが、清張さんのサービスぶりが窺（うかが）えます。空港で偶然、検事が見かけることになる草香田鶴子一行（そのスタッフの中に佐山も）。このシーンも列車の中で現代音楽家一行を目撃する『砂の器』を連想させますね。

さて、三人目の女は割烹（かっぽう）料理屋の女主人・竹崎弓子。年齢は明されていませんが40代半ばでしょうか。それに製薬会社の社長夫人・浜野菊子。もう、ここまでくると太っているとか痩せているなんて描写はありません。それはようやく佐山も真のプレイボーイに成ってきたせいなのかも知れません。要するにプレイボーイの条件とは、相手のことなど一切気にしないことですから。

この時期、幸子から紹介された藤浪竜子という歌手も登場しますがアイドル同様、仕事としてはつき合いますが、佐山にとって魅力のない存在。やはり芸能界という生き馬の目を抜く世界に、自分と同じ臭いを感じ取ったからではないでしようか。

そして、最後に五人目の女。ベテラン編集者・福地フジ子（35歳）。〝何から何まで男ずくめ〟〝ボーイッシュといった生やさしいものではなく、野暮な男の組〟〝一重瞼（ひとえまぶた）の細い眼、扁平（へんぺい）な鼻、むくれ上ったような厚い唇〟（厚い唇の表現はよく清張作品に出てきますね）〝男としても醜男（ぶおとこ）だった〟彼女に、政略とはいえ佐山は何故に慰めるまでに及んだのでしょうか？

〝愛〟などという文字は一文字も出てこない世界ではありますが、最強の醜女（しこめ）に己れの過去、または己れの人生というものを照らし合わせたのではないでしょうか。見た目はオシャレでも心の中は醜男の佐山。ナメていた女の執念に湖底深く沈められてしまうとは。これも回り回った因果応報というものかも知れません。ところで幸子殺しの疑惑をかけられるデザイナー・岡野正一には、どこかしら『小説帝銀事件』の平沢貞通氏の臭いを感じたのは私だけでしょうか？　そして最後にこの小説の絶妙なタイトル『夜光の階段』。じっくり意味を考えながら、暫(しば)し読後の余韻に浸ってみて下さい。

霧の中のみうらじゅん

一度ハマると抜け出せない

清張地獄へようこそ

岩井志麻子×みうらじゅん

文藝春秋「オール讀物」2015年6月号掲載

岩井　私、白ワインいただいていいですか。

みうら　いいですね、じゃあ僕はビールを。ちょっと酒でも飲んで暗い気持ちにならないと、松本清張は語れませんからね（笑）。

岩井　本当に暗くて気が滅入ります。だって、私、今五十歳ですが、清張さんは六十歳で老婆扱いですよ。『恩誼（おんぎ）の紐』のおばあさんなんて、六十で頭は禿げ上がって腰は曲がってますから。

みうら　「人生の秋を迎えた女」が清張ルールでは四十歳ですからね、仕方ありません（笑）。『点と線』の鳥飼刑事（四十七、八歳）が年下なんて、僕もゾッとしているところです。今の年齢感覚よりもすごく老けて書いてあるから、松本清張の世界って、まず登場人物の年齢に衝撃を受けますよね。

岩井　若い頃は気づかなかったんですけどね。

みうら　清張初体験はいつ頃ですか。

岩井　うちのおとんは岡山の田舎の普通のじいさんですけど、清張や江戸川乱歩、横溝正史あたりが好きで、生まれた頃から本が家にあったんです。それを子どもの頃から自然に読んでました。

みうら　僕も小学生の時、乱歩の『少年探偵団』にハマりまして、シリーズを全巻読んで、次に『D坂の殺人事件』とか『陰獣』の方向に行っちゃって（笑）。大人のドロドロ世界に興味津々で、その時に清張作品も読むようになりました。それから『**小説帝銀事件**』など、何か触れてはいけないタブーなものを読ませてくれる清張さんにどっぷりハマりました。

岩井　けっこうタブーに挑戦してますよね。『**砂の器**』とか。

みうら　ハンセン病ですね。一九六〇年から連載された作品ですけど、差別があった当時に書かれたというのがすごいですよ。『砂の器』は原作を超えた映画が面白かった。加藤嘉さんの演技にグッときましたもの。

岩井　有名人になった息子に迷惑がかからないように、息子のことを「そんな人、知らねえ！」って言うシーンなんて、あそこで泣かない日本人はおらんでしょう。清張先生、ツボをよくわかってらっしゃるわ。

みうら　去年、ゴーストライター事件で話題になった佐村河内さんを見たときも、『砂の器』を思い出しましたよ（笑）。

岩井　自分を偽って、音楽家として成功して。まさにリアル『砂の器』。佐村河内も清張先生が小説に書いてくれたらよかったのに。絶対泣けるわ。

嘘とは自らバラすもの

岩井　今回好きな作品を挙げるためにいろいろ読み返したんですけど、清張さんって男と女が出会ってセックスするまですごく時間がかかるんですよねえ。

みうら　そう、前戯が長いんです（笑）。

岩井　お互いすっかりその気でやる気なのに、「だめですわ」「接吻だけなら」なんて言って、セックスまでが長い、長い。もうすぐかな、そろそろ今晩かなって、かえって興奮しましたもん。

みうら　すぐセックスしちゃうヤリチンやヤリマンなんて出てこないもんね。

岩井　愛人になるのも銀座のホステスじゃなくて、昔、近所に住んでいた奥さんなんですものねえ。そのほうがやらしいですよね。

みうら　エロを近所に持ってきたのは、清張さんの発明ですよね（笑）。

岩井　おお、近所エロ。

みうら　まさか近所に住んでるあの奥さんがねえってことですよね。さらに言えば、『張込み』のように主婦を訪ねに殺人犯がやって来るとも思いませんよね。

岩井　昔の女のもとに犯人が現れるだろうと思って、刑事が張り込むんですよね。その女がすごいケチ臭いやつで、普段は厳格な夫の下で真面目におとなしく、ちまちまと暮らしているのに、犯人の男と会っているときだけ、すごく女の顔をしてる。それを刑事は、やらしいと思っちゃうんですよね。

みうら　割烹着の下のスカートの色が違ったのを見つけてね。

岩井　よう見抜いたのう、主婦がやらしいっていうのを（笑）。

みうら　清張作品には、素人ばかりでなく売春婦も出てきますよね。一生傷として負わなければならないという時代。悲しい過去を隠したい一心で殺人が起こる。

岩井　**『ゼロの焦点』**がまさにそうでした。

みうら　野村芳太郎監督の映画版が好きですね。高千穂ひづるさんの演技がリアルでねえ。暗い事情を抱えている陰があってとんでもなく怖いんです。

岩井　私、実生活で『ゼロの焦点』体験がありまして。

みうら　どういうことでしょうか。

岩井　長いので思いっきりダイジェストでお話ししますけど、昔、今の事務所へ入る前、押しかけマネージャーのような女性がいたんです。ある日、某週刊誌から連載の依頼があって、副編集長と担当記者、私たち二人の四人で新宿は歌舞伎町の喫茶店で会うことになって。

みうら　また生々しい場所だ。

岩井　会ってみると、記者の女性は長らくスチュワーデスをやっていて、その後、編集プロダクションを経て編集部に入ってきたばかりというんです。

みうら　ほう、ほう。

岩井　私はのん気に「華麗なる経歴ですね」なんて言っているのに、いつも出しゃばりなマネージャーがその時に限って早く帰りたそうにソワソワしてる。そして、女性記者も何だか居心地悪そうなんですよ。先方が帰ったあと、マネージャーに、「さっきの人、知り合いなの?」と聞いたら、「あの女、昔、吉原のソープにいましたよ」って言うんですよ。

みうら　ほう。

岩井「どこから突っ込んでいいかわからんけど、まず、なんであんたが知ってるの？」と聞いたら、「私も同じ店にいました」って言うの。

みうら　いいなあ。清張だそれ（笑）。

岩井「週刊誌の女性記者が元ソープ嬢ってにわかに信じられないんだけど、そっくりさんってことはない？」って言うと、「いいえ、私はあいつとずっとコンビで二輪車をやってたから、わかります」って（笑）。「最初見たときは、まさかと思ったんです。でも『元スチュワーデス』と言った瞬間に確信しました。だって、ソープ時代からずっと、『私はスチュワーデス、国際線に乗ってるの』と言いながら、毎日出勤してたんです」と。

みうら『黒い福音』も入ってきましたね（笑）。

岩井　そしたら、翌日、その女性記者がいきなり私のところにやってきて、「私、親も間違えるくらいそっくりな双子の妹がいるんです。では」ってそれだけ言って帰っていったんです。

みうら　うわっ、怖ぁー。

岩井　その瞬間、あ、ほんとにソープにいたんだ、って思いました。嘘というのはバレるんじゃなくて、自らバラすものなんだっていうことを学びましたよ。

みうら　『ゼロの焦点』の主人公たちも、要らぬことを言っちゃうんですよね。

岩井　自ら墓穴を掘って、全部自分からバレるように仕向けてますよね。結局、その女性記者は入社ひと月もせず退職したらしいです。『ゼロの焦点』だと、崖から落とされるのは、二人の過去を知ってしまった私ですよ。彼女も今の若い子たちみたいな「昔キャバ嬢やってました、テヘ」では済まない倫理観を持っていたんでしょうなあ。

永遠の愛がいちばん怖い

みうら　清張作品に出てくる一番怖いシチュエーションはやはり二重生活だと思うんです。どちらを選んでも大変なことになるんだろうけど、その転ぶ前の二重生活の怖さといったら……。『ゼロの焦点』でも、鵜原憲一の二重生活を兄が出てきて清算するんだけど、自分では決められないという気持ちがすっごくよくわかる。

岩井　奥さんが鬼の形相で責めたりはしなかったんですか。
みうら　ええ、責めないのがまた怖いじゃないですか。
岩井　「別れない」という人の怖さってありますよね。「殺してやる」より「まだ愛してるわ」のほうがよっぽど怖い。
みうら　「殺してやる」の人はたぶん話せばわかると思うんですけど、「まだ愛してる」の人って、もう話しても無駄でしょ（笑）。「永遠の愛」とか言うけれど、永遠がこの世でいちばん怖いんです。
岩井　今回みうらさんが選ばれた『**たづたづし**』も『**内海の輪**』も、みんなその恐怖だ。
みうら　そうなんですよ。人生には二つのボタンがあって、「清張」って書いたボタンとそれ以外だと思うんですよね。
岩井　清張ボタンを押すと……
みうら　見事に地獄に落ちる（笑）。ヤリチンであれば「まだ愛してる」女は寄って来ないと思うんですが、他人にいい人だと思われたい願望がある弱みから、偽のやさしさを出してしまって、かえって地獄に落ちていくことになるんですよね。

岩井　いい人と思われたい地獄！　そもそも清張作品に出てくる人の守りたいものなんて、家庭や会社での地位など普通の人がみんな思う程度のもので、途方もない野望とかじゃないんですよね。ささやかな幸せを守りつつ、だけど、愛人は欲しい。

みうら　地位とか金ができると、男は次にそれを自覚するために、愛人が欲しくなる生き物なんですよね。愛人をつくると、「俺はとうとう全部手に入れた」っていう実感みたいなものが湧いてくる。悲しい性ですよね（笑）。

岩井　でも、その愛人が「産むわよ」「まだ愛してる」とか言い出したら、突然ものすごいホラーの対象になる。

みうら　だから、清張地獄から逃れる方法はただ一つ、「いい人と思われたい願望」を捨てることです。悪い人だと思われていいと思えば、きっと抜けられるんですけど。

岩井　私ですら「そうは言っても、志麻子ちゃんはやさしいもんね」って言われたいところがありますからね。愛人については、これは清張先生、絶対経験したんだろうなっていうシーンがいろいろ出てくる。

みうら　愛人を実際に持たないと書けないセリフがいくつも出てきますからね。俺も若い頃読んだ時には意味がわからなかったところの謎が、年を取るとすべて解けました。妻帯者で小金を持っていて、愛人がいる。この基本がないと、清張作品の面白さは絶対わからないはずですよ。

岩井　小金をつかんで、愛人がいて、清張になるにはあと何でしょうね。あいつをどうにかせねばと思うような、自分の暗い過去を知っている人間が一人ぐらいいることでしょうか。でも、「これがバレたら身の破滅だ」って主人公がおびえているものが、意外に、「え、そんなことで?」という小さいことだったりする。それこそが清張。やっぱり日本人ですね。

みうら　他人からしたらちょっとしたことなんだけど、本人にとってはプライドがあるから。プライドって、本当はルビでちいさく「つまらない」って書いてあるようなもんじゃないですか。でも、そのどうしようもないプライドが清張地獄に落ちる引き金になるんですよね。

登場人物はつつましい小市民

岩井　子どもが人を殺すというモチーフもよく出てきますよね。

みうら　はいはい。岩井さん推薦の『**潜在光景**』。それを映画化したのが、俺が挙げた『**影の車**』。どっちも面白いんですよね。

岩井　清張さん自身が、幼少期に母の愛人を殺そうとした経験があったんじゃないかと思うくらい、すっごく怖いんですよね。実は私、リアル『潜在光景』体験もありまして。

みうら　またですか（笑）。

岩井　離婚して前の夫の側にいた息子が小学生の頃のことです。私、息子とはちょくちょく会っていたんですが、当時つき合っていた男が、うちの息子をものすごく怖がるんです。息子は息子なりに彼と友好関係を築こうと一生懸命やっていて、「あのおじさんがイヤ」だとか「嫌い」とか決して言ってないんですよ。にもかかわらず、彼は息子が「自分を憎んでいるに決まっている」って言って。

みうら　へ〜え！

岩井　しかも、ここから松本清張がだいぶ入ってくるんですが、その男自身も愛人の子なんですね。

みうら　ほう。

岩井　彼の幼い頃、よそに家庭のある父親がちょくちょくやってきては、母親を殴ったり、彼に向かって「お前なんか生まれてくるはずじゃなかった」みたいなことを言ったりしてたらしい。で、彼は「子供の頃ずっと父親を殺したかった、誰か父親を殺してくれないかなって思いながら生きてきた」って。そうして自分が成長して、息子がいる女とそういう仲になったら、今度はその子が怖い。

みうら　『潜在光景』そのものじゃないですか。

岩井　清張先生にも何か体験があったんじゃないかなあ。『潜在光景』の中には先生の要素が全部入ってますからね。

みうら　愛人の家の設定もいい。映画だと東京郊外の新興住宅地なんだけど、まだ雑木林があって、その近くに愛人の家がある。

岩井　貧しい家で、愛人の息子も陰気で。愛人役が岩下志麻なんですが、彼女が出ている清張映画には外れがありませんね。

『**疑惑**』は、若い頃観た時は、弁護士役の岩下志麻と被告人役の桃井かおりが罵り合っているとしか思えなかったんですけど、大人になって観ると、実はこの二人は相手を認め合ってることがわかる。

みうら　若い時は正義かそれ以外という価値観しかないけど、大人の世界には正義では測れないことがどうやらあるらしいですからね（笑）。

岩井　『**鬼畜**』の志麻さんはトラウマになるほど怖いですよ。いきなり家にやってきて、話がつくまで帰らないと言う夫の愛人に、蚊帳を貸してやらずに土間で寝かせてね。愛人は夜中にずっと蚊を追い払ってなくちゃいけなくて、それでキーッとなって、三人の子を置いたまま消えるの。

みうら　あれはすごかった。

岩井　さらに志麻さんは、愛人が産んだ三人の子を虐待してね。夫役の緒形拳はなぜ避妊しないんだろうか（笑）。

みうら　まあ、その時代は外に愛人を作って子どもを産ませてるような政治家や金持ちがいっぱいいたんじゃないですか。それに憧れた小市民が真似をして清張地獄に落ちるという……。最後、泣きますよね。

岩井　父親に殺されかけたのに、子どもが父親をかばって刑事の前で「(この人は) 父ちゃんじゃないよ!」って。

みうら　それです。清張さんは何が切ないかということを誰よりもよくご存じです。

岩井　『**黒い画集　あるサラリーマンの証言**』の主人公も小市民です。その晩会ったことを証言してやれば殺人容疑がかかっている知人を助けられるのに、たまたま愛人と一緒だったために、密会がバレたくない一心で、会ってないと偽証する男。

みうら　これは映画で主人公を演じた小林桂樹がいいんですよね。本当にどこにでもいそうな上司で。最終的に愛人にも裏切られて路頭に迷うんですが。

岩井　結局、守ろうとしたものを全部失うんですよね。最初から正直に証言していれば守れたのに。

みうら　今だったら、「キャバクラの女の子を送っていったんだ」なんて言い訳、平気で言える時代ですけどね、プライドがあるからその一言が言えなくてまたも清張地獄。

岩井　清張小説に出てくる人はみんな根はつつましい、いい人ばかりですよ。

みうら　本当ですよ。でも、エリートにはもっと手厳しいですけどね（笑）。大学教授とか権威のある人に対し恨みがあるんでしょうかねえ（笑）。

岩井『内海の輪』の主人公も考古学の学者で、助教授から教授になったときに大変な目にあって。

みうら　考古学者に対しても手厳しい（笑）。自ら学習された清張さんですからね。よく古代史が無理やり絡んでくるんですが、きっと清張さんのマイブームを膨らませて小説の中に入れておられるんでしょうね。

松本清張はホラー作家だ

岩井　清張先生は、津山三十人殺しの『闇に駆ける猟銃』、群馬人肉食事件の『肉鍋を食う女』など、実際にあった事件を基にしたものもかなり書いておられます。事件の背景に貧しさがあることが多いですが、昔の貧乏ってほんと怖いですよね。今の貧乏と違って、昔のは逃れようのない、どうしようもない貧乏で。

みうら　貧乏はやっぱり恐怖ですよね。

岩井　私、清張先生はホラー作家だと思っているんですが、なんといっても貧乏の怖さを清張先生から学んだ気がします。特に、田舎で無学な女は行き場がない。絶対に貧しさから逃げられないから。

みうら　田舎も怖かった。

岩井　貧乏と田舎と、あと人の噂。田舎の噂というのは、現代のインターネットでさらされるより怖いんですよ。何かあると即座に三代遡って調べられて、町中に伝わりますからね。

みうら　家系とか好きだしね。

岩井　ちょっと変なことをしたら、すぐネット炎上ならぬ田舎炎上。私はもちろん乱歩や横溝も好きですよ。でも、清張の怖さが私に合うというか、真の怖さは清張だというのもわかっていました。

みうら　清張さんの小説は犯罪者も普通の顔して、その辺にいるんだもんね。

岩井　そう。どこにでもいるサラリーマンとか普通の主婦たちなんですよ。横溝とか乱歩が書くのは、一〇〇メートル先からわかる怪しい人というか（笑）。

みうら　もう風貌でわかるもんね（笑）。清張さんは、これは実は自分かもしれないっていう怖さ。

岩井　それです、それです。本当に怖いのはこっちですよ。

みうら　また、文体が淡々としていて怖いんですよね。ビックリマークなんてほとんど出てこないでしょ。俺もずうっと清張さんばかり読んできたから、今、週刊文春で連載している「人生エロエロ」も実は清張文体で書いているつもりなんですよ。誰も気がつかないけど（笑）。

岩井　私も週刊新潮で定期的に「黒い報告書」という実在の事件を基にしたフィクションを書かせてもらっていますが、辛気臭い、貧乏くさいホラーというのを心がけて書くあたり、いつも清張先生に影響されてるなあと思います。

みうら　陰気で貧乏くさいって、ほかに作家を思いつかないですものね。トリックを重視する推理作家の方などが清張は苦手だというけれど、岩井さんがおっしゃったように清張さんのはホラー小説なんですよ。清張をミステリーに分類するのは改めたほうがいいと思いますね。

もし現代に生きていたら

みうら　今回、岩井さんの挙げられた**『なぜ「星図」が開いていたか』**は異色ですよね。

岩井　これはもう、間抜け感がたまらんというか（笑）。ヘビの抜け殻を挟んでおけと言われた事典の項目を忘れて、適当に「星図」のページに挟んじゃうという。あまりにいい加減というか、人を殺すのに緊張感がなさすぎる間抜け感が清張さんにしては珍しくて好きですね。まあ、いくらヘビが嫌いだからといって、抜け殻を見ただけで人が心臓麻痺を起こすのかという気もしますが。

みうら　やっぱり「星図が開いていた」って書きたかったんじゃないですか。きっとタイトルがまず降りて来たんですよ。清張さんは、タイトルも抜群に上手いですから。

岩井　『砂の器』『球形の荒野』『点と線』……本当に上手いですよね。『なぜ「星図」〜』もきっとこのタイトルが書きたかったんだな。でも、今だとネットなどでもっと残酷な画像をいくらでも見ることができるから、ヘビの抜け殻程度では現代では成り立たない話ですよ。

みうら　さすがにね。

岩井　『内海の輪』では道がわからなくて遠回りしたタクシー運転手を怒ったことが、あとで犯人を追いつめることになるけど、今はカーナビがあるから迷うことはないし（笑）。

みうら　清張さんの世界って、情報手段の少なさもドラマ要素なんですよね。『潜在光景』のように、昔、近所に住んでいた女学生と再会するのも、ひたすら偶然を待つしかない。

岩井　スマホが出てきたら成り立たんなあ。

みうら　事前に情報がわかっちゃったら、偶然がひとつも起こらないから清張さんの小説はあり得ません。

岩井　ＳＮＳで一発で幼なじみの消息が把握できるなんて、スマホは清張さんの恐ろしさを超えたかもしれない。

みうら　清張さんがブームになった時代って、日本各地が登場する作品を読んで旅を疑似体験するという意味合いもあったんじゃないかと思いますよ。今はみんながが頻繁に旅行に行って、ネットもあって、現地への憧れもないでしょ。あの時代は頑張ってお金を稼いで愛人を手に入れたい、ストイックな時代ですよね。

岩井　今とはだいぶ違います。私たちの世代だと、清張作品の貧乏はすごくリアルだけど、今の若い人たちにとっては、もう中世ヨーロッパの話くらいにかけ離

岩井志麻子さんのおすすめ

読む清張

『潜在光景』 1961「婦人公論」掲載　角川文庫

再会した幼馴染みとの浮気におぼれる男は、彼女の6歳になる息子に追い詰められていく。

『恩誼の紐』 1972「オール讀物」掲載　文春文庫『火神被殺』収録

従順な妻が重荷になった時、男の脳裏に祖母が住み込み女中をしていた家でのある記憶が蘇る。

『なぜ「星図」が開いていたか』
1956「週刊新潮」掲載、講談社文庫『遠くからの声』収録

急死した高校教諭を自然死と判断した医師だったが、開かれていた百科事典のページに疑問を抱く。

観る清張

『鬼畜』
1978 松竹　監督／野村芳太郎
出演／岩下志麻、緒形拳

『疑惑』
1982 松竹・霧プロダクション　監督／野村芳太郎
出演／桃井かおり、岩下志麻

『砂の器』
1974 松竹・橋本プロダクション　監督／野村芳太郎
出演／加藤剛、島田陽子

れた世界になっちゃうんじゃないですかね。

みうら　煩悩もちょっと変わってきている気がします。清張さんが描く煩悩というのは、平安時代の『往生要集』に由来する、伝統的な地獄行きの欲望なんですよ。でも平成になって、みんな性に関してあっけらかんとしてしまった。俺なん

みうらじゅんさんのおすすめ

読む清張

『たづたづし』 1963「小説新潮」掲載
新潮文庫『眼の気流』収録

愛人に服役中の夫がいることを知った男。不倫発覚を恐れ、長野の高原で女を手にかけるが――。

『小説帝銀事件』
1959「文藝春秋」連載、角川文庫

帝銀事件とGHQの関係に興味をもったベテラン新聞記者は、事件を再調査、真犯人を探す。

『内海の輪』 1967〜68「週刊朝日」連載
光文社文庫

元兄嫁と情事を重ねる新進気鋭の考古学者。だが、妊娠を告げられ、女への気持ちが変化する。

観る清張

『黒い画集 あるサラリーマンの証言』
1960 東宝　監督／堀川弘通
出演／小林桂樹、原知佐子

『ゼロの焦点』
1961 松竹　監督／野村芳太郎
出演／久我美子、高千穂ひづる

『影の車』
1970 松竹　監督／野村芳太郎
出演／加藤剛、岩下志麻

てまだ少しセックスに罪悪感を持っていますからね。

岩井　今年で没後二十三年ですか。何か事件があるたびに、清張先生ならどう書くだろうと今でも気になるんです。

みうら　事件ってやはり人間が生み出す煩悩のことですからね。だから、今の時代に頻繁に起きる。でも、理由のない無差別殺人とかは理解できない気がしますね。

岩井　そうかもしれない。死んだあとまでこんなにずっとあれこれ語られて、清張先生はすごいですよね。今でも作品は各出版社の文庫に入っていて、全部揃ってますもんね。やっぱり今も日本人の心には清張先生が住んでるんですよ。

みうら　生まれながらに「いい人と思われたい願望」をもってしまっている身の戒めとしてね。

ネタバレ注意！

『点と線』にはご用心！

北村薫×有栖川有栖

文藝春秋「オール讀物」２０１８年２月号掲載

北村　今日は有栖川さんと、本格ミステリー作家同士、どうしても『点と線』の話をしたかったんです。というのも、今では松本清張は素晴らしい作家だと思っていますが、中学生の頃に初めて『点と線』を読んだ時は、激しい憤りに駆られましてね。

有栖川　最初から飛ばしますね（笑）。

北村　貸本屋に行ったら『点と線』があったんです。刊行時からかなり話題になっていて、タイトルは知っていましたから、これがあの『点と線』か、と思って借りてきました。僕はその頃から、鮎川哲也先生の作品をはじめとしたミステリーを結構読んでいた〝本格小僧〟だったんです。それが、『点と線』を読んで、生まれて初めて、読んだ本を叩きつけたくなりましたよ。貸本でしたからそんなことはしませんでしたけどね（笑）。

有栖川　私も中学生の時に初めて『点と線』を読んで、その時は、やはりがっかりしましたね。私も当時から本格ミステリー好きでしたから、ミステリーというのは華麗なるトリックと謎解きが真髄だと思っていた。でも、『点と線』にはそれがなかった。なのに、これが日本を代表する推理小説のように語られることにやりきれなさを感じたんです。ですから、文春文庫の『点と線』に解説を頼まれた時は、数奇な運命に鳥肌が立ちました。中学生の時の自分に「お前、将来ミステリー作家になるぞ」と言っても「エッ、ほんと?」かもしれないけど、「将来『点と線』の解説を書くぞ」と言ったら「ふざけるな!」って、信じないと思います（笑）。

納得いかない〈空白の四分間〉

北村　『点と線』の筋を説明しますと、汚職事件の渦中にある某省課長補佐・佐山と、赤坂の料亭で女中として働いていたお時が、福岡市の香椎(かしい)海岸で並んで死んでいるのが発見される。情死だと思われたが、それに地元の老刑事が疑問を抱いて——というもの。で、私がなぜそんなに憤ったのかというと、これはネタバレになってしまいますが、犯人はアリバイを作るためにある乗り物を使っていたわけですが、刑事はまずその可能性から考え

有栖川有栖（左）、北村薫

るはずです。現代ではこれを時代のせいだと思う人もいますが、そんなことは全くない。『点と線』の単行本が出た昭和三十三年でもすぐ思い当たります。

有栖川　そう、真っ先にその可能性を考えるはずなのに、全く気づかない。戦前の小説にも作例があるのに。

北村　でも、私がもっと納得いかなかったのは、あの有名な〈空白の四分間〉なんです。佐山とお時の遺体が発見される一週間前、二人は東京駅で、特急列車《あさかぜ》に乗っているところを目撃されている。事件を追う三原警部補は、目撃者たちが立っていた十三番線のホームから十五番線に入っていた《あさかぜ》が見えるのは、十三番線と十四番線に列車が入っていない四分間だけであることに気づいて……というのが〈空白の四分間〉と呼ばれる。これはアリバイ工作ではない。それなのに、〈四分間のアリバイ〉などとおかしなことをいう人がいる。〈四分間の目撃〉であって、そこにミステリアスな奇妙な味の興奮があります。しかし犯人側に、そんな命取りになるような不自然なことをする必然性が全くないのです。トリックですらない。目撃させたいならもっと自然にやればいい。今となれば清張先生側に立って、それに対する反論もできますが、当時最も気になったのは、これは登場人物がやりたいのではない。この〈目撃〉をさせたいのは作者だということです。そこで物語として破綻している。

有栖川　これも同感です。〈空白の四分間〉は、編集部から提供された豆知識を強引に使っています。

北村　犯人側には〈空白の四分間〉といった特別なことをしている意識はなかった。たまたまそうであったために捜査側から作為を疑われてしまうという運命の皮肉、偶然の審判といったところが前面に出ていればよかったと思います。そういう書き方ではない。〈四分間〉をめぐる犯人側と捜査側の謎解きの攻防があるかのようにとらえている世間が許せなくて、それから何年か清張作品を手に取ることができず、素晴らしさを理解するまでに時間がかかってしまいました。

有栖川　『点と線』が時刻表トリックの嚆矢(こうし)だと言われることがありますが、これも事実誤認です。蒼井雄の『船富家の惨劇』は戦前の作品ですし、鮎川哲也の『ペトロフ事件』も『黒いトランク』も『点と線』より先に書かれています。

北村　これは、昭和三十八年の雑誌「宝石」の松本清張特集の中で中島河太郎先生が仰っていますが、『点と線』について「そういうことで書いたら、やはり三千しかいかなかったでしょう。大衆というか庶民の気持ちを代表したから、十万から二十万でた」、つまり、推理小説の読者は三千人しかいないけど、『点と線』はミステリーを読まない層にまで広がった作品なんだという指摘ですね。読んでいて怖くてたまらなかった、という人がいるのもよく分かります。大きな歯車の動きの中で小さな人間がつぶされることの怖さですね。極論すればトリックなどはどうでもいい、という普通の小説の読者にも受け入れられた。

有栖川　それまでの探偵小説作家やファンからしたらあんなトリックは考えられないんだけど、それが大衆ウケした。ここでややこしいのは、松本清張がトリックを軽視しているどころかトリックが好きなこと。

北村　そうなんです。これは『松本清張の世界』の中で三好徹さんが書かれていますが、

「清張さんが監修した読売の新本格シリーズのとき、（中略）主題や構想について清張さんは、それでいいよ、といったが、トリックにからんだプロット（ことに結末）になると、まだ考えが足りない、もう一ひねり欲しい、と求められた。

それまでわたしは、清張さんはテーマ尊重派であって、トリック尊重派ではな

いと勝手に思いこんでいた。それだけに意外であった」。

有栖川　この「新本格」というのは、昭和四十一年から読売新聞社が刊行した『新本格推理小説全集』のことですね。またの名をネオ・本格。

北村　監修に関わった松本清張の新本格に対する思いは強いものがあったと思います。同じ「宝石」の中のインタビューで、松本清張はこのように言っています。

「本格ものだけが推理小説の本道だという誤まった――誤まってはいない、たしかにそれはその通りだろうけれども――あのころ出ている推理小説というのは、その本格なるが故に、あまりにそれに淫しすぎていたきらいがあった。（中略）本格ものの中に、変格派の人生的な味がある、それの融合したものが、いいんじゃないかという気がするな。だから変格ものがあまりにあたりまえすぎて、推理小説的なおもしろさ――トリックだとか意外性だとか――そういうものが全然ないのもいけないと思うんだ」。

つまり、松本清張は本格ミステリーを否定しているわけではないんです。

有栖川　アシスタントを使ってトリックの分類表を作っていたそうですし、トリックにも関心をお持ちでした。しかも、「本格も好きだけど、自分で書きはしないよ」というスタンスではなく、自分でも書いてしまう。

北村　書いちゃうんですね。でも、本格としての出来がよろしくない。

有栖川　清張さんご自身も、本格とか、トリックというものに対して、アンビバレントなところがあったと思うんです。本格ミステリーが好きなのにトリックが得意ではない。だけど、その筆力でもって書き上げてしまうので、出来上がった作品が妙な形になっている。それが一般的な読者に広く読まれたときに、見事な本格ミステリーであるかのように語られるから、話がおかしくなるんです。『点と線』のアリバイ崩しはすごい！　と言われると、そこは否定したいんですが（笑）、実は細部にとても気を遣って書かれていて、再読する度に新しい発見があります。私が〈空白の四分間〉よりずっと面白いと思っているのは、香椎駅の部分です。国鉄香椎駅から西鉄香椎駅まで歩いて七分ほどしかかからないところを、目撃された被害者らしき男女は、十一分かけて歩いている。それは何故なのか？　という謎の設定は見事です。もし本格ミステリーの作家が『点と線』を書いたら、ここがメインになると思います。

北村　もし〈空白の四分間〉を小説的に使おうとするならば、病床に居てこの〈四分間〉に気付いた犯人の妻が、それを破滅への道と知りつつもどうしても使いたがった、ということを文学的に書き込んでいけばいいでしょうね。清張先生だったらそれも可能だったと思います。

有栖川　この妻は病床で時刻表を眺めながら空想の旅を楽しんでいるわけですが、作中に登場する彼女の「数字のある風景」という随筆は素晴らしい。しかも、この随筆は、単なる物語上の小道具のように見せて、実はそうではない。

それに、女中のお時の死についてサラッとすごいことが書いてあるのですが、今の本格ミステリー作家だったら、汚職の揉み消しを表層上の解答にして、こちらを事件の真相にしそうに思います。

松本清張と鮎川哲也

北村　『点と線』以外はどうですか？　世間的には、『砂の器』や『ゼロの焦点』が代表作と言われていますが。

有栖川　『ゼロの焦点』もまた、トリックがよくない。ラジオがアリバイになる部分も、『点と線』の乗り物のトリックと同じで、あの時代だとしても、すぐ気づかないとおかしいでしょう。

北村　私は『ゼロの焦点』はいいと思いますよ。というのは、それがトリックだと思っていないから。『ゼロの焦点』は、若妻の不安と、そこから辿るようにして謎の真相に迫っていくところが読みどころですよ。

有栖川　でも、世間がそう言わないだけで、作者はアリバイの部分をトリックだと思って書いていると思いますよ。

北村　『砂の器』は、映画が有名になったので、そのイメージで語られることが多いですよね。清張先生ご自身が珍しく、「映画の方がいい」と言っています。ハンセン病の父親をもつ和賀英良が放浪の末に世界的な音楽家になって栄光を約束され、過去を消そうとする物語だ、と思っている人が多いですが、原作では重要な要素ではない。では、松本清張が本当に書きたかったことは何なのか。それは、事件で使われるある凶器ですよ。

有栖川　新しいようでいて、戦前の探偵小説めいたトリックですね。

北村　書きたかったことのもう一つは、松本清張が他の作品でもよく描いている、エリートに対する憎悪、劣等感です。『砂の器』には「ヌーボー・グループ」という新進芸術家のグループが出てきますが、彼らは、当時ヌーヴェルヴァーグの波に乗って出てきた人たちを、カリカチュアライズしたものですよね。清張先生の嫌悪する。だから原作での和賀は、鼻持ちならない奴なんです。それが、橋本忍と山田洋次が脚本を書き、加藤剛が演じて、別の作品になり、高評価を受けてしまった。以後のテレビドラマ化でも、ほとんどの場合、松本清張の『砂の器』ではなく、映画『砂の器』が原作になっていますね。ところで、原作に、「紙吹雪の女」というのが出てきますが……。

有栖川　あれですか。また、いろいろ言いたくなってしまうところを（笑）。

北村　事件を追う刑事が、週刊誌に載っていた随筆を読むと、そこに列車の窓から紙片を撒く女性のことが書いてある。それを読んで、犯人が血の付いたシャツを処分したのではないかと思うわけですが、なぜそれとこれとを結びつけるのか。第一、シャツだったら焼くか埋めるかするでしょう。どうしても不自然なんです。それを許す書き方をしていれば受け入れられるのですが、清張先生が書くとリアルになってしまう。

有栖川　トリックに関して言えば、『火と汐』という中篇は、なかなか本格ミステリー的な設定になっています。ヨットレースに出ていたはずの男が、レースを抜け出し殺人を犯すことは可能か、というアリバイトリックものですが、これは松本清張の自信作だったんじゃないかと思います。というのも、「全く、これは壮大なトリックですね。これまでだれも考えたことのない、空間と時間とに仕掛けられたアリバイですね」という台詞が出てくるんです。トリックという言葉がまともに出てくることに注目したい。

北村　ご本人としては、トリックについては『点と線』よりもこちらのほうが自信があったのかもしれないですね。

有栖川　でも、世間では『点と線』のほうが評価された。まあ、『火と汐』の発想も常識的で、とりたてて驚きはありません。もし、松本清張に鮎川哲也のトリックがあったらと思うと……。

北村　いや、水と油です。不自然なものになっていたでしょうね。清張先生は鮎川先生の作品を読んでいたんでしょうかね。

有栖川　読売新聞社の新本格シリーズに鮎川先生が『積木の塔』を書かれてます

から、お読みになっていたんじゃないでしょうか。

北村　『黒い白鳥』は読んでいましたよね。

有栖川　例の〝ネタ被り〟ですね。『ゼロの焦点』と『黒い白鳥』は、同じ時期に両方とも「宝石」で連載していたんですが、ネタが被っていたのでどんどん同じ話になっていき、しかも、どちらも著者の代表作の一つになった。

北村　終戦直後が舞台で、モチーフが同じなんです。

有栖川　一方、鮎川先生は『点と線』の影響で『人それを情死と呼ぶ』を書いています。作品のタイトルだって『死のある風景』『黒い白鳥』『風の証言』など、清張作品と入れ替えても違和感がない。

北村　『砂の城』と『砂の器』とかね。

有栖川　松本清張と、その対極にあったトリックメーカーの鮎川哲也って、パラレルというか、互いのシャドーのような感じですよね。

北村　実は同一人物だった、とか（笑）。

有栖川　二重人格だったら恐いですよね（笑）。

北村　松本清張は、トラベルミステリーの嚆矢でもありますよね？

有栖川　鮎川哲也のほうが先です。

北村　鮎川先生は、あまりトラベルミステリーのイメージがないような気が。

有栖川　いやいや、旅情豊かでトラベルミステリーですよ。鮎川哲也の『黒いトランク』に出てくる遠賀川や二島は、『点と線』の香椎とそんなに離れていなくて、面白いシンクロだなと思います。

北村　なるほど。

有栖川　清張さんは、乗り物での移動を克明に描写しますね。「○時の××線に乗って、○駅に着いたのが×時×分だった」というように書くのですが、これ、私も全く同じなんです。書かないとなんとなく気持ち悪くて。人が書いてなくても平気ですが、書かれていないところを「○時の特急に乗って、×時間くらいかかってるな」と想像する。同じ癖があるなと感じますね。鮎川さんも旅好きで旅の描写が上手いですが、清張さんは力の入れ方が違う。おそらく、日本中の地図が頭に入っていて、旅の仕方も、どのルートでどうやっていくか、いろいろ考えて書いていたのだと思います。

北村　しかも、日本中をまんべんなく網羅していますね。

有栖川　いろんな作品で日本中を舞台にしていますが、それぞれの舞台に必然性があるように感じますね。登場人物の心象風景や生い立ちを形作る中で、頭の中に持っているカードを順に切っていったら、結果的に日本中をまんべんなく旅するような格好になったのではないかと思います。

文体の魔力

北村　『点と線』で一時は足が遠のいてしまいましたが、その後、他の作品を読んでみると、松本清張の作品は本当に素晴らしいんです。傑作の森というべき短篇群はもちろん、そうでないものでも読ませてしまう。『蒼い描点』の出だしなんてずっと何も起こらないのに面白い。謎解きの場面が延々と続くと退屈になりがちなのに『風の息』のその部分の迫力といったらない。この作家としての力量には舌を巻くしかありません。
有栖川　それは、文体が素晴らしいからですね。的確で一切無駄がない。
北村　文体の魔力ですね。本格の形をとり中心トリックは納得できないのに、文章の力で傑作にしてしまった短篇が「家紋」（『死の枝』収録）です。闇の怖さを描いた、何ともいえない大傑作です。

有栖川　あれは怖いなあ。

北村　コンビニなんて無かった頃の闇を描ききっています。力量のない作家がこのトリックで書いたら凡作にもならない。まさに巨人の膂力です。

有栖川　「投影」（『張込み』収録）という短篇も味わい深いですよ。全国紙の新聞社で記者をやっていた男がしくじって会社を辞め、地方都市の小さな新聞社へ移るんですが、その地方新聞社の社長が正義感の塊のような熱血漢なんです。この社長が市政の不祥事を嗅ぎつけた矢先に、役所のある男が不慮の死をとげる。これは怪しい、本当は殺されたのではないかと調べるが――というストーリーで、地方に流れた新聞記者の境遇が読ませる。しかも、戦前風味のトリックつき。

北村　本格ではあるけれど、そこに人生の一断片を覗かせた作品ですよね。「投影」のトリックは、今のように夜でもあちこち電気が点いて明るい時代だったら通用しないものですよね。「家紋」も、まるでその闇が読者の目の前に存在するかのように感じさせます。

有栖川　「闇」というのは、夜の暗さという意味ですね。
北村　そうです、夜の暗闇。それが、心の闇に繋がっていくわけです。
有栖川　「投影」では、その闇が地方自治体の闇にも重なっています。
北村　松本清張のうちに抱える闇が、本格ミステリーと結びついた時、とても効果を挙げるんですね。宮部みゆきさんが選んだ『松本清張傑作短篇コレクション』は上中下のアンソロジーですが、三冊目の最後に置かれた作品が「火の記憶」です。これは、幼い頃に母親と一緒に、闇夜の空に赤く燃える火を見たという記憶にまつわる短篇ですが、あの火は一体何だったのか、そして、その時一緒にいた男は何者だったのか——という謎が見事に描かれています。最初期の作品、作家としての産声のようなこれをアンソロジーの最後に置いた宮部さんの感性、さすがです。やはり、松本清張が描く闇の記憶というのは、読む者に、何か深いものを感じさせるんです。

秘密の多彩さ

有栖川　やがて私も視野が広がって、松本清張の作品は読みどころが違うんだ、というのが分かってきました。それで、トリックや推理にこだわらずに読んだら、その物語を語るのに最もふさわしい人物が据えられていて、しかもそれが多彩なんです。何より魅力的なのは、秘密を持ってしまった人間の惻々たる不安や恐怖を迫真の筆致で描いていること。秘密を持った人が、その秘密ゆえに罪を犯すとか、捜査の追及に怯えるというサスペンスがあります。かつ、推理小説としては、推理はありませんが捜査がある。刑事は、謎は解かないけれど、捜査で秘密を暴く。濃密な秘密の匂いと、それに迫っていくサスペンスに引き込まれていきました。

以前、みうらじゅんさんが本誌の対談で、「清張ボタン」というおもしろい表現をされていたんです。清張さんの小説では、出世したり女にモテたり、人生が調子に乗り始めたときに「清張」と書いたボタンが見えて、これを押してしまうと、落とし穴に落ちてしまう。誰かに弱みを握られたりして破滅が始まってしまうんです。だったら押さなきゃいいのに、つい押してしまうのが「清張ボタン」(笑)。

北村　松本清張の小説には、そういう、日常的な小さな人物が出てきますね。短篇「証言」（『黒い画集』収録）は、ちょっとしたことから起こるいやな感じを、とてもリアルに描いています。愛人といるところに顔見知りの保険外交員が通りがかって、知らない振りをしておけばいいのに、ついうっかり会釈を返してしまう。それ以後、浮気をばらされないかとどんどん不安になって、泥沼に嵌ってしまうんです。

有栖川　本格ミステリーでは、疑わしい人物はだいたいが「遺産」とか「恨み」といったわかりやすい動機を持っていて、犯人が抱えている秘密は「自分が犯人だ」ということだけの場合も多い。でも、清張作品に書かれる秘密は、もっと多彩で、描き方もいろいろと工夫されているので、そこは本格と違うところですね。

北村　清張作品では根源的な恐怖や愛憎、抑圧や嫉妬といった複雑な感情が抜群の筆力で描かれて、バルザック的とも言うべき、情念的な人物が出てきます。たとえば、成功作とは言えませんが、『霧の旗』に弁護士に復讐する女性が出てきますが、なぜあそこまで復讐するのか？　という常軌を逸した執念というか、その理不尽さがいいんです。これこそがテーマです。これを不自然というのは間違いでしょう。
それから、女性誌に書いていた路線、これがまた素晴らしい。検事と、汚職事件の被疑者の妻との悲恋を描いたロマンティックサスペンス『波の塔』は名作で、メロドラマだなと思いつつ、つい没頭してしまいます。筆力に酔います。

有栖川　時代が変わって「今の時代、こんなことで人は殺さないよ」ということはあっても、秘密を持った人間の物語を読むサスペンスは変わらないし、むしろ時を経ることで「この時代はこうだったんだ」と、時代色として鑑賞しやすくなる。書かれてから半世紀も経ると、古くなるというより味わい深くなってきている気がします。

北村　『ゼロの焦点』で描かれる男女関係の距離感や、恋愛に対する感覚なんかは、まさにそうでしょうね。歴史探求ものの『昭和史発掘』も、最新の研究で新しい情報が出てきているとは思いますが、松本清張でなければこんなに面白く書けません。帝銀事件なんか本当にびっくりしたし、二・二六事件の、あの迫力ったらないですよ。全巻一気読みです。
短篇では定評のあるもの以外でも、他の人が書いたら失敗作にしかならない素材を怪奇な秀作に仕上げた「理外の理」、さらに「上申書」「二冊の同じ本」「月」など傑作揃いです。『点と線』と『砂の器』しか読んでいない人は、ぜひ他の作品も読んでみて欲しいですね。

きたむらかおる　１９４９年埼玉県生まれ。89年『空飛ぶ馬』でデビュー。91年『夜の蟬』で日本推理作家協会賞、２００９年『鷺と雪』で直木賞を受賞。

ありすがわありす　１９５９年大阪府生まれ。89年『月光ゲーム』でデビュー。『マレー鉄道の謎』で日本推理作家協会賞、『女王国の城』で本格ミステリ大賞受賞。

松本清張の悪夢

痕跡

みうらじゅん

扶桑社「en-taxi」vol.1 2003年春号掲載

君代は突然、ベッドから抜け出すと、小走りになって外界を遮断していたベージュ色のカーテンを開け放った。重く垂れ籠めた雲が空いっぱいに広がっているのが見えた。

僕はまだベッドの中に居て、君代が次にするだろう行為に不安を募らせていた。

君代の長く伸びた足、大きな丸みを帯びた尻、そしてゆるやかなカーブを描いた腰のくびれ。痩せ細った背中にはまだ黒い安全ロープが巻き付いたままになっていた。

思い過ごしに違いない。僕はどうにかこの状況を和ませようと、適切な言葉を捜した。

「もう夕方か……」

君代は押し黙ったまま、サッシ窓から外の景色を見つめていた。

「ベッドに入んなよ、カゼひくよ」

僕がそう言った瞬間、君代は窓を開けた。冬の冷気が堰(せき)を切ったように部屋に入り込み、昨夜までの甘い残り香を吹き飛ばした。

「………！」

僕は金縛りにあったみたいにベッドから起き上がることも、君代を制止する言葉も咽(のど)から出なくなった。

君代は裸でベランダに出て、階下を見降ろしている。そして次の瞬間、胸あたりぐらいあるコンクリートの壁を乗り越え、僕の視界から姿を消した――。

「自殺という線が強いでしょうな」

大越峰太郎(おおごしみねたろう)は家具もあまり揃っていない六畳ばかりのリビングを見回してそう

答えた。

「大家さんに聞いたら、まだここに引っ越してから一年もたってないってことで、都会の生活に疲れるってのも早いんじゃないでしょうかねぇー」

若手の刑事がそう言って大越の表情を窺った。

「虚無感ってやつは年月じゃないからな、突然やってくるものさ」

大越はそう言ってリビングから続いている開け放された寝室に目をやった。現場検証に余念のない警官が残り香を嗅ぎ回っていた。

「問題は彼女が体に巻き付けていた黒いロープですが、胸のあたりをきつく縛られており、直接には死因とは結びつかないですがね、確実に誰かに縛られた跡です」

若手刑事は猟奇的な痕跡に興味を示した。

「SMプレーだと言いたいわけだね」

大越はニヤリとして若手刑事を見た。

「いや、僕はあまりその方面は詳しくないのですが……」

若手刑事は頭を掻いた。

「彼女の身元は割れた。高柳君代、二十七歳、青森県平内町出身、三ヶ月前から六本木のSMクラブ〝蜜の味〟に勤めておった」

「SMクラブですか！　縛られてもおかしくないわけですね」

若手刑事は大越の素早い情報収集に驚かされた。大越は来年で定年を迎えることになっている。長い経験を通して足で稼ぐ情報収集には定評があった。いつしか彼のことを署内では〝足の峰さん〟、裏では「アッシー」と呼んだ。

「でもな、SMクラブに勤めてるといっても自宅に客を招いてプレーをするだろうかね？　店で知り合ったかもしれんが、この現場に居たのは彼女の男と判断した方がいいだろうな」

大越はそう言って、くたびれたハイライトをポケットから取り出すと火を付けた。

「きっとその男は、彼女との関係がバレたら困る立場の者だろう。現に、その男が居た痕跡は全て消し去られている。SM用品だって彼女に巻き付いたロープだけではないはずだ。彼女のケータイ電話を持ち去ったのもその男の仕業だと思うがね」

「もし仮に男がいたとしても、彼女を突き落した証拠が無い限り犯人として扱うことは出来ませんね」

大越はあくまで自殺だと言い切った。しかし、そこまで彼女を追い込んだ男が憎かった。きっとその男はどこかの空の下で、普通の生活に戻っているに違いない。大越は三年前、上司と不倫関係にあった自分の娘が突然、虚無感に襲われ自殺したあの日以来、法では裁けない罪に憤りを感じていた。

結局、現場検証の結果、他殺の線は浮かび上がらなかった。数日後、遺体は荼毘に付され、遺骨だけが青森県の親の元に返された。

煙草メーカーが主催するイベントが今年は福岡県で開催された。毎回、文化人と呼ばれる著名な作家や芸術家を招いてのトークショー。博多湾が一望出来る高級ホテルの大広間がイベント会場に当てられた。

『マイブームと私　三浦純』と、大きな垂幕に演題が書かれている。

イラストレーターでもあり、エッセイストでもあり、ミュージシャンでもあり、テレビのコメンテーターでもある、新進気鋭の登場に会場からは大きな拍手が巻き起こった。

「僕のこれから話すことは、みなさんにとって何のお役にも立ちませんから――」

会場に笑いが起こる。彼の魅力はそんな柔和さにもあった。

講演が終わり、煙草メーカーと県の役員が彼を町はずれの料亭に連れ出した。

「こういう所は苦手でして」

三十七歳の人気作家は通された宴会場を見て照れ臭そうに笑った。

「事務所の方はどうされました？」

床の間を背にした席には二組の食膳が並べられていた。

「いや、早く言っておけば良かったですねぇー、すいません。昨日、急に体の具合が悪くなりまして、はぁ、御飯まで用意して頂いていたとは、すいません」

「じゃ、今日はお一人で？」

初老の役員は努めて丁寧な言葉で対処した。しかし心の中では、前もって連絡さえ入れてくれれば飛行機代もこの食膳代もキャンセル出来たのにと思った。

「ま、お一つ」

仕方ない。人気作家にお酌をして、今日の講演の盛況ぶりを報告し、大きく感謝した。

「先生は御家族はおありですか？」

「はぁ、妻と子供が一人です」

「ちっとも結婚されてるようには見えませんなぁ、お子さんもですか、そりゃー意外だ！」

大きく笑ってみせたが、この男に少しも関心などなかった。

今度は向かい側に座った煙草メーカーの男が「ま、一つ」と言って徳利を差し出した。

「いやぁー、実に残念ですよ、今日はまた事務所の方にお会い出来ると楽しみにしてたんですけどね」

この男は一度、東京で君代と会っている。僕はそれ以上、話を膨らませたくないと思った。

「あんなおキレイな方、どこで見つけてこられたんですかぁー、事務所員にしておくのはもったいない！」

「おいおいおまえ、失礼だぞ！　もう酔っぱらってんのか？」

隣に座った黒縁のメガネをかけた同僚が口を挟んだ。

「おまえはまだ会ってないからそう言うんだよ、ね、先生。俺はいつか彼女を誘いますから、いいでしょ？」

「まぁね……」

三浦は早く違う話題に切り替えたかった。

福岡での講演会の話をすると君代は珍しく行きたがった。「これは仕事だから」と制すると、「勝手にホテルを取って見に行くんだからいいでしょ」と、その夜は客に飲まされたという酒もあって、しつこく言い張った。三浦は君代との関係を疎ましく思い始めていた。

「じゃ、こうしよう」

その夜は無性に君代が抱きたかった。だからこの場は機嫌を取るべくある計画を練った。

「来週、打ち合せに主催者が東京に来ることになっているので、うちの事務所でおまえと会わせておこう」

「えっ？　私の立場は」

君代は突然の話に当惑っていた。

「おまえを事務所員と紹介するから。だったら福岡に連れて行ってもおかしくないだろ」

「はい！　分かりました先生！　なんて言った方がいいかしら、うまく言えるかしら……」

君代はうれしそうに言った。

「もう一度、言ってみろ」

「はい！　分かりました先生！」

三浦は君代をベッドに押し倒すと、黒いロープで後ろ手に縛り、そしてブラウスから開けた豊満な胸をさらに大きくなるようきつく縛り上げた。

「今夜、客とはどんなプレーをしたんだ！」

漲る怒張が嫉妬を伴って君代の体内で暴れている。三浦はその瞬間だけ本来の自分に戻れた。

そんな君代が福岡に発つ二日前、突然マンションの五階から飛び降り自殺を図った。あんなに楽しみにしていた初めての旅行を前にして何が彼女をそうさせたのか、三浦には理解が出来なかった。それから毎日、張り裂ける思いで新聞に目を通したが、単なる自殺として片付けられたのだろう、紙面を賑わすことはなかった。三浦は作家生命が断たれなかったことに胸を撫で下ろした。

「パパ！　お土産買ってきてね」

「分かったよ、空港で何か見つけてくるから」

子供の頭をなでていると、

「ねぇ、今度は何泊だっけ？」

玄関口で不意に妻が聞いた。いつもはそんなことを聞くことはなかったので焦った三浦は「二泊だ」と答えて外に出た。

実はもう一泊を利用して、どうしても行かなければならない土地があった。

福岡発、青森行きの飛行機は一日に一本、十一時四十六分発の九一四便である。青森空港には十三時四十五分に着く。そこから青森駅まで出て、東北本線に乗り北上、浅虫温泉駅で下車した頃には夕暮れが迫っているだろう。

講演旅行が近づいたある夜、

「三浦さんとこの事務所に勤めていることにしちゃったけどいいよね？」

と、君代が言った。

「この間、田舎のお母さんから電話があって、どんな仕事をしているんだって聞かれたのよ、ＳＭクラブとは言えないでしょ、とっさにこの間の計画を思い出して三浦さんとこって答えちゃったのよ」

「で、お母さんは何て？」

「三浦さんは若者に人気でしょ、お母さんは歳寄りだから全く知らなかったの、だから今度、三浦さんの本を送るって約束しちゃった！」

あの時、止めておけば良かった。その著作さえ無ければ、君代の母親はもう名前などすっかり忘れ去ったに違いない。

どうにかして三浦は自分の痕跡を取り戻したかった。その一心で講演会の翌日、福岡空港から青森に向けて飛び立った。君代がその時、洩らした「実家は浅虫温泉ってとこで旅館をしてるの」という話を頼りに。

大越刑事は君代のマンションから何一つ男の痕跡が発見出来なかったことに苛立っていた。勤めていたSMクラブにも何度か足を運んだが、客は決して本名を明かすことなくプレーを楽しんでいたし、同僚のSM嬢への聞き込みも「あの子に関しては全くプライベートは知らない」の答えばかりだった。

大越は君代の実家に行ってみたいと部長に申し出たが、「自殺者の調査に出張費は出ない」と断られた。

「大越さん、休暇を取られるってほんとうですか?」

あの事件から二ヶ月ほどたった。若手刑事は定年を目前に突然、休暇願いを提出した大越を不思議に思い聞いてみた。

「いや、どうも気が晴れなくてね、うちのカミさんを連れて旅行でもしようと思ってね」

大越はにこやかに答えた。

「で、どこに?」

東北新幹線〝はやて〟が八戸駅まで伸びた。そこから東北本線に乗り継ぎ浅虫温泉駅で下車した大越は妻を伴って構内の旅行案内所の窓口を叩いた。

「お聞きしたいのですが、この街に〝高柳〟という方が経営されている旅館はありますかな」

駅員も兼ねた案内所の者は「ちょっとお待ちくだせぃ」と、どこかに電話を入れた。まだ駅内には氷と化した雪が積み残されている。時折、ザザッと大きい物音がすると、駅の張り出した屋根から雪の山が地面に落下した。

「あぁ、たかやねぎさんだねー」

駅員は電話口で誰かに告げられ思い出した様子だ。ここでは高柳を〝たかやねぎ〟と発音するらしい。

「駅を出てもらって、左に真っつぐ行くと右に折れる道が出てくるだ、そこから四軒目の〝初音旅館〟ちゅうとこだわ、まだ道が凍っとるんで気をつけて行きんさい」

大越は妻の手を握り、左右に雪が積まれた道を進んだ。妻には終始、表情は無く、ただ夫の言われるままに行動した。

初音旅館はすぐに見つかった。玄関口には一足の靴も無く、今日の宿泊者が他にいないことを物語っていた。

「宿泊け?」

奥から主人らしい人物が現れた。

「はあ」

大越は妻を伴って陰気な部屋に通された。

「何もありませんがの、温泉は二十四時間入り放題だがね」

何も急いで話を聞くことはない。大越はそう思って風呂に向かった。大浴場とは言葉だけの六畳ほどの岩風呂に浸かって旅の疲れを癒した。

「ところで御主人、ちょっとお聞きしたいことがありましてな」

夕食時に大越は切り出した。

「わしは東京での娘のことは何も知りませんがの」

すぐに例の一件を聞かれたと察した主人は、家から自殺者を出したことを恥じているのか、口が堅かった。

「警察の方かの?」

「いや……」

大越は同じ境遇にある父親の気持ちが痛いほど分かった。

「うちの母ちゃん呼んで来ますから」

と、主人は席を立った。重たい空気が流れている。大越は少しでもこの場を緩和させようとテレビをつけた。大相撲ダイジェストが流れていた。あれからうつ病を患っている大越の妻は相変らず無表情でテレビに目をやるでもなく、食卓に並ぶ田舎料理を淡々と口に運んでいた。

「何かとっても東京では恥ずかしい生活を送っとったとかで申しわけないことでございます」

旅館の女将は部屋に入るなりそう言って頭を下げた。

「娘さんの勤め先を御存知だったのですか?」

大越は不審に思って聞き返した。たぶん自殺と判断した警察は娘の東京での生活は知らすことなく、遺骨だけを送り返したに違いない。そこまで警察は関与してはいないはずだ。

「娘が亡くなって二、三日後だったと思いますが、勤め先の方が御見えになりましての」

「どんな男です？」

大越は体を乗り出した。

「どんな男と申されても、四十前ぐらいのメガネをかけた人でしたけど」

「名刺か何かは？」

「いや、ありません、風俗店をやってる者だというだけで」

「で、その男は何か尋ねませんでしたか？」

「はあ、以前に娘が送ってきた本を返して欲しいというもんで」

「それは、どんな本ですか⁉」

大越は刑事グセが出た。

「娘が勤めてる会社の方が書かれたとか言ったような……。私はそういうものにとんと疎いので封も開けずそのままになっとったもんですから」

大越は歯痒かった。せっかくその男の痕跡が浮かび上がってきたというのに。

「よく思い出してみて下さい！　その本を取りに来た男が娘さんを自殺に追いやった犯人かも知れないのです！」

声を荒立て大越は言った。その瞬間、今まで無表情だった食卓の前の妻が突如泣き叫んだ。

「娘を……、娘を返してちょーだい！　娘を!!」

大越は自分を責めた。あの三年前の忌わしき出来事が妻の胸にオーバーラップしたのだった。

「どんなことでもいいです。もし今後何か思い出されたなら、ここに連絡して下さい」

大越は洋服ダンスに掛けたスーツのポケットから警察の名刺を一枚取り出し、女将に渡した。


朝の奥様番組「はなまるマーケット」出演のため九時にＴＢＳ入りをした三浦は楽屋でディレクターと談笑していた。

「二年前の〝崖〟、そして去年の〝天狗〟ときて今回のマイブームは何スか？　この〝ゆるキャラ〟というのは！　スタッフ全員また爆笑しましたよ」

三浦はまたも受けたことに気を良くした。

「広島県なんて国民文化祭のキャラクターは〝ブンカッキー〟ですよ、文化のブンカに広島名産の〝牡蠣(カキ)〟でブンカッキー！　それは本当スゴイですから」

「それはもう存じてますよ！　コレでしょ」

と、ディレクターはテレビ用に引き伸ばした写真を用意していた。

「それ、それ！」

三浦はパネルを指さして笑った。

「こんなのも御用意したんですが、三浦さんは御存知ですか？」

三浦はそのパネルを見て動揺した。青森県冬期キャラクター〝ウィン太〟だったからだ。

「勝つの〝WIN〟と、冬の〝WINTER〟を合体させたネーミングなんです！」

もちろん三浦は知っていたが、何とかその場を笑ってごまかした。

「それでは本番よろしくお願いします、また呼びに来ますので」

三浦の出番は十時二十分頃だった。

大越の元に電話が入ったのは朝の十一時過ぎ。

「よくよく考えて電話させて頂いたのですが、あの人に間違いありません！」

声の主は初音旅館の女将である。ついさっきテレビを見ていたら、旅館に来たあの男が映っていたという。電話があった時間には番組は終わっていたが、大越が新聞のラテ欄で探すと「はなまるマーケット」にほぼ間違いなかった。

すぐにテレビ局に問い合わせたが、その男の名前を大越も知らなかった。

三浦は警察の取調室で「家族にだけは知らせないで欲しい！」と何度も懇願した。

「おまえに良心というものがあるのなら、残った人生で全てを償うんだな」

と、大越は言った。

「と、突然、君代が飛び降りたんだ！　僕は犯人じゃない‼」

大越はその不倫男に、

「原因を教えてやろうか？　先生」

と、切り出した。

「虚無感ってやつは幸せを前にして突然襲ってくるものなのさ」

男はしおれた表情で大越をゆっくり見上げた。

（終）

僕は松本清張的悪夢に魘（うな）され目を醒ました。〝本当の幸せとは何だ!?〟、いつも松本清張は僕に問いかけてくる。〝どんな気がする!?〟、まるでボブ・ディランの「ライク・ア・ローリング・ストーン」の歌詞のように。もちろん、その答えは風に舞っている。暴かれた真実の後に痛いほど問いかけてくるメッセージ。人は追い込まれないと、本当のことが見えてこない。僕は松本清張の小説を教訓として今日もビクビク生き続けているのである。

今こそ聞くべき名講演　「人生」を知りたくば「菊池寛」を読みたまえ

小説家は人に好かれるべからず

松本清張

文藝春秋「文藝春秋」2011年8月号掲載

講演でいちばん最後に出るのは、最初や二番目に出るのより三倍も辛いということを、菊池寛さんが書いておられます。その辛い、いちばん最後に回ることになりました。

菊池寛——まあ本当は、大先輩でございますから、菊池寛先生と言わなければなりません。けれどもグレートネームになりますと、尊称はいっさい取ります。山県有朋公爵だって、山県有朋だけでいいんです。そういうわけで、菊池寛と呼び捨てにしたほうが、偉大な人物になるわけであります。

菊池寛の文学というのは、その作られていく過程に、二つの要素があると思います。一つは、家庭が貧しかったこと。そのため、学校へ行くのに、絶えず金の苦労をしなければならなかった。この逆境が、菊池寛の文学形成に大きな要素になっていると思います。

もう一つは、醜男(ぶおとこ)であったこと。女にモテなかった。このことがまた、菊池寛の文学を作り上げた。自身も『半自叙伝』の中で、小学校あたりまではどうにか可愛い子と見られたけれども、それから後はあんまり可愛くない顔であると言い聞かされた、という意味のことを書いております。

かのトルストイもまた、子どものときから醜男であったらしい。母親から「レオや、お前の顔はみっともないから、その分、人に可愛がられるようにしなさいよ」と言われたということをトルストイの自叙伝かなんかで読んだ菊池寛は、トルストイにいたく同情しております。

私も、自分のことを言うのはなんですけれども（笑）、そういう点では大いに菊池寛に意を強くしている一人であります。

人生派リアリズム

菊池寛の文学を要約いたしますと、リアリズムであります。けれども、普通言うところの写実主義とか現実主義ではありません。貧乏生活から得たところの人生経験、いうなれば人生派リアリズム、生活派リアリズムと言ったほうがいいのではないか。

第一高等学校で同級生だった芥川龍之介、あるいはその先生の夏目漱石は、いわば書斎派であります。いろんな本を読んで知識を詰め込んで、その中から小説を構成する。そう解釈したほうが、私は、漱石なり芥川なりの文学解明につながると思います。

菊池寛はそうではない。彼は、下積みの生活や苦労を、身を以て体験しています。

生まれは、香川高松藩の学者の家柄です。学者といっても、新井白石のように幕府に仕えて、行政にタッチするところまでいきますと大したものですけれども、藩の儒者となると、そう大した給与はくれません。ですから、豊かでない家庭に育っております。

高松中学校を首席で卒業したものの、学資がないから上の学校に行かれない。そんなとき、「自分の養子になれば学費を援助しよう」と申し出る人があって、飛びついた。その人は、「神童の誉れ高い菊池寛にカネをかけて、然るべき学校を卒業させれば、後に楽々暮らせる。あるいは事業の利益になる」という一種の投資、まことに功利的な考えから、彼を養子にしようとしたのであります。しかし菊池寛が文学のほうへ進むとわかると、がっかりして破約を申し込んでくる、という状態でした。まあそういうことが、菊池寛の自伝には詳しく書いてあります。

菊池寛

その後、東京の第一高等学校に入りますが、卒業の直前、友達の窃盗の罪を引き受けて、辞めないでもいいのに辞めてしまう。この件はのちに、『青木の出京』という小説に書いています。

この間、学資はどうなったかというと、

一高の同級に成瀬正一という男がおりました。お父さんは銀行の支配人かなんかしておりまして、金持ちでありのます。尾張犬山城の城主が成瀬氏で、その親戚のようです。その成瀬さんの好意で、学費を出してもらうことになった上、しばらく東京の成瀬家で同居をする。そのとき成瀬正一のお母さんが、非常に親切にしてくれた。この恩を菊池寛は非常に強く感じまして、短編『大島が出来る話』その他に思い出を書いております。

家庭が非常に貧しく、あんまり可愛くない。菊池寛にはそういう生まれついての逆境がありますから、人の人情に触れると、非常に感受性が強く働くわけであります。私は『大島が出来る話』を何度読み返してみても、感動を受ける。というのは、そういうところが私、自分のことを申し上げると恐縮ですけれども、どこか菊池寛と、逆境の点において相似るものがあるからであります。

いかに彼が学校生活で、学費がないために苦労したかといえば、教科書もろくに買えなかった。高松から東京に出て、上野の図書館の蔵書の多いことに仰天して、歓喜に震えたというくらい本が好きだった。しかし自分では買えない。教科書さえ買えない。

私は思うんですが、もしカネが潤沢にあり、学費も小遣いも豊富であったならば、本は自分で買えた。買えたけれども、ただ読むだけだったと思う。菊池寛が刻苦精励したように、買えないから人から借りた本を暗記してしまうという、そういう努力はなかったであろう。これはやはり、貧困の利益であります。

菊池寛は、記憶ものにおいては誰にも負けないと自慢している。特に、英語、国語、歴史は誰にも負けないと書いている。人間、ひとつ自信をもつというのは、非常に素晴らしいことであります。どのように逆境にあろうと、苦しい境遇にあろうと、自信をもつということは、自分の気持ちの支え以上に、いつかはひっくり返してやるという気概になるわけであります。

「小遣いが要るだろう」

菊池寛はその後、京都大学へ行きます。芥川や久米正雄、松岡譲、先程の成瀬など、東京で漱石の門下生になった同級生たちとの行き来は、文通ばかりになります。しかし友情をもつこれらの人々が、第三次『新思潮』を始めたとき、京都の菊池寛に同人になるよう誘ってくれた。その雑誌に菊池寛は、草田杜太郎とい

うペンネームで作品を書きました。「もしこの『新思潮』に参加し得なかったならば、自分の今日はなかったであろう。せいぜいどっかの学校の先生か、あるいは翻訳か、そういう暮らしで過ごしたにちがいない」という意味のことを書いております。

東京にいるなら当然であるけれども、京都にいる自分をちゃんと友人たちが同人にしてくれた。その感謝が彼をして、後に『文藝春秋』を作らせたのだと思う。自分が作品の発表舞台を得た。ゆえに、若い人に発表の舞台を与えたいということです。『文藝春秋』は大正十二年の発刊ですが、そのころは今日のように雑誌が多くありません。文学志望者や若い新進作家はたくさん蠢めいているのに、作品の発表舞台がない。そこで菊池寛は、『文藝春秋』というたった十銭の、ざら紙のような紙で薄っぺらな雑誌を作ったのであります。

菊池寛という人には、自分の苦しかった時代を常に考えて、「ああ、あの男は自分と同じように苦しんでるんだ。なんとかしてあげたい」という気持ちがたえず動いている。だからよく言われるように、袂にいつもお札をつっ込んでいまして、そういう困っている人を見れば摑み出して、「小遣いが要るだろう」と与えたという話です。

そういう人情が、いわゆる義理人情かというと、それはまったく違います。そこはやっぱり近代人である。菊池寛の人情には、やはり人生哲学的なものが裏付けされていると思います。

菊池寛は、自分の小説はアイディアと、それから情熱であると言っております。アイディアとは何か。それは人生を見るのに、表面の裏側にあるものを抉り取ろうとする態度です。たとえば歴史小説であります。歴史上の事実というものは、学者や研究家が文書を読んで通説、定説を述べるだけです。けれども歴史とは、実際は人間の動きであります。人間の動きが、いろいろな事件を巻き起こしていく。それが時代を経て文書に綴られる。それならば文書というものは、表面に現れた結果を採集するにすぎない。しからばその文書の奥にあるものを引っ張り出して、人間的な解釈を与えたい。これが菊池寛の創見であります。考え方の初めての試みであります。

人生への洞察

ですから菊池寛の歴史小説には、人生への深い深い洞察が反映されています。人間は、歴史という過去においても、現代においても、根本は変わらないんだと。社会秩序や階級制度は変わるけれども、本来もつものは変わっていないんだということが、菊池寛の考え方にあると思う。

たとえば『忠直卿行状記』。松平忠直はご承知の通り徳川家康の孫で、越前少将と呼ばれた六十七万石の太守でございます。その忠直に暴虐的な行状があったということは、記録に残っている。その忠直の性格を、菊池流に解釈した。主君となれば孤独である。誰も批判めいた話は届けない。そこで主君は、人の言うことを全部信じていた。ところがある日そうでないことを知って、それから忠直はすべてに対して懐疑的になってきた、という発想であります。

菊池寛の学生時代のことです。あるとき寄宿舎にいると、窓の下で親しい友人たちが話をしていた。「菊池のやつは英語ができると言うけれども、大したことはない」ということを言っている。それが一番親しい人間であっただけに、寛はショックを受けるんです。つまり、人を親友だと思ったところで、あてにならないということ。そのときの気持ちが、おそらく『忠直卿行状記』に反映されていると思います。

そのように寛の作品にはほとんどすべて、自分の生活から得た体験が、形を変えて入っている。国定忠次の講談の世界に材料を取った、『入れ札』という短編があります。赤城の山に籠もった国定忠次が、関八州の役人を相手に刀折れ矢尽きて、いよいよ明日は落ち延びていこうという、その前夜。月が皓々と冴え、忠次が刀をこう抜いて、いい場面。沢田正二郎がやった、あの場面であります。その晩に忠次は子分を集める。みんな連れ立って落ちていったんでは目立つから、分かれ分かれにそれぞれ思いの土地へ落ちていこうという約束になった。ところが、忠次に誰がついていくか。「昨日まで生死を共にした可愛い子分のお前たちに、お前はついてこい、お前は来るなとは、俺の口からは言えねえ」と忠次は言うんです。そこで、「お前たちは、俺につけて頼もしい子分と思われる者の名前を書きなさい」と。いわゆる互選ですね。

中に、九郎助という一番古い子分がいます。若いときから忠次に仕えたけれども、歳を取ってからはどうにも力がなくなった。特に去年の喧嘩で敵の捕虜になって以来、九郎助は兄貴株でありながら、後輩の子分たちのあいだですっかり軽蔑されている。板割りの浅太郎といった意気のいい連中に追い越され、表面では「あにい、あにい」と奉るけれども、内心ではバカにされている。それがいよいよ投票で自分の名前が落ちたときには、はっきり形となって現れてしまう。これほどの屈辱はないってんで、互選でございますから自分の名前を書いてはいけない規則なのに、自分で「九郎助」と書いた。というのが筋であります。

天才的な試み

これは実際にあった事件を、形を変えて小説にしたんです。当時の文藝家協会で、理事の互選があった。中に鬱然とした大家がいて、長いあいだ理事を続けてきたけれども、いかんせんだんだん人気が落ちてきた。次の改選では後輩の新進作家に理事の席を奪われて、落選の憂き目を見るかもしれないという情勢になった。かくてはならじというわけで、互選なのに自分の名前を書いた。それがわかってしまったのであります。

これは人間の心底の気持ちであります。人間、落ち目にはなりたくないものですが、抽象的なものから具象的に、投票という形で現れたときの、転落への恐ろしさ。そして、地位にしがみつきたいという執念。この人間的な執念が、文藝家協会の理事改選事件でした。それをそのまま書くのは生々しいから、菊池寛は国定忠次という講談の世界に振り変えたのであります。

さて、どちらが有効であろうか。理事の話をそのまま書いたほうが、人間の心情を暴露することになるだろうか。あるいは講談の忠次の子分・九郎助の『入れ札』の世界で書いたほうが、人間の弱みで読者に感銘を伝えることになるだろうか。私は、九郎助のほうに点を入れたい。まず読みやすいこと。そして、読者に馴染みが深い。国定忠次という講談の世界を借りて、落ちぶれた先輩子分の焦りがよく出ている。このほうが、はるかに効果があるんです。菊池寛は、まことに天才的であると思う。

菊池家に泥棒が入ったことがあります。大したものは盗られなかったんですけれども、泥棒に入られた被害者の心理というものは、他人が考える以上に打撃が強い。自分の家に見知らぬ泥棒が入って荒し回ったという、恐怖心であります。その恐怖が『若杉裁判長』という短編になっております。

若杉裁判長は、非常に軽い判決を与えることで、名裁判長として評判でした。ところがあるとき、自身の家に泥棒が入った。その恐怖といったらなかった。裁判長席に座って上から見下ろしたとき「恐れ入りました」と頭を下げている、いつもの被告とは違う。世にも恐ろしい、猛々しい凶悪犯であります。その凶悪犯が、自分の家に現れた恐怖心。裁判長にとっては、まるで別世界の人間が飛び込んできたような気がした。それ以前は法律に基づいて、これこれの犯罪はこれこれの条項に該当するということで、量刑を言い渡していたんです。けれどもその量刑に、被害者の恐怖心というものを加味しなければならないということに、自分の経験から気がついた。以後、若杉裁判長の判決、刑の言渡しは非常に厳しいものになったと、こういう筋であります。それは菊池寛が、自分が受けた泥棒被害の経験から書いたのであります。

このように菊池寛という人は、自分の身辺のことを生では書かないで、まったく絶妙なほかの題材にすり替えていく。そして実際の生の材料を書くよりも、より効果的なものに書いていく才能があったと思います。これが菊池寛自身も言っているアイディアであります。頭の良さだと思う。

思い違いへの風刺

成瀬さんの学費の援助で京都大学を卒業した菊池寛は、東京の時事新報に入社するわけですが、いまでいう社会部記者のようなことをやった。いろいろな名士にも会ったし、現場にも駆けつけた。非常に優秀な新聞記者ではないけれども、真面目に、地道に勤めたと言っております。

その記者時代にも、人の裏を見ている。たとえば『M侯爵と写真師』という短編があります。Mという侯爵は実に優しくて親切で、「めしを食べに来なさい」と新聞記者を誘ってくれる。「いつでも来なさいよ。今度スッポンが美味しくなったから食べに来なさい」なんてリップサービスをする。そのころマスコミという言葉はございませんが、報道との関係をよくしておくことは、自分の評判が良くなり、自分の地位保全にもつながるからです。

だから、のこのこと行く新聞記者はめったにありません。みんな遠慮する。ところがある新聞社のカメラマンは、誘いを真に受けて、いかにも自分が侯爵から処遇を受けたように間違って思い込んで出かけて行く。そして気軽に侯爵と談笑して帰って、「これほど優しい、理解の深い侯爵はないよ」と言いふらす。

ものの理解の鈍感といいますか、図々しくも誘われてすぐに出かける写真家のことを、菊池寛はこの作品に書いております。侯爵が、新聞社の名刺のために自分に会ってくれるということに全然気がつかず、友達扱いしてくれると思って出かける。その人間の錯覚、思い違いを書いております。一種の風刺でございます。

そうかと思うと、『R』という作品がある。牡蠣を食べる時期は、英語の月で言うとみんなRが付いています。セプテンバー、オクトーバー、ノベンバー、みんなRが付きます。ところがメイとかジュライとか、食べられない月にはRが付いておりません。そういうことを、得々と菊池寛に喋る名士がおりました。

菊池寛は、イギリス文学はもとより、アイルランド文学にも通じていました。ある人が、「ムーンライト」を文字通り月光がどうしたこうしたと訳すと、「これは誤訳であります。アイルランドの方言で、『ムーンライト』というのは畑泥棒のことであります」と言っている。それくらい、英語に詳しい。

その菊池寛に向かって、オイスターの食べられる月はみんなRが付いているのを、一つ一つ教えた。さすがに寛もアタマにきて、「そんなことはわかっています」と言って、決然と席を立ったという。そんな話が短編小説になっております。

とにかく人生の裏、人間の裏、あるいは悲喜、哀楽こもごも、そういったものを全部彼は体験して、そして小説家になっております。

「頭」の文学

一方、漱石や芥川には、そういった人生経験がない。漱石は英文学の大家であります。その英文学の知識から、小説を作っておる。傑作だといわれる『こゝろ』についても、菊池寛は痛烈に批判をしております。内容を言うと長くなりますから省きますけれども、要するに頭で考えたものだ。そして読者を釣るために、非常に気の利いた逆説といいますかパラドックスというんですか、普通の言葉でなくて、喩(たと)えが気が利いている、ということ。身振りで読者の人気を集めようと試みているにすぎない、と菊池寛は書いている。

芥川の人生経験にいたっては、東大を卒業して横須賀の機関学校の英語の先生かなんかをした程度であります。『今昔物語集』とか『宇治拾遺物語』、後にはキリシタンものだとか、みんな書物の上の知識で小説を作っておる。古典に基づいて、芥川流に解釈した。これは菊池寛の歴史上の解釈と、一脈相通じております。違うのは、芥川の小説は、絢爛たる文章がちりばめてあるために、非常に文章の巧緻、機知、そういうものが主体となっておる。芥川の人気は、そういうところにあると思う。キリシタンものにいたっては、これはもうまことに芥川の嚢中のものになっている。キリシタンものと『今昔物語集』、この二つが芥川の文学の両天秤であったと思う。

現実主義的なものはどうかというと、彼は志賀直哉に傾倒しておりましたから、志賀直哉流の『蜜柑』や『トロッコ』、あるいは『お律と子等と』というのも書いております。しかしこういったリアリズムはもともと芥川の本領ではありませんから、全部失敗作であります。批評家もあんまり認めておりません。それでだんだん衰弱していく。しまいに、自分の将来に不安を持つようになる。「ぼんやりした不安」であります。

評論家は、「ぼんやりした不安」は来たるべき社会改革であるとか、あるいはプロレタリア文学の勃興に対する怯えである、とか言っておりますけれども、そうではなくて私は、もう種が尽きたんだと。まだ年が若うございますから、これ以上生き延びていくには、相当な努力をしなければならないのに、すでに才能が枯渇してきた。枯渇の理由は、頭で考えたからであります。生活から出た経験はひとつもないから。そうすると、源泉であるところの書物からの知識が枯れてくると、作品も枯れてくる。芥川がげっそりと痩せて、目だけがぎょろぎょろと大きくなったというのは、その神経衰弱の原因たるものがわかる気がする。そしてあのように、三十五歳で自殺をするわけであります。

菊池寛は、書物もたくさん読んでいるけれども、なんといっても実生活の裏付けがある。たとえば有名な『父帰る』。このヒントは何かというと、聖書であります。聖書に、放蕩息子が詫びを入れて帰って来る話がある。兄が文句を言って、「あんな放蕩者を許してどうするんですか。しかも、財産の半もちゃんと均等に分けてやるとは」と言って、親父を責める。すると親父は、「放蕩息子ほど可愛いんだ」と言って聞かせてやる。菊池寛はその話を取って、放蕩息子でさえ、戻ってくれば親父は許すんだ。ならば親父自身が放蕩して、女房から子どもから見放して家を出ていく。それが落ちぶれて詫びを入れてきたとき、放蕩息子さえ許すんだから、親父においてはなおさらではないか、という考え方から『父帰る』を書いたのです。

これが凡庸な作家だと、ただ聖書の話を裏返したような、出来の悪い、つまらない小説になります。けれども菊池寛の『父帰る』は、実生活から生み出された侘しい自分の経験に裏付けされています。弟と妹の学費を出した長男に対して親父が、「恨むならば、公債を使ったおじさんを恨め」とか言う場面があると思いますが、あれは菊池寛の経験であります。菊池寛が働いて仕送りし、兄弟や一家を養っている。その心情が『父帰る』に出ています。作りものでない。そこが大事なんです。

父が戻ってきて、しょんぼりしている。それに向かって長男が、さかんに攻撃をする。その攻撃は全部、菊池寛が家庭に対してもっている鬱憤であります。お父さんにもっていたところの鬱憤であろうと思う。全然学費を出してくれなかった。修学旅行に行かしてくれなかった。家が貧乏だから、なんぼねだってもお父さんは、学校の修学旅行に行けと言わなかった。しまいにはめんどくさがって、向こうを向いて寝てしまったと書いてある。そういう親父に対する気持ちが、あの『父帰る』のしょんぼりとして戻ってきた親父に対する長男の攻撃になっているんです。そこが大事なんです。

作りものと、実際の経験は違う。それが人を感動させるんです。『父帰る』は、久米も芥川も、見てみんな泣いたといいます。泣いた理由はそこにある。菊池寛が戯曲について書いた中で、『父帰る』だけは自分の作品として永久に残るだろうと言っている。さらに曰く、作家は作品によって残らなければならない。たくさん書いていても、どの作品が残るかによって決まるんだと。その例として、漱石の『坊っちゃん』をあげております。漱石の他の作品はあまり人口に膾炙しない。世評にのぼらない。けれども『坊っちゃん』だけは世評にのぼって、これは永遠に残るであろうと。作家というものは、一つだけ人口に膾炙する、世評にのぼって永遠に伝えられるような、生命力を持つ作品を書かなければならない、と言っています。

菊池寛の歴史小説の解釈について、私は非常に教えられるところが多かった。それから菊池寛の小説の作り方、これも大きな教訓であります。もし私がもう少し早く生まれ、あるいはもう少し早く菊池寛と機縁をもつということがあったならば、私は菊池先生の門下生になっていたろうと思う。しかも門下生の中で、もっとも俊英をもって鳴る地位を得たと思う。というのは、菊池寛の境涯と私の境涯はよく似ている。したがって、感情がよく似ているからであります。

大事なことは、菊池寛はたった独り。孤独でありました。芥川や久米など、友達がたくさんいるように見えるけれども、実際に心友、心を許す心友だったかというと、私はそれに疑いをもつ。

つまり菊池寛の孤独は、小さいときに母親から「レオや、お前の顔はみっともないから、人に可愛がられるようにしなさいよ」と言われたトルストイに同情した環境が、最後まで変わらないのであります。これは大事なことなんです。あまり人に好かれちゃいけないんです、小説家は。特に女にモテちゃいかんのです（笑）。

というとことで、この辺で失礼したい。

（一九八七年十月三十一日　高松市・四国新聞社ホール）

※なお、文中の菊池寛の作品は次の本に収められている。

「半自叙伝」（『半自叙伝・無名作家の日記　他四篇』岩波文庫）

「忠直卿行状記」（桐野夏生編『我等、同じ船に乗り』文春文庫）

「入れ札」（児玉清他選『人生を変えた時代小説傑作選』文春文庫）

井上ひさしへ

瑣末な「悪評」は全然気にしないことです

松本清張

文藝春秋「文藝春秋」2011年9月号掲載

井上ひさしが『手鎖心中』で直木賞を受賞したのは一九七二（昭和四十七）年七月のこと。選考委員の一人、松本清張は「大型作家になる可能性（これは可能性）は十分にある」と賛辞を送った。これは礼状を送った井上への清張からの返事。新人作家の心構えが書かれている。「井上ひろし様」の書き間違えには、井上本人も苦笑したという。

度々お手紙を頂いていながら何かと取り紛れ、御返事をさし上げずに失礼しました。御許し下さい。

先は御受賞おめでとうございました。

直木賞というのは、実力のある作家にはどうでもいいようなものですが、現在では一文学賞というよりも、作家に社会が有資格的「認知」を与えるという性格にもなっているので（われわれのころは文壇の一隅の出来事でしかなく、さしたる注目をひきませんでしたが）、貰わないよりは貰ったほうがずっと仕事がしやすくなります。

あなたの受賞はそれだけの資格があったからで、他の一部の人たちがどうささやこうと（たとえば選衡委員の評など）一向に気にかけずに思う通りに直進して下さい。世評とか批評家の言葉というのは常に作品のあとから従いてくるものです。作家は自分の作品活動の前途に予見を持っていますが、今の批評家にはそういうものはありません。

これから忙しくなると思いますが、作品

72年、第67回直木賞受賞時の井上ひさし

の質と健康のバランスに気をつけて下さい。もし健康が許せば、この忙しさに立ち向かうという気概も必要かと思いますが、マスコミのことは熟知と思いますが、一時期猛烈に書いてゆくことも「大型」への「資格」の道かと思います。書きながら自分の実際の方向が決まったり、あるいは別の鉱脈を発見したりすることはあるものです。根性も据ってくると思います。

多作もまた必要だと書きましたが、だれでもそこをくぐり抜けて次の段階に発展して行くようです。しかし作品の質を落とした濫作になるとダメになりますから、このカネアヒ（ママ）がむずかしいところです。あなたの場合、賞をもらったばかりですから、一年後の「多作時代」に備えて蓄積したほうがいいと思います。

とにかく忙しさに挑戦していくような気魄は持つべきですが、なにぶんにもトンネルの暗黒に似ているので、ときには孤独感、絶望感にも捉われることがあるでしょうが、こういう自分との闘いも生じてきます。空洞内の雑音に迷わされることなく、自分の磁石を持っていて下さい。

自己の才能についてあらゆる可能性をさぐるのは、結局自分だけにしかできないことです。他の者（批評家を含めて）には判りません。前にかえりますが、ほかの人の言うことに謙虚に耳を傾ける態度はもとより必要ですが、納得のいかないものは無視して進んで下さい。当面の瑣末な「悪評」には全然気にしないことです。

そのうちお会いする機会があると思っていましたが、小生の都合でもうすこし先になりそうです。そのうちあなたの御都合を伺ってお目にかかることにします。

年長者の故をもって勝手なことを書きましたが、よろしく意を汲んでくださ い。

御研鑽と御健康を祈ります。

奥さまからもお手紙を頂きました。よろしくお伝え願います。

八月二十八日

松本清張

井上ひろし様

いのうえひさし　１９３４年山形県生まれ。戯曲、小説、エッセイなど幅広く執筆。84年劇団「こまつ座」を結成し、座付き作者としても活躍。91年に谷崎潤一郎賞、99年に菊池寛賞ほか多数の賞を受賞。２０１０年没。

江戸川乱歩先生へ

肉親を失った以上の悲しみ

松本清張

文藝春秋「文藝春秋」2001年2月号掲載

江戸川乱歩先生

今年は六月から七月にかけて低い気温がつづきました。涼しい夏だという予報なので御病臥中の先生にとっては好都合でありそのうち御病状も回復に向われることであろうと、われわれ一同はみな喜んでいたのであります。ところがこの安心の虚をつかれたように先生逝去の不幸に接しました。まことに光を放って巨星の落下する音を聞く思いであります。

憶えば先生の名作「二銭銅貨」「心理試験」などに接したのはいつごろだった

でしょうか、われわれの仲間は年齢がまちまちですから、時期的には違いがありましても、いずれも皆先生の作品群の卓抜に仰天し、日本にもこのような天才的な作家が存在するのかと驚嘆したのであります。われわれが推理小説を志すようになったのはいずれも先生の作品に魅せられ、その大きな影響をうけたからであります。

事実、先生の下に戦前

左から江戸川乱歩、水上勉、松本清張。1961年直木賞授賞式会場にて

には一再ならず優秀な作家群が輩出し、戦後にも幾多の新人群が生れ推理小説は日本文学のなかに独特な分野を確立いたしました。

先生は、或は海外作品の紹介に評論に研究に没頭され、われわれを指導して下さいましたが、その該博な知識と鋭い分析力にはただただ畏敬のほかはありません。また先生は進んで、大家の身でありながら自ら後輩の激励にも当られました。先生の作風と高い人格とを慕って集る者数知れず、先生の周辺には絶えず春の花園のように和やかさが咲いていました。

今や先生の温容と馥郁たる謦咳に二度と接することが出来なくなりました。われわれの悲しみは肉親を失った以上であります。われわれは先生の御長命をもっともっと望んでおりました。

しかしながら先生は、世界推理小説の秀作の上にゆうに位する名作を数々残されました。先生は驚くほど夥しい愛読者を全国に持たれました。先生の御努力により後進も多く育ち、先生の創立された日本探偵作家クラブは社団法人日本推理作家協会に発展いたしました。先生の名を永久に記念する文学賞も設定されています。先生の御令息も社会的地位のある方であります。先生さぞかし生涯の幸福を思われていることと存じます。われわれのみならず、次の時代、その次の時代と先生の作品に啓発される新人が跡を絶たず、先生への憶いと憧れは長く長くつづくことと存じます。われわれは今さらながら世界のエドガー・アラン・ポウにも比すべき日本の推理小説の鼻祖大乱歩の偉大さに打たれております。ここに先生の霊を送るに日本推理作家協会葬とさせていただきました。

先生しずかにお眠り下さい。長い間本当に有難う存じました。

（昭和四十年八月一日　東京・青山葬儀所にて）

えどがわらんぽ　1923年、「二銭銅貨」でデビュー。明智小五郎が活躍する探偵ものやトリックによる本格推理小説の新分野を開拓した。46年には推理小説雑誌「宝石」を創刊し、数々の新しい才能を世に送り出した。既に流行作家だった松本清張も『ゼロの焦点』などを執筆した。乱歩は63年、日本推理作家協会の初代理事長に就任。松本清張を2代目理事長に就任させた。65年7月28日、脳出血で死去（享年70）。

清張作品で読む昭和風俗史年表

大矢博子

文藝春秋「週刊文春」２０１７年11月２日号

1958
昭和33年

『点と線』（**光文社→新潮文庫、文春文庫**）

一九五六年十一月、東京～博多間で寝台特急あさかぜが運行開始。その翌年に連載が始まった、著者初の長編である。実在の列車や時刻表を使ったトリック、列車で日本各地に旅をする刑事など、前年の鮎川哲也『黒いトランク』と並んで、のちに隆盛を極める**トラベルミステリーの先駆**となった一作。ようやく日本人がレジャーとして旅行を楽しみ始めた時代であり、掲載されたのが小説誌ではなく日本交通公社発行の旅行雑誌「旅」だったというのが象徴的だ。

東京駅ホームでの「四分間の空白」はあまりに有名。後に、

線路に降り立ち実地検分する松本清張

男子バレーボール全日本チームの松平康隆監督はこのトリックをヒントに、囮を使って障害物のない空間を生み出す「時間差攻撃」を思いついたという。

『眼の壁』（光文社→新潮文庫）

パクリ屋の手形詐欺に始まる連続殺人事件がテーマ。平凡なサラリーマンが巨悪に立ち向かう本書は、リアルな人物造形と社会背景描写でベストセラーとなり、同年刊行の『点と線』と併せて空前の推理小説ブーム・清張ブームを巻き起こした。

この時代、世は**週刊誌の創刊ラッシュ**。翌一九五九年（「週刊文春」もこの年に創刊）には週刊誌の総発行部数は七百万部とも言われた。当時、松本清張は**五本の週刊誌連載**を持っていたという。週刊誌黎明期を支えたひとりであることは間違いない。

1959
昭和34年

『ゼロの焦点』（光文社カッパ・ノベルス→新潮文庫）

女性が主人公の推理小説がまだ珍しかった時代に、女性の悲劇を女性の視点から描き、ロマンスをも融合させた画期的作品。昭和のミステリー界を牽引した光文社カッパ・ノベルスの創刊作品であり、推理小説＝カッパ・ノベルスというブランドを作り上げた。

一九六一年の映画ではラストシーンに脚色が加えられ、能登金剛の「ヤセの断崖」と呼ばれる絶壁で主人公と犯人が直接対

ヤセの断崖（石川県羽咋郡志賀町）。2007年の能登半島地震で一部崩落

1960
昭和35年

峙する（原作もラストは能登金剛の断崖だが、犯人との直接対決はない）。これはのちのサスペンスドラマの定番パターンとなった。映画公開後、**ヤセの断崖からの投身自殺**が相次ぎ、慰霊と防止のために清張直筆の歌碑が建てられている。

『波の塔』（光文社カッパ・ノベルス→文春文庫）

『ゼロの焦点』に続く女性路線の第二作。「女性自身」に連載された本作は、青年検事との許されない恋に落ちた女性を主人公にし、よりロマンスに重きが置かれている。当時は女性向け雑誌が次々と創刊され、女性の読書人口が拡大しつつある時期だった。

作中に登場した**調布市の深大寺が若いカップルのデートコースとして人気**になる。だがその一方、物語の最後でヒロインが消えた富士の樹海も本書で一躍有名に。映画の影響もあり、**青木ヶ原樹海はヤセの断崖に続いて自殺の名所**となった。清張作品に登場する場所は観光名所になることが多かったが、このふたつの〈名所〉ばかりは、著者を悩ませたようだ。

青木ヶ原樹海（富士河口湖町と鳴沢村にまたがる）

「日本の黒い霧」（月刊「文藝春秋」に連載→文春文庫）

日本ジャーナリスト会議賞を受賞した戦後史ノンフィクションのシリーズ。ここから「黒

い霧」という流行語が生まれ、一九六六年に起きた政界での一連の不祥事や、六九年から七一年にかけてのプロ野球界での八百長疑惑、七二年のプロボクシング界の分裂騒動などが、いずれも「黒い霧事件」と呼ばれた。

1961 昭和36年

『砂の器』（**光文社カッパ・ノベルス→新潮文庫**）

ハンセン病患者の強制隔離を認める「**らい予防法**」があった時代を舞台に、宿命から逃れようとする若者とそれを追う刑事の対決を描いた社会派推理の金字塔。

映画化が決まった際、差別を助長するとして患者団体から制作中止を求められたが、映画の最後に偏見を否定する旨の字幕を入れることで合意した。らい予防法は一九九六年に廃止。本作はこれまで六度テレビドラマ化されているが、最初の一編を除くすべてで、ハンセン病差別以外の動機に変更されている。

作中に登場する島根県の亀嵩（かめだけ）には小説の冒頭部が刻まれた記念碑が建立され、清張の許可を得て「米焼酎　砂の器」が販売されていた。また、重要な手がかりである「東北弁のカメダ」は、二〇〇三年の映画『踊る大捜査線 THE MOVIE 2 レインボーブリッジを封鎖せよ！』にオマージュとして登場し話題になった。

1962 昭和37年

『球形の荒野』（**文藝春秋新社→文春文庫**）

戦争の「亡霊」の帰還を描いたロマンティック・サスペンスの大作。清張作品の中でもドラマ化の多い作品で、これまで**八回テレビドラマ**になっている。中でも二時間ドラマがブームとなった八〇年代、その代表格である日本テレビ「**火曜サスペンス劇場**」の記念すべき第一回（一九八一年九月）が、この「球形の荒野」だった。ちなみに二時間ドラマに使われた最初の清張作品は、一九七七年、テレビ朝日「土曜ワイド劇場」の「ガラスの城」。

1963 昭和38年

「**熱い空気**」（「週刊文春」に連載→文春文庫『事故』に収録）

家政婦の目を通して上流家庭の内幕を覗き見るサスペンス小説。一九八三年、三度目のドラマ化で**市原悦子**が主役の家政婦を演じ好評を博したことがきっかけで、設定を踏襲したドラマシリーズ「**家政婦は見た！**」が制作された。あの人気ドラマが清張原作で始まったことは、意外と知られていない？

1964 昭和39年

「**陸行水行**」（「週刊文春」に連載→文春文庫）

大分県の醤油醸造業者の失踪を邪馬台国の謎にからめた、清張の古代史ミステリー第一作。ただしあくまで小説であり、これが自分の邪馬台国論だと思われては困るということで、一九六八年にあらためて邪馬台国論を中枢に据えた『古代史疑』（中央公論社）を刊行した。

ここから始まる一連の古代史関連の著作は、七〇年代から八〇年代にかけて全国に空前の**古代史ブーム**を巻き起こした。一九七三年には高木彬光が『邪馬台国の秘密』（光文

清張は宇佐神宮（大分県宇佐市）と邪馬台国の関わりに興味を持った

©共同通信社

社）を刊行しベストセラーとなったが、その内容を巡って清張は高木と「小説推理」誌上で論争を繰り広げている。

1966 昭和41年

『花氷』（講談社→講談社文庫）

不動産ブローカーを主人公に、国有地払い下げ工作とその破綻を描く社会派サスペンス。同年、「黒い霧事件」の一角を成す**虎ノ門国有地払い下げ事件**が発覚した。森友学園の疑惑に揺れる現在と通じる部分も大きい。

1968 昭和43年

『Dの複合』（光文社カッパ・ノベルス→新潮文庫）

旅と伝説、旅情と民俗学を融合させたミステリー。現代の事件とはるか昔の伝説が結びつくという趣向や、民俗学の蘊蓄を推理小説に絡めたものは今でこそ珍しくないが、その始まりは本作である。

また、『点と線』や『ゼロの焦点』にも旅情的側面はあったが、本作ではさらに舞台となる土地の歴史や風景が細やかに描写されているのが特徴。**羽衣伝説の三保の松原**、**子午線の町・明石**など、小説がそのまま旅行ガイドになるほどだ。これまで鉄道や飛行機など交通手段に重きを置いていたトラベルミステリーを、その土地を活写する旅情ミステリーへと変貌させたのもまた清張なのである。

1970
昭和45年

『アムステルダム運河殺人事件』（朝日新聞社→光文社文庫）

一九六五年にアムステルダムで実際に起きた**日本人商社員殺人事件**（迷宮入り）を清張が現地取材のもと、創作を交えて執筆した。現実の事件を再構成したノンフィクション・ノベルは『小説帝銀事件』（文藝春秋新社）を始め複数手がけているが、この事件はのちに菊村到、津村秀介、有栖川有栖、原進一らも題材にしている。特に原進一の『アムステルダムの詭計』（原書房）は主人公が清張の推理に矛盾を感じて事件を調べるという設定で、後進への影響のほどが窺える。

アムステルダムの運河（オランダ）

1980
昭和55年

『黒革の手帖』（新潮社→新潮文庫）

巨額の金を横領した女性銀行員が銀座のクラブのママに転身する悪女ミステリー。作品のヒントになったのは一九六八年から五年間にわたって行われた滋賀銀行九億円横領事件と思われるが、本作のヒロインは**架空名義の口座**を犯行に使ったのが特徴。

本書刊行の翌年、三和銀行の女性行員による架空名義口座を使ったオンライン詐欺による一億三千万円の横領事件が発生。さらに八八年、青梅信用金庫でやはり女性職員による架空名義口座への九億七千万円の不正送金が発覚した。現在では様々な対策により架空口座の開設は難しくなったが、ホームレスの名義を買うなどして振り込め詐欺に利用する例もある。

手口は変わっても口座を使った犯罪は今も続いているのだ。

1981 昭和56年

『夜光の階段』（新潮社→新潮文庫）

野心的な青年美容師と彼に群がる女性たちの関係を描いた犯罪小説。雑誌連載は一九六九年から七〇年にかけてで、高度経済成長期がピークを迎えたこの当時、**美容業界は大きく変貌**した。パーマ屋からヘアーサロンへと変わり、七〇年には世界的なカリスマ美容師**ヴィダル・サスーンが来日**。モデルや俳優のヘアメイクを担当するヘアメイクアーティストが脚光を浴びる。そんな時代をいち早く取り入れた作品だった。

1989 平成元年

『赤い氷河期』（新潮社→新潮文庫）

二〇〇五年の近未来を舞台に、新型の**エイズ・ウイルス**がばらまかれるという、清張には珍しいSFサスペンス。日本で初めてエイズ患者が確認されたのは一九八五年。その後パニックめいた騒ぎが続く中、HIV脳症や非加熱製剤問題にも意欲的に取り組んでいる。本作の刊行一カ月前に、製薬会社と厚生省に対し民事訴訟が提訴された。この時、清張は七十九歳。亡くなる三年前の作品である。

奥様が語る清張の素顔から
ファンに送った手紙まで。
清張の人柄がにじみ出る記事の数々。

第三章 人間・松本清張

文藝春秋「TITLe」2006年2月号掲載

【 小さな大物 】

文藝春秋「文藝春秋」1990年2月号掲載

昭和18年、教育召集を受け、翌年6月に衛生兵として朝鮮へ渡る。年齢や地位によらない平等な兵隊生活に、奇妙な新鮮さを感じた。

15歳で川北電気小倉出張所の給仕となる。11円の給料はほとんど家に入れ、家賃となった。前頁は2歳頃、父・峯太郎氏に抱かれて。

「或る『小倉日記』伝」で第28回芥川賞受賞、43歳であった。鷗外ゆかりの小倉・三樹亭で開かれた祝賀会の写真は大切にしている。

昭和37年頃、新築したばかりの浜田山の自宅で、直子夫人と。週刊誌・月刊誌に十本以上連載を持ち、所得は作家部門一位となった。

昭和43年、第58回直木賞選考委員会で、海音寺潮五郎、今日出海、大佛次郎氏らと（中央右）。野坂昭如・三好徹両氏が受賞した。

流行語にもなった連作『日本の黒い霧』（昭35）で、下山総裁謀殺論を展開。昭和40年7月、綾瀬駅近くの現場を公開調査する。

作家
明治42年12月21日生

松本清張

「もし、私に兄弟があったら私はもっと自由にできたであろう。家が貧乏でなかったら、自分の好きな道を歩けたろう」（『半生の記』より）

松本清張氏の作家デビューは早くはない。父・峯太郎氏は一人息子に手枕をして太閤記を語るような人だったが米相場で失敗し、小倉で魚の行商や飲食店経営をしていた。高等小学校を出てつとめた会社は不況で倒産、十九歳で印刷所の職人になり、新聞社で広告版下を書く。観光ポスターで受賞の腕前は今は取材スケッチに発揮される。

年末に八十歳を迎えたが、連作小説の取材と執筆で休むことがない。

「日本では年をとると枯れたものを書かなきゃならないようだが、おかしな話だね。本当にみずみずしい作品は若い頃には書けないものだよ」

様々な作品を結ぶ〝草の径〟は松本氏の歩んだ道なのかもしれない。

昭和・平成にっぽんの夫婦　松本清張

「俺は命の恩人だぞ」と妻に言っていた

松本直子

文藝春秋「文藝春秋」1998年2月号掲載

長らく日本人の「いちばん好きな作家」といわれていた松本清張と、直子夫人とは、夫人が裁縫を習いに通っていた寺の紹介で、昭和十一年に結婚。当時清張は小倉の印刷所で広告の版下を書き、印刷所の「米櫃」と呼ばれる稼ぎ頭だった。

初めて会った時から、いやきのない、感じのいい人で、誠実そうに見えましたよ。母は、田畑もない町の人と結婚したら、いざというときどうするのかと心配して、「六つ違いはむつかしい」なんて言っていたんです。でも私は、『六つ違いはむつまじい』かも知れないじゃない」と言い返しました。いい印象は、ずっと変わりませんでしたね。

とにかく仕事が好きで、時間があれば何かやっていました。努力家というか、勉強家というか、子どもたちとのんびりはしゃいだり、何も考えないでぼんやりするなんていうことはまずありません。書くことでも英語の勉強でも、やりたいことをやって、それがまた、いい方にいい方に向くんです。

「西郷札」が懸賞小説に入選して、この程度で評価されるなら、俺は自信がある、と言っていました。前へ前へと手を伸ばすんです。その後の二作目が、芥川賞ですものね。才能と努力もあったんでしょうが、運のある人でしたね。

清張31歳のとき家族と共に

「或る『小倉日記』伝」は、まだ清書しない大学ノート書きのものを朗読してくれました。人がどう受け取るか心配して、感想を聞かれたんですが、感動して泣けてしまって、感想どころじゃないんです（笑）。芥川賞をとって雑誌に書くようになってからは、もう感想を聞かれることはありませんでした。

昭和二十八年、芥川賞をもらったらすぐに、中央に出なければ忘れられてしまうと思ったのでしょう、東京へ行きたいと言い出しました。会社は、代わりがいないので手放したくなかったようですが、何カ月かして東京に転勤させてくれました。まず主人が単身で行って新築の借家を見つけて、昭和二十九年、家族で上京しましたが、小さな家に八人家族で、大家さんもびっくりしていました。三年後、上石神井に家を建てた時は、嬉しかったですよ。まだ一般的でない頃に、テレビを買い、冷蔵庫を買って。力道山のプロレスなんて、近所の人たちも招待して、主人も一緒に見ていました。

家のことでは全く煩わせていません。私は仕事を手伝えるわけはないんだから、いい仕事ができるように、穏やかな環境を作ろうと思っていました。上石神井の家は狭いということで今の浜田山の家に移ったのですが、この時も私が一人で物件を探しました。

子どもについては、将来何になれ、なんていうことは全然言いませんでした。うるさく勉強しろということもなくて、自分の仕事にばかり熱心でした。

子どもたちも、お父さんには頭が上がらなかったから、反抗も何もしなかったんです。一生懸命本を読んだり書いたりということは、お父さんがそれこそお手本のようにやっていますからね。学校のことも結婚のことも、私が調べたり交渉したり中間の段階のことはやっていましたが、それを報告して、最後の決断をするのはやっぱり主人でした。

1964年「松本清張の会」にて直子夫人とのツーショット

お父さんに比べれば、私はその三分の一くらいの高さのところにいるんです。私の不満なんて我慢すればいいことですからね。競り合うのは大変ですよ。夫婦は張り合ったらダメ、両方がダメになってしまうと思うんです。

終戦直後の昭和二十二年、私が急性肺炎から脳症を起こして二カ月くらい入院したことがあります。記憶はないんですが、何日間か、高熱のせいでおかしな言動をしてベッドから落ちるので床に寝かされていました。周りの人たちはもうダメだと思っていたそうです。その間、主人は毎日進駐軍の病院やらを回って、ペニシリンを一本見つけてきてくれたんですよ。この注射がよく効いて私は助かって、病み抜いたんでしょうね、その後はすっかり丈夫になりました。主人は晩年まで「俺はお前の命の恩人だぞ」と言っていたんですが、そのたびに私は、「あの時、私が死んでいてごらんなさい、子ども四人と両親を抱えて、お父さんの人生はどう変わったかわかりませんよ」と言って笑ったんですよ（笑）。

夫・松本清張の灰だらけの着物

仕事と家族。その他は全く無頓着な人でした

松本直子

文藝春秋「文藝春秋」1992年10月号掲載

四月二十日に倒れまして、八月四日に亡くなるまで、東京女子医大病院で百日あまりの闘病でございました。

その間、何か様子がおかしければ看護婦さんをお呼びしますから、私ども付き添っていて、別に苦労というほどのことはございませんでした。とにかくさびしがりやですから、いつも誰かが側にいてあげるように、嫁や娘、息子たちが交代で詰め、私もできるだけ手を握るなり足を揉んであげるなりしていました。そうすると安心するんですの。

これまで主人は、胃を切ったことがあるくらいで、大きい病気をしたことがあ

りません。その折も、順調に回復して元気になりましたから、今度も、また元気になってくれるのではないかと希望を持ったのですが、あんな大きい病気が隠れていたとは思いもよりませんでした。

ただ、気になったのは、本人がリハビリを一生懸命になってやろうとしなかったことです。「リハビリしないでいつまでも寝てばかりでは、ボケてしまいますよ」とか「元気になれないから頑張りましょう」と、何度も励ましたのですが、「オレは自信があるから大丈夫だ」などと申しまして、なかなか言うことを聞いてくれませんでした。いま思えば、やはり身体がよほどつらかったのでしょう。手足はよく動かして、メモを書いたりすることもあったのですが、ベッドから起き上がるのをいやがりましたから。

私があんまり、「ボケますよ」と言うものですから、本人も気にしたのでしょう。息子や嫁に向かって、「お母さんが、オレはボケたと言ってるけど、ほんとうにボケてると思うか」なんて、真面目な顔をして聞いていたというのですよ(笑)。

そのうち、あまり口をきかなくなりまして、最後には、「オーイ、オーイ」と私の名前を呼んで、顔をクシャクシャにして涙をいっぱいにしておりました。私は、「何か言いたいことはないですか」と一生懸命聞いたのですが、もう何も答えてもらえませんでした。それが一番残念でございます。

手を握ろうと思ったけれど――

結婚は昭和十一年でしたから、かれこれ六十年近くになりますかしらね。主人は二十七歳の時でした。

その頃のことですから、もちろんお見合いです。私は高等小学校を出て、実科女学校といいましてお針や刺繍、裁縫などを教える学校に通いました。その後、小倉のお寺のご住職の奥様でお針の先生がいらして、そこに習いに行っていたのです。小倉には兄がおりましたので……。そうしたら、その先生からお見合いのお話があったのです。

当時はまだ、お見合いの前に写真を交換するようなことはなかったのではないでしょうか。ある日、お寺に直接、主人がやってきまして、「二人でどこかに行ってらっしゃい」と言われて、日明公園という近くの遊園地のようなところにまいりました。その頃は、男の人と並んで歩くことさえいろいろ言われる時代でした。私は、後ろからついて行くのも恥ずかしいと思いながら歩いていました。主人もテレ屋ですし、あまり話をすることもなかったのですよ。

後から聞いた話ですと、主人はその遊園地で私の手を握ろうと思ったのだそうです。「でも、嫌われて話がこわれるとまずいから握らなかった」、そんなことを言って笑ったことがあります。

第一印象といいましてもね……。その頃、主人は印刷会社の版下を描いていたのですが、お仲人さんのお話では、「この人は印刷所の米櫃（こめびつ）と言われている」ということでした。この人がこないと、会社は仕事にならないほどの人だって(笑)。

私は田舎の人間ですから、「田畑もないところにお嫁にいって、病気でもした時には生活はどうするんだろうか」といったことを母親は心配いたしました。田舎でしたら、田畑さえあれば、生活に困るというようなことはありませんからね。

まあでも「米櫃」だそうですし（笑）、それなら食べることには困らないだろうと、私もまだ若かったですから単純に考えて結婚ということになったのです。

さきほど申し上げましたように、結婚当時、主人はまだ印刷会社で版下を描いて働いておりました。ところがその翌年、朝日新聞が小倉に九州支社を新設するということが新聞に出て、それを見た主人は、「きっと広告の版下を描く人間も採用することになるだろう」と、新聞に名前が出ていた支社長さんに宛てて「働かせてほしい」と手紙を書きました。巻紙に毛筆で書いておりました。そうしたところ何日か後に、とにかく来るように、という返事がきて、そんなことで朝日で仕事をするようになったのです。

最初は、常勤というのではなく、一枚いくらで版下を描く仕事でした。嘱託から正式の社員になったのは昭和十七年のことです。

実は、社員になったことで、収入は減ったのです。それまでは朝日の一枚幾らの仕事と、印刷会社の仕事もやっていましたから、ずっと収入は多かったのですよ。

それを、なんでサラリーマンになったのかと申しますと、やはり戦争が始まったりして、「もし召集でもされて自分がいなくなったら家族が困るだろう」ということを考えたのだと思います。兵隊にいって家を留守にして、何の収入もなかったら、自分の親や子供たちは生活していけない。ですから、家族の生活だけはきちんと朝日の給料で守っていけるようにしておこうと思ったのでしょうね。そういう点では、たいへん家族思いの人でした。

よく主人は、若いころのことを「貧乏暮らし」と書いていますけれど、私自身は、経済的なことで苦労したということはまったくありませんでした。戦後、ほとんどの人が闇買いとか売り食いとかで苦労なさったと思いますが、私はそういう辛い思いをしたこともございませんでした。主人はたいへんでしたが、家族のためにひとりで一生懸命働いてくれたのだと思います。

戦後、主人は兵隊から帰ってきまして、その頃、私たちは実家のある佐賀に疎開しておりました。佐賀から小倉に戻る途中、農家の庭先で農家の人が藁スボをつかって箒（ほうき）を作っているのを見まして、「これを小倉の荒物屋に卸したら売れるんじゃやないか」と思いついたようです。それで農家の人に箒を送ってもらって卸してみたら、物がない時代でしたから、飛ぶように売れました。小倉で売れるなら、広島でも、大阪でもと、会社の買い出し休暇を利用してずいぶん遠くまで駆け回っておりました。

あの頃は、物価もどんどん上がって、お給料だけでは生活がたいへんでしたから、そうやって主人が内職して、お蔭で私たち家族のものは、お金や食べ物に困るということがなくてすみました。

後になって主人は、「お前に着物一枚、質屋に持っていかせたことはなかったろう」とよく自分でも申しておりました。自分が家族を養うんだという責任感のようなものを強く持っていたと思います。それとやっぱり、根っから仕事が好きで、努力家で、そしてアイデアマンでもあったからでしょうけれど……。

責任感といえば、こんなこともありましたね。出征する前の話ですが、当時は

「隣組」という制度があって、防空演習などをご近所みんなでやりました。主人に、その隣組の組長になるようにという話があったのです。もうご近所にも若い方は誰もいらっしゃらなくなりましたしお引き受けしたのですが、そういう時も、ただ「やれ」と言われたからなっただけでなく、「引き受けたからには責任をもつ」と、演習なども一生懸命でした。

その後、主人もついに出征するということになりまして、その時、「戦争に行く人だけが戦火にあうのではなく、銃後の皆さんも何が起こるかわからない。空襲もあるかもしれないから、気をつけてください」といった挨拶をしたのを覚えています。その後、空襲が始まって、主人の言っていたことがほんとうになってしまったと思ったものでした。

信じなかった芥川賞受賞

一方で、家に帰っても、夜遅くまでひとりで絵を描いたり、机にむかったりしておりました。そして、何でも興味があるものには、とことんやらなければ気がすまない性分でした。

写真に凝ったこともありました。カメラをかついでは撮影に行って、写真展に出品してみたり……。朝日のコンテストで入賞してカップをもらったりしたこともありました。と思うと、ポスターを描いて応募したり……。この時は私も、水張りと言って、板の上に大きな画用紙をシワにならないようにピタッと張るのをよく手伝わされました。とにかく、何かを始めると、頂点にいくまで一生懸命なのです。のらくら、フラフラするのは大嫌い。遊び半分なことは決してありませんでした。いつも自分の机でコツコツと何かしていましたね。

「お父さんは、何をやってもちゃんと頂点まで行けるのね」

とほめますと、喜んで笑っておりました。

その内に、こんどは小説を書いて懸賞に応募してみようかということになりました。賞金がよかったものですから……。それが「西郷札」でした。これも、家に帰ってから、夜遅くまで大学ノートに下書きをして、それを原稿用紙に清書しておりました。

仲間がいるわけでもなく、まったく自分ひとりで小説を書いたものですから、どう読んでもらえるか自信がなかったのでしょうか、「或る『小倉日記』伝」を書いた時には、私に原稿を読んで聞かせて、さかんに「どうだ。これでいいと思うか」と聞くのです。ところが、私は、あんまりかわいそうな話ですから、涙が出て仕方がない。返事をするどころではありませんでした。

それが芥川賞をいただいた時は、私もほんとうにびっくりいたしましてね……。朝日の方が家に駆けつけていらして、「松本さんが芥川賞を受賞した」と知らせてくださったのですが、ちょうど主人は留守で、私もどうしていいのかわからなくてオロオロするばかり。実はその時、主人は映画を見に行っていたのです。帰ってきてからその話を聞いても信じようとしませんでした、「そんなはずがない」と言って。「かつがれてる」とでも思ったのでしょうか、他の新聞社に電話をして「松本清張が芥川賞を受賞したというのはたしかなのか」と聞いてるんですよ（笑）。

とはいいましても、芥川賞も当時は地味なもので、騒がれることもありませんでしたし、小説の依頼がいっぺんに増えるというものでもありませんでした。ですから、会社づとめはまだ続けていたのです。

受賞した年の十一月に、朝日の東京本社に転勤が決まって上京いたしましたが、それからも、会社から帰って家で原稿を書くということを続けていました。しばらくすると、会社とは別に、仕事をするちょっとした部屋を借りて、そこで原稿を書くようになりました。ただ、そうなると、だんだん会社とは両立しなくなり、「自分の仕事ばかりするわけにはいかない。会社にも悪い」と、一時、ずいぶん迷って、いろんな方に相談もしていたようです。

その辺も、とても慎重なのですね。家族も抱えておりますし、「ほんとうに会社を辞めて大丈夫か、うまく仕事ができるか、自分の才能で書けるのか」と、まだまだ不安もあったのでしょう。ですから、朝日を辞めて小説一本になったのは、芥川賞から三年後の昭和三十一年になってからでした。

なんとか小説の仕事もうまくいくようになって、その翌年、上石神井というところに家を建てました。「点と線」などの作品もここで書いたものですが、その頃は、たいへんな仕事の量で、「どれだけ書けるかためすんだ」なんて申しまして働きづめで、そのために書痙にかかったこともございました。

そうこうしている内に、本や資料も溜まって、「書庫がない、家が狭い。土地をさがせ」と申しまして、私が都内をいろいろ回ってやっと浜田山の今の場所を探しました。「こういう所があります。電車の線路がすぐそばを通っていますが、どうでしょう」と言いますと、「じゃあ、見にいこう」と、夜遅くに一緒に電車の音を聞きに行きました。結局、「あまり気になりませんね」ということで、いまのこの家に移ったのが昭和三十六年でした。この家はずいぶん気にいって、「ここにきてよかったなあ」とよく申しておりました。

穴だらけでも裏返しでもおかまいなし

そういった家さがしとか、雑用はみんな私まかせで、本人はまったく無頓着でした。子供たちの学校のこと、結婚なども、私がまず話を聞いて、最後に主人に相談して決めてもらうというような具合でした。

肝心なところはきちんと決めてくれるのですが、それ以外のことはずいぶんルーズなところもありました。書斎の中は整理が下手で混乱してますし、自分の身支度も、誰かが帯をしめてあげたり足袋をはかせてあげたりで、手助けがいりました。

出かける時などはたいへんで、さあお迎えの車が来た、それからバタバタ髭を剃って、着替えて出掛けました。髪を整えるひまなどありませんから、歩きながら私が櫛でなでていました。講演会だろうが、お偉い方との対談だろうが、いつもこんな調子でしたね。

私どもが手伝わなければ、家では着物の帯がほどけたらほどけたまま、足袋はこはぜがはまっていない、着物を裏返しに着ていたりで、気がつかないのか一向におかまいなしでした。

また、煙草をずいぶん吸いましたが、灰が長くなっても灰皿に落とすこともわすれていました。ですから、着物はいつも灰だらけ。拭いてあげても、すぐまた落としますから、膝のあたりは色が変わってしまうほどでした。夏は浴衣ですから、簡単に洗えますけれど、冬ものになると、灰だらけ穴だらけで、一冬に二、三枚ぐらい新しく作っておりました。

背広なども、そんなに数を持っているわけでもありません。季節もの二、三枚ずつあればいい、というふうでした。ただ、ネクタイだけは、自分で選んでおりまして、私が買ってあげたことはありません。ちょっと出かけた時などに、「ネクタイ買ってきたよ」と、なかなかセンスのいいものを選んでました。まあ、ポスターを描いたりしておりましたから、色彩とかデザインには関心がありましたようですね。

財テクにはまったく興味のない人でした。よく「土地を買いませんか。株を買いませんか」といった話をしてくる人もいましたが、「そんなもので金儲けしたら、オレの仕事はダメになる」といって、一切無関心でしたね。ただ、資料とか本については、もう惜しげもなく買っていました。

とにかく仕事、仕事、仕事。仕事をしていない自分というものは考えられなかったのではないでしょうか。原稿を書いていない時は、本を手にしていましたし、テレビを見るのも、自分の興味がある番組だけ、それをくい入るように見てました。

ですから、主人が仕事をしている時は、家の中もピリピリしてましたね。「考え事をしているから、黙ってろ」と言われることもありました。私たちが下でテレビを見たりしていると、二階の書斎から降りてきて、テレビをパチンと消してしまうこともよくありました。

年に一度の楽しみだった誕生会

ほんとうに、遠慮なしに、自分の思い通りの生活をしておりました。昼間、自分が寝たければ何時でも寝ました。宵の口に寝はじめると、かならず夜中の二時、三時に起きて、夜明けまで仕事をしました。疲れると、朝御飯を食べてからまた寝ることもありました。

寝つきはいい方で、昼間でも「ちょっと寝るから」といえば、すぐに鼾をかきはじめました。そうやって、ちょっとずつ分けて寝て、結構、合計八時間くらいは寝ていました。

で、目が覚めますと、一刻もじっとしていられない性分で、すぐに書斎にはいって資料を読んだり、原稿を書いておりました。

夜中に仕事をする時は、かならず夜食をとりました。仕事の合間、ちょっと小腹が空いたからそれをおさえるという程度でしたが……。朝昼晩も、ちゃんと食事をしました。ただ、お酒は飲みませんので、サッサと食べて、すぐに席を立って仕事にかかったり、休みにいきました。ですから私にむかって、「酒を飲む人は、ご飯に何時間もかかるのに、オレの食事なんて簡単なもんだよ。ありがたく思えよ」とよく申しておりました。

特に好物というものはありませんでした。お肉でもお魚でも。どちらかといえばお魚の方でしたでしょうか。ただ、何か気に入ると、それを飽きるまで食べ続けました。干物がおいしいと気に入ると、ずっとそればかり。「ラーメンをひさしぶりにたべたらおいしかった」と言って、食べ続けたこともありました。

主人は母親に溺愛されて育ったと聞いております。父親は父親で、一人息子ということもあって、特別に可愛がりました。

ですから主人は、人に対しても、思いやりがあってずいぶん気を使う人でした。特に家族に対しては、誰かが風邪をひいたと聞くと、「早く、お医者を呼んでやりなさい」と大騒ぎしました。薬局の買い薬ですまそうと思っても、「大丈夫か、医者を呼びなさい」と心配でたまらないようでした。自分が疲れて医者を呼んだ時などは、私にも、「お前もついでに注射打ってもらえ」なんて……（笑）。

小さい頃、身体が弱かったということがあったからかもしれませんね。いろんな病気をして、とにかく弱かったようです。赤ん坊の時の写真が残っていますが、首に真綿を巻いている。「オレは真綿にくるまってそだったんだ」と申してましたけれど（笑）。十五、六歳の頃の写真を見ても、青瓢簞のいかにも貧相な身体つきですものね。

でも、小さい時に患いぬくと、大人になって元気になるといいますが、その通りで、私が知るようになってからは、ほとんど大きい病気はしませんでした。風邪を引いて寝込むとか、熱がでるということも、めったにありませんでした。ですから、ほんとうに丈夫だったのです。

幸い私も身体は丈夫でして、風邪を引いても熱を出すということもありませんでしたから、主人に心配をかけたり、仕事を邪魔するようなことはございませんでしたし、人さまに主人の世話をお願いするようなこともなくてすみました。それは幸せだったと思っております。

仕事、仕事で、お正月、お盆というのもないくらいに働き続けでした。家族団欒という時間も、ほとんどございませんでした。

ただ、年に一度、主人の誕生日には、子供や孫が全員あつまって一緒に食事に行くのが決まりのようになっていました。

みんなで何台かの自動車に分かれて乗って行くのですが、孫たちを自分の車に乗せて、車の中で孫に歌を歌わせて、喜んでおりました。一年一度の団欒で、それを楽しみにしておりました。

ですから、もう三、四年生きて、孫たちが結婚したり、一人前になったりするのを見ることができれば、どれほど喜んだろうかと……。でも、これも寿命ですものね。

思い通りの生き方をして、多くの皆様に作品を読んでいただいて、最後の最後まで仕事を続けておりました。それが主人の理想でしたから、理想通りの亡くなりかただったのでしょう。人生をぜったいに無駄にはしていない、そんな生き方だったと思います。亡くなった時も、新聞であんなに大きく扱ってもらって、それだけ皆様に評価していただいたということでしょうから、幸せだったことでしょう。

私は、何の役にも立ちませんでしたが、主人はほんとうによく頑張ったなあと、つくづく思います。こんなことを私が言ってはおかしいのですが……。

まだ部屋の中にはおわかれの会につかった大きい写真を飾ったままなのです。お骨が眼の前にあるのに、ほんとうに亡くなったという感じがいたしません。どうしても、いまにも二階からトントンと降りてくるような気がしてしまうのです。写真も小さくして仏壇にでもしまわないと、そういう思いはとれないのでしょうね……。

書斎に立つ直子夫人（1996年撮影）

朝日新聞広告部時代

あのころの松本清張

岡本健資

文藝春秋「文藝春秋」1994年8月号掲載

平成四年八月、七百篇にも余る異色作品を世に問い、生命の炎を消した松本清張さんを追悼して、文藝春秋が『松本清張の世界』と題した臨時増刊号を、その秋刊行したが、その巻頭のグラビア頁を捲(めく)っているうちに、「おや」と私はあることに気がついた。

それは書斎で執筆中の彼の写真だったが、その書机の上に手前が低くなっている古い製図台を置き、その上に原稿用紙を拡げている姿もさりながら、特に私が「おや」と思ったのは、その製図台上の彼の万年筆の握り方であった。

普通よりも筆軸の上部を軽く握り、ペン先を滑るように走らせる書き方は、彼独特のもので、それは四十年前、正確には小倉の朝日新聞西部本社広告部の職場で、そこだけがスタンドの灯で異常に熱っぽい製図台上に画用紙を拡げ、小筆の中央あたりを軽く握って、下唇を突き出しながら図案意匠を描いていたあの頃の恰好と、まったく同じなのである。

人間の習慣は、四十年を経ても、こうも変らないものなのか。それとも、清張さんの強引さが四十年前の習慣をいつまでも引っぱってきているのか。――

私が彼と同じ職場に入社したのは、昭和二十五年の春だった。彼は意匠係で、私は校正係。彼は、それらの職場を『半生の記』にこう書いている。

〈図案や版下文字を書くのは、一種の《特技》かもしれない。だが、新聞社の広告部という機構の上からは、大して有用ではなかった。むしろ、ものの数でないのである。（略）

このことは同様に校正係にも言える。ここは単に原稿と活字とを照合して誤字を直したり、組の体裁を適正にしたりするだけだ。意匠係と校正係とが机を一しよに並べていたのも、理由のないことではなかった〉

その同じ校正係に、吉田満という男がいた。昼近くになると、決まって彼の背後から、「吉田君、行くぞ。メシ、メシ。吉田君、満君。メシ。メシの時間だぞ。仕事なんかほっとけ。吉田満君！」

と、かなり強引に声をかけ、遂に吉田満を拉致していく唇のつきでた中年男がいた。ずり落ちそうな古眼鏡をかけた色の浅黒い小肥りの男で、それが清張さんだった。いかつい顔の割りには、声が妙にやさしかった。

馴れてくると、私にも背後から声をかけてきた。

「ボンちゃん、メシ、メシ。仕事は即刻中止せよ。岡本ボンちゃん、行くぞ。メシ！」

返事をしないと、いつまでもこうして呼ぶ癖があった。横の部員がどう思おうと、彼は無頓着だった。

その当時、朝日新聞では、朝夕刊以外に、「アサヒ・ウイクリー」という名の八頁ほどのタブロイド型娯楽週刊紙を発行していた。そこに清張さんの掌篇小説が一度載ったことがあった。

題名は忘れたが、なんでも、小倉の広寿山という禅寺の修行僧が、山門の石段を上がる若い女の着物の裾からこぼれる白いふくら脛に目を奪われて、不覚にも石段から転げ落ちる、といったふうの短篇で、その女の艶っぽさや転落する若僧の気持が目に見えるようで、その描写の的確さに感心させられたことがあった。『西郷札』を書く半年ばかり前のことである。

もっともこのウイクリー紙は、今でいうエンターテインメントの匂いが強く、同僚の吉田満が書いた『捕虜と麻雀』という短篇が載ったり、私の『三人の仲間』というフランス映画丸写しのような港街の貧しい男たちの友情を綴った映画ストーリーが入選したこともあり、筆名も凡児にした。

「ボンちゃん、君、映画シナリオを書いてるのか」

と、一度、清張さんに訊かれた。勉強中だ、と答えると、「ドシドシ書きたまえ。おれも寝る時間を惜しんで書いている」と撫でるような声で言った。

その寝るまも惜しんで書いた小説が『西郷札』だった。何日か遅れて『週刊朝日』の〈百万人の小説〉に応募し、それが三席に入選した。

「よごれ松」

翌春、彼はその入選作品の載った『週刊朝日（別冊号）』を抱えるように買いこんでくると、中央の著名作家の自宅に片っ端から送りつけた。

ある朝、「岡本君、ボンちゃん。岡本ボン君!」と、例の声は柔かいが、かなり強引な呼びかけが、彼の意匠席から聞こえてきた。

なぜか得意然と胸を反らしている彼の傍に寄っていくと、古い皮鞄からおごそかに一通の封書を取りだし、「ここで、すぐ読んでみたまえ」と言う。封書の中央に朱の縁どりがあり、真ん中に「松本清張様」と書かれた端正な文字が並んでいた。

「これが、どうしたんですか」

と訊くと、彼はそれには答えずに、

「読んだな」

と念を押しながら、その封書を裏返した。すると、そこに大きな文字で「大佛次郎」と書かれてあった。

「松本さん、これ、ホンモノ?」

と問い返すと、

「あたりまえじゃないか。それじゃ、中身を読みたまえ」

と胸を張りながら、三枚ばかりの便箋紙を製図台の上に並べた。なんでも、『西郷札』を面白く読んだ。これだけのものは、なかなか見当たらない。今後も精進を期待する。といったような端正な墨字が並んでいたような記憶がある。彼の話では、この手紙を神棚に供え、今日、君に見せようと思って持ってきたのだ、ということであった。どうだ、と言わんばかりの得意顔だった。「ボン君も頑張りたまえ」と言いかけて、「君、シナリオのほうは進んでいるのか」と詰問してきた。

実は、さっぱり進んでいなかった。入選した『三人の仲間』をシナリオ風に書き綴っていたのだが、途中で、そのストーリーが、ルネ・クレールの『巴里の屋根の下』や、マルセル・カルネの『北ホテル』を一緒くたにしたようなプロットであることに気づき、筆がばったり停まったままであった。

ちくしょう、と腹の中で舌打ちしながら、自分の席に戻り、熱の湧かない校正の仕事にかかろうとした時、「岡本君。話があるから来給え。岡本ボン君！」と、またしても背後から彼の声がかかってきた。

「来給え。オゴるから食堂に来給え」と言って、サッサと歩きだした。急いで彼のあとを追いかけると、彼は大皿の上に稲荷ずしを山盛りにして、テーブルに運んできた。

「まだ、昼前ですよ」と言うと、「いいじゃないか。こんなものは、食べたい時に食べりゃいいんだ」と言いながら、その稲荷ずしを続けざまに口の中に抛りこんでいくのだ。

食べる、とか、味わう、といったそんな生易しいものじゃなかった。まさに「抛りこみ、噛み砕いた」という形容がふさわしかった。鼻の頭や額にまで脂汗を浮かせ、全身を胃袋にして噛み砕いていくのだ。

そして、「食べろ、食べろ」と勧めながら、私の分には、小さいのが二つほどしか残っていなかった。わざわざ従いていくこともなかったのだ。

彼には、そんな無頓着なところがあった。「どうした、食べろよ。ああ、もうないのか。君、まだ食べるか」

「いや、もういい」

と遠慮すると、「そうか」と言ったきり、彼は腰にぶら下げた汗臭いタオルで、汗まみれの顔をさも心地よさそうに拭った。

人は、彼のことを、「よごれ松」と呼んだ。小説を書くようになってからは、さすがに聞かれなかったが、ワイシャツの裾がズボンからはみ出していても、兵隊靴の爪先が開きかけていても、彼は平気だった。

そんな外見など衒わない彼の図太い神経のどこから、あの緻密な心理描写が生まれてくるのか、私には不思議に思えた。

もうすこし、言わせてもらえば、心理描写にすぐれた作家は、他にも大勢いる。しかし、清張さんをして「日本の松本清張」に押しあげたその原動力は、なんといっても、彼の時代を視る鋭い先見性と、大胆なその行動力であろう。

〈ある日、朝日新聞を見ていると、十二年二月一日（註・昭和）を期して小倉に西部支社を作り、そこで新聞の発行をするという記事が載っていた。私は、新聞が小倉で出されるなら新聞広告も地元から募集されるに違いない。広告には当然デザインが必要である。もし、そうした版下を描く者を現地で採用するなら、これはチャンスだと思った。

だが、朝日新聞の名前はあまりに大きすぎた。私のようなものを使ってくれるかどうか分らないし、第一、そんな募集も出ていない。誰に頼んでよいか、その

コネもなかった。しかし、私は諦めなかった〉（『半生の記』より）
彼の発想のユニークさに加えて、とった行動も奇抜だった。いきなり、新聞に名の出ていた支社長宛に、直接、履歴書と手紙を送って求職申込みをしたのだ。
そして数日後には、専属契約に成功し、十四年嘱託、十七年には正式社員に昇格しているのである。戦争中の男不足という理由が加わったかもしれないが、こんな入社の仕方をした男は、東西の朝日新聞社員の中でも、おそらく彼一人ではないだろうか。——

でんびんの鈴の音

「君、英語は話せるんか」

と、ある時、彼に訊かれた。私が新聞社に入る前に、小倉の米軍PXに勤めていたことを、どこからか聞いてきたらしかった。

「いや、パンパン英語（註・夜の女たちが話していたブロークン英語）だ」

と謙遜すると、

「PXで通訳をしているハワイ生まれの日系の女性が、個人教授をしてやる、と言ってくれているので、君も行かんか」

と誘われたのである。

私は、ハワイ生まれの日系女性、と聞いて、もしかしたらあの「M女史」ではないかと直感した。

かつて、そのPXにいた時、同じフロアーの担当通訳をしていた五十がらみの人の好い「おばさん」タイプの女性で、コーヒーボーイをしていた私に、

「こんなPXなどにいつまでもいないで、どこか堅気の会社を捜しなさい」

と、親身に忠告してくれたこともあったのだ。

「行ってみましょうか」

と、半ばそのことの興味も手伝って賛成した。彼は、それじゃI君も誘おうと言って、戦時中、上海で貿易会社にいたことがあるという計算（経理）係のI氏も加えて、三人で、郊外の閑静な住宅地の女性の家を訪ねた。

「あら、松本さん、いらっしゃい」

と言って扉を開けた彼女は、やはり直感通りのそのM女史だった。そしてうしろの私を見るなり、途端に奇声を発した。

「あら、あら、ボンちゃんじゃないの。これ、どうなってるの?」

PXでも、私はあだ名が「ボン」で通っていた。確か二年ぶりの邂逅だった。

その先は、あまり思い出したくはない。二十分ばかり、日本語でのやりとりがあったが、それ以後は、会話はすべて英語で、というM女史の注文がついたから、私には照れ臭い感情まで混って、ペラペラ質問されるたびに天まで上ってしまい、まるで会話を交わす雰囲気ではなかった。

ただ、上海英語と松本英語が、結構、M女史のスピーディな会話に、あっちこち引っかかりながらも従いていった、とだけ付け加えておけば十分であろう。

「君、M女史が、近頃、ボンちゃん、元気でやってるの、と心配していたぞ」

と、それから一カ月ほどして、清張さんからそう言われた。私は、その一日限りでやめてしまったが、彼は三カ月ばかり続けた筈で、時折、新聞社を訪れる米軍兵士の会話の仲立ちまで買って出ていたようである。

彼は、『西郷札』後、木々高太郎から、「『三田文学』に載せるから、小説を送れと言ってきた」と、うれしそうであった。

そして幾日もたたぬうちに、「ほとんど徹夜で書き上げたから、君たちの批評をきかせろ」と、吉田満や私を応接室に昼休み中、閉じこめて、大学ノートの下書きを、例の多少鼻にかかった声で読んで聞かせた。それは私たちの批評を聞くというよりも、むしろ自分の作品を読んで聞かせていること自体に得意然となっている節もあった。

筋書きのほうは忘れたが、なんでも母の背に負われながら見た幼い日の主人公の、狐火のように連なった火への記憶と、ある男の暗い過去が母の死後次々に明るみに出てくるその過程の鮮やかさと、緻密な構成力に驚いた記憶がある。

この小説は『記憶』という題名で、『三田文学』に載った。それから何カ月もしないうちに、再び同誌に『或る「小倉日記」伝』が載り、これが、芥川賞を受賞してしまったのだ。

この「小倉日記」のほうも、応接室で彼の口から聞かされた。ただ、昼食後の満腹のあとだけに、朗読するほうはいいが、聞かされる側は、途中で眠気を催し、目を開けているのがやっとであった。

この小説は、主人公の田上耕作という小児麻痺ふうの躰の不自由な文学青年が、ふじという名の美しい母に伴われて、小倉時代の森鷗外の生活を発掘するために、鷗外が当時親しかった人々を尋ね歩く話だが、清張さんの抑揚を柔かくつけた朗読の声が誘い水となり、耕作らが尋ね歩く先が、心地よい空白に映ることしばしばであった。

それでも、最後の部分の、耕作が昏睡状態で息を引きとる雪の夜、でんびんの鈴の音がかすかに幻聴のように聞こえてくるあたりの情景は、今でも覚えているぐらいに、聞き耳をたてていた。

「どうかね、ボンちゃん。感想を聞かせ」

と訊くから、

「最後は、いいねえ。でんびんの鈴の音が雪の戸外にかすかに聴こえてくる情景は、すばらしいねえ」

と私。すると彼が、

「まんなかあたりは、どうかねえ」

と再び訊くから、

「いいねえ、すばらしい。情景が見えるようだ」

と賞めてやったら、彼がすかさず、

「うそを言うな。鼾をかいてたじゃないか」

と、やられた。

「満ちゃん、君はどう思った？」

「やっぱり、でんびんですなあ。松本さん、ぼくも眠っていましたか」

「途中で、よっぽど読むのを止めようと思ったぐらいだ。君たちも眠ってばかりいないで、ドンドン書けよ」

清張さんは、機嫌が悪かった。

その「小倉日記」が、初めは直木賞候補になり、更にいつのまにか横滑りをして、芥川賞をとってしまったのだ。

「へーえ、あれがねえ」と、私は吉田満とくすぐったい思いで顔を見合わせた。

しかし、賞の横滑りという選考経緯のせいか、当時の新聞、雑誌の文芸時評は、この作品に冷たかった。

ある日、書店で見つけた『早稲田文学』の時評欄に、T・Mという新進評論家の「今年の芥川賞について」の一文が載っていた。

今年の芥川賞に選ばれた『或る「小倉日記」伝』は、森鷗外にオンブされた作品で、物語としては面白いかもしれないが、作者の甘い目がそこに覗いている。直木賞ならうなずけても、芥川賞となると首を傾(かし)げざるをえない。芥川賞選考委員の目は曇っていたのではないか、といったような辛辣(しんらつ)な批評であった。

私は早速その一冊を買い求め、まだ空席になっていた彼の製図台の上に密かに置いてきた。彼がどんな反応を示すかが楽しみであった。

ほどなくして彼が戻ってきた。そして台上の『早稲田文学』を不思議そうにペラペラめくりはじめた。と、途中でその手が止まり、急に真剣な表情で読みはじめた。

私は原稿の校正をする気になれずに、彼のほうに顔を向けた瞬間、キッとなった彼の目がいきなりこっちを向いたのだ。慌てて目を伏せたが、間に合わなかった。

ポーンと背後から、その『早稲田文学』が私の机上に投げられてきた。

「来給え。話がある。岡本君、ちょっと食堂まで来給え」

今度は神妙に彼のあとに従いていくと、「君は珈琲を飲むか」といきなり訊かれた。多少の気まずさもあったから、「今日はぼくがおごります」と言うと、「おれが呼んだのだから、おれが出す」と言い張り、珈琲茶碗を二つ提げて戻ってきた。

「君は、あんなイタズラが面白いのか」

と、いきなりきた。

「よく、ぼくと分かったですねえ」と冗談ぽく言いたかったが、とてもそんな雰囲気ではなかった。どうも、と思わず頭を下げてしまった。

「いろいろ言うヤツがいるが、おれは気にしとらん。だいいち、初めから芥川賞なぞ狙ってもいなかったのだから、ふさわしいも、ふさわしくないもない。これからも、おれは他人の目なぞ少しも気にせずに、書きたいものをドンドン書いていく。そんなことよりも、君は書いているのか。シナリオでも小説でも、周囲の目など気にせずに、ドンドン書けよ」

と、逆に励まされた。

「筆が進まない」

と弁解したら、

「それは書く気がないからだ。本気になれば、必ず書ける」

と叱られてしまった。

落とした万年筆

その彼が、一度大慌てしたことがあった。当時、彼の家は旧小倉市の繁華街から遥か山寄りにあった黒原（くろばる）地区にあった。戦時中の旧小倉造兵廠の工員住宅跡で、新聞社には、近くを通っていた添田線という単線の枕木を踏みしめながら、毎日通勤していた。

〈兵隊靴をはいて線路を往復していた。この石ころの路は軍靴でないともたないのである。――草の生えた線路みちの途中には、炭坑があり、鉄橋があり、長屋があり、豚小屋があった。それが、そのころの私の道であった〉（『半生の記』）

当時、私も足立山寄りの家の一間を借りていた。夕刻、私が、彼のいうその線路みちを帰りかけていた時だったが、私の名を呼ぶので振り返ると、清張さんが古鞄を提げて足早に近づいてきた。

「君の家もこっちなのか」

「いや、都合で親戚の家に間借りしてるんです。いつも線路を歩くんですか」

「枕木を一つ一つ踏んで歩きながら、小説のすじづくりをするのが楽しみなんだ」

そんな会話をしばらくした後だった。彼が急にそわそわしはじめ、線路みちに降りたり、枕木のあいだを覗きこんだりするのだ。

「どうしたんですか」

「三日前に、万年筆をこの線路で落としたんだ。君も捜してくれんか」

「落としたのは、どの辺り？」

「それが分かれば、拾ってるさ」

「しかし、だいたいの見当はつくんじゃない？」

「見当がつかんから、捜してるんじゃないか」

彼の論法は、いつもこれだった。なんでも高価な万年筆だと言っていた。

『半生の記』に、あの線路みちで、シャープペンシルを落とした、という一文があるが、確か万年筆の間違いではないだろうか。あの時、高価な万年筆だと何度も強調していたし、シャープペンシルなら、彼が時々書いてやっていた編集局の記事カットのお礼に、いつでも貰えた筈である。それとも、私につい万年筆と言ったばかりに、それを押し通したのか。

何度か、その線路みちの往き帰りに、それとなく目を配ってみたが、遂に発見されずに終った。

その彼が、東京本社転勤になったのは、昭和二十八年の秋であった。名目はデザインの研究となっていたが、勿論、書くための東京行きであった。

「岡本ボン君、ちょっと来給え」

彼が、机の中をゴソゴソさせて身辺整理をしていた時である。そう呼ぶから寄っていくと、抽き出しの奥から古びた一冊の本を取りだした。

「これ、記念に君にやる。勉強しろ」

岩崎昶の『世界映画史』だった。映画史書としては、当時、もっとも権威のある好著といわれ、彼の『映画論』と共に名が高かったことは、私も知っており、貴重な記念品だったが、それにしても、連日徹夜に近いまでの小説づくりの中で、このような本まで読破していたことは、大きな驚きであった。

その彼を小倉駅に見送った時、

「君も頑張れよ。いいものが書けたら、紹介の労をとってやる。周囲を気にせずに書け」

と、大勢の見送りの輪の中で、手を握って励まされた。

当時、旧小倉市の秋の文化祭で、毎年、小説や詩を募集していた。小説部門の審査員には、劉寒吉、岩下俊作の両氏がなっていた。清張さんにも何かのたびには言われ、自分の書いた小説がどこまで通用するのか試してみる気もあって、三日ばかり社を休み、殆んど徹夜のようにして、四十枚ばかりの『赤い季節』という名の小説を書き上げ、応募した。

自分の海軍時代の体験をもとに、海兵出と予備士官の「戦争観」と「人間認識」の違いからくるいろいろな葛藤を、戦場を背景に描いてみた。

ところが、この『赤い季節』が一席に入選した。賞金で辞典と万年筆を買った。更に二カ月後、『九州文学』の新年号に掲載され、選者の岩下俊作氏（『無法松』の作者）が後欄にその批評文を載せてくれた。

「まだ稚いとか、作為が見えすぎる難点がないではないが、読後に残る清潔な印象は、一種の初い初いしさを漂わせ、この作者が文学の垢にまみれていないことを感じさせる。この新鮮さは、将来きっといい展開を見せてくれるに違いない」

という好意的な言葉をいただいた。

早速、その一冊を、真っ先に清張さんに贈った。彼からすぐに折り返しの封書が届いた。「岡本ボン君へ」と宛名をあえて崩しているのがうれしかった。私はその封書を神棚には供えなかったが、胸弾ませて封を切った。

「九州文学の貴作拝見。面白かった。この前、見せてもらったナマ原稿とは格段の相違だ。ああいう作品程度のものを、つづけて二、三作、書き給え」

とあったが、女の描き方の甘さを強く指摘された。

「君の小説は、女が登場した途端に甘くなる。あんな女なら、出てこないほうがマシ。——この小説は、もっと全体をくすんだ暗さにした方が効果的。在来の形容詞や描写は、出来るだけ使うな。着想は面白いが、先方の男を苛める部分は、もっと苛酷に強調しろ」

「いろいろ書いたが、実は君の実力を見直した感じ。どしどし好いものを書け。いくらでも紹介の労をとる。『文學界』でも『新潮』でも『文藝』でも……。頑張りたまえ」

とあった。彼が喜んでくれているのが、文面の端々に溢れていて、うれしかった。何回も読み返したものだ。

届かなかった写真

そして何カ月後かの三十一年夏。

「ボンちゃん、松本さんが、メシをおごるから、二人で出てこいってよ」

吉田満が私の席に寄ってきた。清張さんはその五月末で朝日新聞を退社し、一本立ちしていた。

『風雪断碑』『特技』『父系の指』『石の骨』『張込み』『喪失』『殺意』『疑惑』など、次々に秀作を世に問い、さながら無人の広野を突っ走る勢いであった。

二人が指定されたレストランに上がっていくと、いちばん奥まった椅子で、彼の懐かしい顔が待っていた。

「どうかねえ、ボンちゃん」

「この前、批評をどうも」

「ああ、あれは面白かった。あの程度のものをドシドシ書いていけ。好いものが出来たら、どこでも紹介してやる」

私は神妙に頭を下げた。好きなものを注文しろ、と言うから、いちばん高いステーキのフルコースを頼んだ。

「今に見ていろ。驚くような作品を書いて、世間をアッと言わせてやる」

ステーキをぱくつきながら、清張さんは額の汗を拭った。挑むような食べ方は、昔と少しも変っていなかった。

この男は、あれほど夥しい作品を発表しながら、まだ不服なのか、と改めて彼の顔を見直した。しかし、彼の言に嘘はなかった。間もなく『点と線』や『眼の壁』などの名作を発表し、社会派推理小説の頂点に立ったのだ。

井上靖の話も出た。新聞社内で彼に会った時、「もう、そろそろ辞めて一本立ちになっては」と言われた。「自信がない」と言うと、「いやあ、初めはみんなそう思うが、やってみれば出来る。君なら出来る」と激励され、思い切って退社する気になったのだ、と言って胸を張った。

昭和二十五年夏に小倉で起きた黒人兵脱走事件の取材に来たらしかった。

「午前中、黒原から城野や足立の写真を撮って、小倉署に廻ってみたが、あまりいい顔はしないなあ。でも、強引に粘って訊きただしてやる」

この日の取材が、二年後の『黒地の絵』となって結晶した。

〈――太鼓の音は、こうして祭のくる何日間も前から小倉の街中に充満するのであった。昼は炎天の下に気だるく響いているが、夜になるとにわかに精気を帯びて活発になった。音は街の中だけではなく、二里ぐらい離れた田舎にも聞えた。離れた所で遠く聞いた方が、喧騒な音を低くし、統一し、鈍い、妖気のこもった調和音となって伝った。――〉

〈到着した十日の日も、むろん、小倉の街に太鼓の音はまかれていた。――どどんこ、どん、どん、どどんこ、どん、どん、という単調なパターンの繰り返しは、旋律に呪文的なものがこもっていた。彼らはむき出た目をぎろぎろと動かし、厚い唇を半開きにして聞き入ったであろう。音は、深い森の奥から打ち鳴らす未開人の祭典舞踊の太鼓に似かよっていた。そういえば、キャンプと街との間に横たわる帯のような闇が、そのまま暗い森林地帯を思わせた。黒人兵士たちの胸の深部に鬱積した絶望的な恐怖と、抑圧された衝動とが、太鼓の音に攪拌せられて奇妙な融合をとげ、発酵をした。――〉（『黒地の絵』）

この導入部分の見事さは、当時の米軍城野キャンプや足立山麓地区を蔽う湿っぽい帯のような闇を知っている者にしか書けない文章であり、さすが清張さんらしい名文と、今でも思っている。

「まだ、何枚かフィルムが残っているから、君たちを撮ってやる」

そう言って、別れ際、ニコンの35ミリカメラを二人に向けたり、レンズを覗きこんだりして、不馴れな手つきでシャッターを押してくれたが、あれから三十五年余りたっても、まだ出来上がってこない。

二人はいいとして、あのフィルムに収まった筈の黒原地区や足立、城野キャンプあたりの風景も、あの時の我々と一緒に消えてしまったのではないだろうか。

やがて七月——今年も、小倉の街に、あの太鼓の祭りがやってくる。

'64. 10

清張ヨーロッパを行く

北欧から中近東まで一カ月　推理
文壇の巨匠が描く　異色漫画ルポ

えと文　松本　清張

■　イギリス　ストラットフォード・オン・エボン
シェイクスピア生誕四百年祭を見に行った　生家の前で世界の大文豪が日本の作家を代表（？）してきた私を歓待しているという夢の図

文藝春秋「文藝春秋臨時増刊・漫画読本」1982年11月号掲載

■ ローマ
ローマの裏通りである　イタリア人は観光客ズレがしていて　金になりそうな外国旅行者を見ると　しつこくどこまでもついてくる　こんな裏町で襲われて殺されたら永久に行方不明になるだろうとこわくなった

■ バーベックのローマ時代の遺跡
レバノンのベイルートから80キロぐらいのところにある
この壮大な遺跡を見て感嘆している姿でもなければ　考える人のポーズでもない　旅で疲れ　歯痛を起しているのである　旅先の病気は心細い

■　ジュネーブ
北からスイスに入ると　ちょうど旅の半ばになる　そろそろ　残りの金が気になって　風光明媚なレマン湖畔のホテルで　持ち金の勘定をする　法定500弗の所持金だから代議士の豪奢に腹がたつ

追悼対談

「推理作家」清張さんとの三十年

文藝春秋「オール讀物」1992年9月号掲載

佐野洋×山村正夫

「清張以後」という言葉が示すように、日本の推理小説界は松本清張氏の出現によって大きく変貌し、日陰から日向へと歩み出した。その先達のたどってきた軌跡を二人の後輩はどのように見てきたのか

山村　ぼくが清張さんのお顔を初めて見たのは昭和三十二年、清張さんが短編集の『顔』で第十回日本探偵作家クラブ賞を受賞された授賞式のときでした。でも、話をするようになったのはずっと後で、三十八年になってからです。

佐野　パーティーなどの公的な機会にお会いしたのは別として、ぼくが清張さんと最初に話をしたのは一九六四年（昭和三十九年）二月三日なんです。

山村 よく日にちまで憶えているね（笑）。

佐野 前の年に日本推理作家協会の理事長を引き受けられた清張さんが、ぼくらに常任理事をやってくれということで、築地の〝吉兆〟に招待してくれた。山村さんも一緒でしたよ。

山村 そう、そう。ぼくも行きました。

佐野 その日がちょうど節分で、〝吉兆〟で、この中に年男がいたら焙烙（素焼きの平たい土鍋）の蓋を割ってくれと言われて、その役をぼくがやった。つまり、ぼくは三十六歳だった。だからちゃんと年月日までわかるんですよ。

山村 なるほど（笑）。〝吉兆〟の前の年（昭和三十八年）、ぼくは中島河太郎さんと一緒に、清張さんのところへ、推理作家協会理事長就任の依頼に行ってるんですよ。探偵作家クラブが解体して推理作家協会となり、その初代理事長に江戸川乱歩さんがなったんですが、次の理事長は絶対に清張さんにやってもらいたいというのが乱歩さんの意思だった。ところが、戦前派のある作家が、推理作家協会の幹事十五人の中に入っていない清張さんを理事長に選ぶのはおかしいと言い出した。結局、理事を二十名に増やし、推薦理事として清張さんを入れて何とか乗り切ったわけです。

佐野　そんなことがありましたね。

山村　ぼくと中島さんが、江戸川乱歩さんの健康がすぐれないことも含めて清張さんに協会の状況を説明したら、清張さんが「分かりました。乱歩先生がそういうことならお引き受けします。こ

佐野洋（左）、山村正夫

れからすぐに乱歩先生のお宅へ挨拶に行きましょう」という。で、すぐぼくらの乗ってきていた車で乱歩先生宅へ伺ったんです。

佐野　乱歩さんは、探偵作家クラブを推理作家協会にして社団法人化したときに、新しい組織づくりを目指し、それを清張さんに期待したんでしょうね。

山村　乱歩さんは、自分と全く違う作風の清張さんの出現で、小説を書く意欲を失ったと明言していながら、推理小説界を発展させるためには、清張さんでなければダメだ、と言われたんです。古い人がほとんどの理事会で清張さんが満票近い賛成で理事長に選出されたのは、誰もが新しい世代の時代に入ったんだということを意識していたからだと思いますね。

佐野　ぼくがまだ新聞記者をやっていたとき、清張さんが「週刊読売」に書かれた『共犯者』（昭和三十一年）を読んだんですが、その印象は実に強烈でした。実際に自分が新聞記者になってみると、現実の捜査方法や実際の犯罪、あるいは犯罪者の心理などが、それまで読んだ探偵小説とはずいぶん違っているんですね。その点外国の小説は実にリアリティがあり、彼我の違いを感じていた。そのときにリアリズムの手法をとった清張さんの『共犯者』が出てきたので、すっかり興奮してしまったんです。

山村　清張さんから直に聞いた話ですが、推理小説を書き始めた理由として二つのことをあげていました。一つは、推理小説には昔から興味があったけれど、いわゆる探偵小説ではなく、リアリティのあるものを書きたかった、と。当時、木々高太郎さんと江戸川乱歩さんとの間に有名な文学論争がありましたね。乱歩さんの推理小説はエンタテイメント説に対し、木々さんは推理小説も文学作品になりうると主張した。清張さんはそういうものなら書いてみたいということで、原稿を次々と木々さんのところに送った。それが、木々さんが編集委員をやっていた『三田文学』に載り、芥川賞（昭和二十七年度下期）を受賞してしまった、と言うんです。

佐野　『或る「小倉日記」伝』ですね。

山村　ええ。もう一つは、それまでの推理小説では軽視されていた動機に目を注ぐことにあった。従来は動機をあまり問題にせず、このトリックなら物欲がいい、痴情がいいとパターン化したものに当て嵌めるだけでよかった。ところが、殺人を犯すからには、みなそれなりの事情があったに違いないのに、なぜ動機を重視しないのか、というわけです。

　ぼくはいわゆる探偵小説の時代から書いているんですが、なるほど言われてみると、それまでは動機の問題にも一応触れてはいるものの、突っ込んで書いてはいなかった。清張さんは、動機を追及していくと、例えば下積みのサラリーマンの死の奥にひそむ企業の大汚職事件や政治的な問題に必ずぶつかるというんです。そこまで遡って書くことによって推理小説となると言った。そこから清張さんは「社会派」と呼ばれるようになるわけです。それでいて、清張さんはトリックもきちっと考えていましたね。

坂口安吾の慧眼

佐野　「社会派」というのは荒正人さんが付けられたんですね。でも、清張さんはそれを標榜していたわけじゃない。清張さんの作品がその後の推理小説に与えた一番大きな影響は、人生のちょっとしたことがミステリーになるということを示した点だと思います。例えば、サラリーマンが不倫の現場である人を見かけたが、その人のアリバイを証明してやるためには、自分の不倫を明らかにしなければばいけない――こうしたことはいまでこそテレビで幾らでも使われていますが、清張さんが初めてだったんですね。

山村　『黒い画集』の中に収められた短編は、みんなそういう型のミステリーですよね。それまでだと、精神異常者や、大金持ちの遺産相続等がテーマだった。

佐野　芥川賞の選評で坂口安吾さんが「この文章は実は殺人犯人をも追跡しうる自在な力があり、その時はまたこれと趣きが変りながらも同じように達意巧者に行き届いた仕上げのできる作者であると思った」と、将来の大推理小説家を予言しているのはすごいですね。

山村　江戸川・木々論争で、乱歩さんが木々さんに実作で証明するように迫ったんですね。それで木々さんは『美の悲劇』を書いたけれど、中断してしまった。それを実現したのが清張さんなんです。人間性とミステリーという、それまでは全く別個のものと見られていたものを一つに融合させ、ミステリーとしても面白いし、一編の小説としても人間的な深みのあるものを実証してみせた。

佐野　数多くの作品の中でも、特に初期の短編は、『声』にしても『顔』にしても、非常にキリッとしていていい作品ですね。

山村　タイトルを付けるのもうまかった。『地方紙を買う女』とか、さり気ないタイトルでいながら、ちょっと読んでみたいと思わせる。

ぼくは初期の短編もそうだけど、長編の『点と線』や『眼の壁』からも影響を相当受けました。やはりこれらの長編は、それまでのミステリーを全く一掃した作風でしたからね。『点と線』の有名な列車のトリックは、清張さんが家族を九州に残して一人で上京し、いつもホームに立ちながら、ああ、あの列車に乗るとこのまま九州の家族の元へ帰れるなあ、と感慨を持って見ているうちに気がつかれたそうです。

佐野　『眼の壁』と『点と線』では、『点と線』のほうが短いんですが、『眼の壁』にはちょっと変わったテクニックが使われているんです。「彼」という三人称を使って犯人の視点で書いている。同じころに出たアイラ・レビンの『死の接吻』にそれと似たものがあるので、それを見たのかな、と思ったんですが……。初期のころの清張さんは貪欲に海外の作品に目を通し、それを取り入れてますね。『礼遇の資格』はロアルド・ダールの作品にヒントを得たものだと思います。

山村　フランスパンで殴り殺した後、食べて凶器を失くしてしまうやつですね。

他にも羊の肉を凍らしておいて、それでグサッと刺すというのがあった。

佐野　R・ヴィカーズが大好きで、R・ヴィカーズのような倒叙形式のものも数多く書いていましたね。「小説新潮」に連載された『十二の紐』もその一つです。出だしを見たときは「これだ」と思って非常に期待して読み始めたんですが、後半はちょっと疲れたかなという感じがありました。

山村　でも、短編、長編にかかわらず、最初に読者を引き込んでいく出だしの語り口の冴えは、抜群ですね。

佐野　そうなんです。あと、ぼくが凄いなと思っていることの一つに推理力があると、実に説得力があるんです。『日本の黒い霧』や『風の息』のように実際の事件を題材にしたものを読む。『日本の黒い霧』が出たときに、「悪いのはみんなアメリカさん」と平野謙さんが評していたけれども、本当じゃないかと思わせる説得力がある。それを可能にしたのは、やはり小説家として物を見る目の確かさだと思います。

山村　スチュワーデス殺人事件を扱った『黒い福音』なんかもそうですね。実際に報道されているものより、清張さんの書かれたもののほうが真実ではないかと思えてしまう。
　清張さんは探偵作家クラブ賞を受けられたのは四十八歳と、スタートは遅かったものの、その後の活動は実に精力的でした。
佐野　ぼくは作家生命というのは、デビューしてからの長さではないかと考えているんです。その意味では、お亡くなりになるまで知的好奇心を絶やさずにやってきたというのは、大変なことだと思います。
山村　それまで貯めていたものを、作家生活に全部出したという感じですね。
佐野　ぼくにはとても真似ができない。ぼくは同じ世代の推理作家たちと〝他殺クラブ〟という集まりをつくっていたんですよ。あるとき、清張さんが、「他殺クラブの連中は集まったらどんな話をするの?」と訊くので、「最近は小説の話はあまりしなくなりました。それぞれ作風が違うし」と答えたら、「そんなのダメだ」と怒られてしまった。清張さんは年に何回か石川達三さんと井上靖さんの三人で会食するんだけれど、そのときは小説の話ばかりだと言うんですよ。これは大変だなあと思いましたけれどね（笑）。
山村　テーマがちょっと似ていたこともあってか、石川さんとは仲が良かったですね。井上さんともかなり親交があったようでした。芥川賞を受賞した直後、よく家へ行かれていたという話を聞いていますから。

佐野　親しくなってからですが、ゴルフの話が出ると、「いや、ぼくは出るの（デビュー）が遅かったから、とてもゴルフなんかやってる暇ないや」と言うんです。たしかにそんな暇なんかないでしょう。古代史もやれば、英語も勉強していましたからね。

山村　英語で思い出したことがある。ペリー・メースン・シリーズの著者のE・S・ガードナーが来日したとき、理事長だった清張さんの発案で虎の門の晩翠軒という中華料理屋で歓迎会を開いた。ガードナーはアメリカで非常に売れた作家で、アメリカ国内に八つぐらい家を持っていて、あのころ長者番付の作家部門でトップだった清張さんも「ぼくなんかより遥かにすごいのがいるんだ」と、苦笑してました。そのとき、ぼくらは通訳を介してガードナーと話をしたんだけれど、清張さんは対で英語で推理小説論をやったんですよ。あれにはびっくりした。いつ習ったのかなあ。

佐野　外人教師についたらしいですね。あるとき清張さんのお宅へうかがって話をしているとき、お手伝いさんが来て「ピーターさんからお電話です」って言うの。芸能人のピーターが電話をよこしたのかと思ったら(笑)、どうもそうじゃなくて、英語の教師だったんですね。

とにかく忙しい方で、原稿の量も膨大だった。そのため五十歳のとき、書痙にかかっているでしょう。

山村　書痙なんてぼくには無縁の病気だな(笑)。

佐野　ぼくも同じですよ。でも、梶山季之や星新一はなっていますね。

トリックにこだわる

山村　病気になったころ、清張さんは月に千枚以上書いていたんじゃないですか。ちょうどそのころ浜田山のお宅へうかがったら、目が真っ赤なんですよ。で、「ちょっと申し訳ないけれど、横になって話させてもらうよ」と言ってソファーに横になった。これはただごとじゃないと、話を早々にきり上げて帰りました。

佐野　ぼくは小説家になってから、題名は忘れたけれど清張さんの作品の映画の試写会に行ったときに、初めて傍でお目にかかったんですが、顔色が余りに悪いので驚いた記憶がある。書き過ぎて過労なのかな、と思いました。

ところで、先ほどトリックの話が出たでしょう。ぼくは推理作家協会賞の選考会で清張さんと一緒になったことがあるんです。そのときも、候補作と同じようなトリックが外国にあるかどうかを非常に気にしていましたね。つまり、清張さんは社会派で、トリックにそうとらわれないと思う方が多いでしょうが、むしろ、ぼくら以上にトリックを重視しているんですね。

山村　ええ。

佐野　昔、推理作家協会で、乱歩さんが『トリック集成』を作り、『幻影城』に載せたんです。清張さんは、それが自分に非常に勉強になったので、いまの推理作家のために新しいトリック集成を作れ、とぼくらに命じたことがあった。

山村　そう、そう。他に海渡英祐さんや中島河太郎さんも一緒にやったんだ。

清張さんはけっこうトリックについては考えていましたよ。たまたまお宅へ遊びに行ったときに、「凄くいいトリックを考えたから、ちょっと聞いてくれ」と言われたこともあります。神社のところに立っている高札で人を刺し殺し、また高札を元のように地面に立てておけば凶器が分からないんじゃないか。まさか目の前に凶器が突き刺さっているとは誰も思わないんじゃないか、と言うわけです。面白いところに目をつけるなあ、と感心しましたね。

佐野　でも、いまならそのトリックは分かってしまう（笑）。科学が進んでいますからね。

清張さんは古代史に関心を持ち、そちらでも多くの作品を残されているでしょう。中でもぼくは『陸行水行』には驚きましたね。つまり、あの中で清張さんは、官僚が嘘の報告書を書いている可能性を示している。こうした発想は普通の歴史家にはできないもので、まさに小説家のものなんです。それを今度は推理小説の世界に生かしていただきたかった。つまり、刑事が面倒臭がって調べてもいないのにアリバイを調べたといい加減な報告をする、ニセの報告書を書くということがあの発想から出てきてもよかった。そういうのがないでしょう。

山村　そういう不満は解消されないままで終ってしまったけれど、最後の最後まで推理小説は書きたいとおっしゃってましたね。

佐野　十四、五年前に清張さんが推理作家協会を辞めるというときに、ぼくは、

「辞めないでいただきたい」と頼みにいってホテルでいろいろ話したんですが、翻意してもらうことはできなかった。でも、「推理小説はずっと書いて下さい」と言ったら、「それは書くよ」と言ってました。

山村 あのとき、ぼくはぼくで、清張さんに手紙を出して、慰留につとめたんですが……。

佐野 清張さんは、自分はもともと組織に合わない人間なのに、乱歩さんと木々さんに言われて理事長をやってきた、でも、もう協会も独り立ちしたことだし、自分がいなくても大丈夫だろう、というんですね。

山村 一般には清張さんは孤高の人というか、あまり人と付きあわないというイメージを持たれていたけれど、意外な一面もあったんですよ。ぼくは、腎臓結核で新宿の東京医科大病院に入院したことがある。そのとき五階の病室まで果物籠を下げて階段をトコトコ上がってお見舞いに来て下さったのが、清張さんだったんです。エレベーターがなかったんですよ。当時は理事長をされていたし一番忙しい時で、ぼくも女房もすっかり驚いてしまって……。

かと思えば、協会の書記の女性のために慰労一泊旅行の費用を出してくれたり。おみやげはあじの開きとかめざしでいいというので、それを買っていったら、本当に喜んでくれたことも、よく記憶に残っています。
　清張さんの中にはそうしたことも含めて、いろいろな要素があったんじゃないかという気がします。
佐野　たしかにそうですね。清張さんは、原稿を編集者に渡すとき、わざと一枚抜かしたりしたでしょう。
山村　きちんと読んでいるかどうか試す。
佐野　帰って編集者が、「面白かったです」と電話で報告すると、「きみ、一枚抜けてるよ」と言った（笑）。これを意地悪と受け取る人と、悪戯(いたずら)と取る人と両方いるんですが、物書きというのは、そういう悪戯をしたくなるんですよ。
山村　ハハハハ。
佐野　孤独ですからね。書き終って渡す。そうすると、ちょっと反響を聞きたいし、抜けたのを取りに来てもらうぐらいの悪戯はいいじゃないか、という気持ちになる。ただ、清張さんが、「読んでないじゃないか」と言うと、相手によっては、大変な打撃を受ける場合もあったでしょうね。

――清張さんは、ファックスは最後まで使われなかったんですか。

山村　はい。

――ワープロも使わなかったでしょう。

山村　使いませんでした。綺麗な字でしたし。ものすごい達筆でした。絵もうまい。清張理事長の命令でトリック分類表を作る編集作業をやっているとき、中に入れるカットをどうしようかと聞いたら、「俺が描くよ」と、墨でまたたくまに描き上げてしまった。この人の才能はいったいどこまであるんだろうなと、思わず考えてしまいましたよ。昭和二十六年、四十二歳で『西郷札』が直木賞候補になった年には、国鉄と交通公社、全日本観光連盟共催の全国観光ポスター公募で、作品「天草へ」で、推選賞（特選賞一名に続く二席）を取っているんです。その前にはグラフィック・

北九州商業美術連盟第一回展にて。左から二人目が清張

デザイナーを目指した時期もあった。

佐野 だから、写真も上手なんですね。

山村 ええ。そうしたものを見ると、昔は凄い風呂嫌いで一カ月ぐらい風呂に入らないで平気だった、なんていうのが信じられない（笑）。

パチンコ大好き

佐野 清張さんは、上の学校へ行く経済的余裕があったら、完全に学者になっていたでしょうね。

山村 作家にはならなかったと思います。

佐野 でも進学しなかったことが、日本国民にとっては幸せだったような気がするんですよ。学者として一つの説を発表されるより、清張さんが書いたことによって古代史に興味を持った人は沢山いますし、『日本の黒い霧』などの戦後史、昭和史についても、清張さんが書いたからみんな読むわけですからね。

あの外見からはおよそ想像がつかないけれど、清張さんはパチンコが大好きだったでしょう。あっちの才能はどうだったのかな。

山村　好きでしたねえ。清張さんの家へうかがったとき、ちょうど税金の申告時期だったので、ついその話になった。今年も文壇トップという話のすぐあとにパチンコの話題になったら、「ついこないだ、近くのパチンコ屋で三千円スッたときの口惜しさは、いまでもまだ残ってるよ」と、本当に悔しそうに言うんですよ。こちらはそれまでの税金の額とあまりケタが違うので……（笑）。

佐野　ぼくは、渋谷のパチンコ屋に付き合わないかと誘われたことがある。断ったんだけど、清張さんはフラフラと入っていってしまった。ぼくは唖然として見ていましたけど（笑）。

1974年、文春講演旅行で訪れた能登のパチンコ店にて

山村　清張さんは、一つの作品を書き終えて次の作品に切り替えるときに、頭を空白状態にする必要があるんだけれど、それにはパチンコが一番向いている、と言うんですね。でも、やっぱり景品を取りたいんです。何億と税金を納めている人が、三千円をスッて頭にきている（笑）。

パチンコも清張文学の重要な要因だった（笑）。

佐野　ぼくは一度、銀座から赤坂まで車に同乗したことがあるんです。その車中で、「佐野君は、地方をあまり書かないね」と言う。「ええ、方言とかいろいろ面倒臭いから」と答えたら、「でも、読者に現実性を持たせるには、地方をいろいろ出した方がいいんだよ」と言われた。

山村　小説について具体的な話をすることは珍しいですね。

佐野　実は、ぼくは清張さんに創作の秘密を訊きたくてしょうがなかった。で、一人で訊くのもなんなので、「小説推理」誌上で、対談形式でいろいろ話をうかがった。ぼくが推理小説について訊き、ドキュメンタリーについては五木寛之、他に井上ひさしと三人でやったんです。あれは面白かったなあ。

清張さんは数多くの作品を残されましたが、中で好きなものをあげるとすれば、何になりますか。ぼくは短編では『共犯者』ですね。完成度が一番高い。長編では『点と線』になるかな。当時『点と線』が連載された「旅」の編集部では、〝清張待ち〟という言葉ができたくらい、なかなか原稿が入らなかったと、戸塚文子さんが言ってました。

あとは、トリックに秀れた『砂の器』や、倒叙形式の『わるいやつら』も好きですね。

山村　ぼくは、短編だと『張込み』、長編なら『ゼロの焦点』ですね。

昭和三十二年の清張さんの出現によって、ミステリーは市民権を得たと言っていい。それまでは探偵小説を書いているというだけで、変態的な作家というような扱われ方をした。ぼくも何度、純文学をやれと言われたことか。探偵作家クラブ会員というだけで、破談になった人もいるんですよ（笑）。女の子は絶対読まなかったし。いま、ミステリー・ブームと言われているけれど、これは清張さんを抜きには考えられませんね。

佐野　ぼくが新聞社を辞めるとき、探偵小説だけで生活していける人は、高木彬光さんや横溝正史さんとか、本当に限られていた。だから将来に不安を抱きつつ辞めたんだけれど、いま、こうして推理作家としていられるのは、やはり松本さんによって推理小説におけるテーマがひろがったことに負うところが大きいとは思いますね。

清張さんが亡くなられてから、一部で、「文化勲章を」という声が上がっているようですが、文化勲章ほど清張さんに似合わないものはないんじゃないでしょうか。文化勲章の選考がどうなっているか知らないけれど、庶民と離れた権力機構の一端に、清張さんを表彰する権利はありませんよ。

山村　作家は無冠の帝王、という言葉があります。清張さんはそれに一番相応（ふさわ）しい。

佐野　文化勲章にはそれを貰うことによって、世の中の人がその業績を知るという側面があるでしょう。ところが、松本清張さんの場合、そんなものを貰わなくとも、国民みんなが知っている。そのこと自体が大きな勲章ではないでしょうか。

山村　私もそうだと思います。

さのよう　1928年東京生まれ。64年『華麗なる醜聞』で日本推理作家協会賞受賞。97年に日本ミステリー文学大賞、2009年には菊池寛賞を受賞。13年没。

やまむらまさお　1931年大阪生まれ。代表作は映画化もされた『湯殿山麓呪い村』。長年小説教室で講義し、宮部みゆきら多くの作家を育てた。99年没。

ただ一つの思い出

佐藤愛子

文藝春秋「文藝春秋臨時増刊　松本清張の世界」1992年10月刊掲載

清張先生は私にとって遠くから仰ぎ見る巨峯であって、個人的には何のつながりもない方である。

開高健さんが亡くなった時、「巨星墜つ」という見出しの追悼特集を見て、私は「開高さんが巨星?」と首をかしげた。あの愛嬌のある軽妙なおしゃべり好きの、大阪人らしいサービス精神に溢れた開高さんを「巨星」と呼ぶことに私は違和感を覚える。

「巨星は松本清張さんが亡くなった時にとっとくべきじゃないの」

といったのだったが、ついに巨星は墜ちた。個人的なつながりは何もないのに、なぜか落胆の思いが強い。

昭和四十五年の春、私は清張先生と開高さんの三人で文藝春秋社の講演旅行に出た。「佐藤を同行させよ」と清張先生がいわれたということで、直木賞を受賞したばかりの私は、気が進まぬながら断ることが出来ずについて行ったのである。

その頃、私は多額の借金を抱えた上に、僅かな蓄えを根こそぎ、別れた夫に持って行かれて素寒貧。毎日、締切りがあるというほどに原稿を引き受けており、とても講演旅行などという気分ではなかったのだ。

だが行かねばならぬと思ったのは、私の直木賞受賞は清張先生の強い「押し」があったおかげだと聞いていたからである。反対も多く、清張先生の押しがなければ、授賞は見送られたであろう。受賞のおかげで原稿の注文が殺到し、そのおかげで借金が返していけるようになったのである。大恩ある清張先生のお誘いを無視するわけにはいかなかった。

しかし借金と原稿書きと夫の不実を背負って疲労困憊していた私は、旅行の間中、何をしていたのか、小倉にはじまって唐津に終ったことは覚えているが、その他にいつどこへ行ったのか、さっぱり記憶にない。覚えていることは、行く先々で東京の夫の会社へ電話をかけ、私の金はどうなった、いつ返すのか、と詰問していたことだけである。

清張先生には文春の権威主義の権化（ごんげ）のようなエライさまがつきっきりで、私など足もとにも近づけなかった。私はただいわれるままに車に乗り、いわれるままに講演し、いわれるままにご馳走を食べ、開高さんの軽妙な話術に気持を引き立てられつつ、辛い旅行をつづけたのである。

1969年8月、第61回直木賞贈呈式にて

あれはどこの町の、何という料亭だったか、五十畳もあろうと思われるだだっ広い大広間の一隅

に、我々の昼食の席が用意されていた。私たちは二台の車に分乗してそこに来たのだが、清張先生の車がどういうわけか遅れ、私たちは手持不沙汰に待っていた。

そのうち漸く車が着いて、清張先生がせかせかした足どりで入って来られたが、席につくなり、思い出したように手洗に立たれた。すかさず料亭の仲居が案内に立つ。

間もなく清張先生はさっきの仲居と一緒に戻ってこられた。さっきも書いたように、五十畳敷きほどの大広間である。我々の席は入口から一番遠い上座にある。清張先生は急ぎ足で入ってこられた。その時、案内役の厚化粧の中年仲居が、歩きながら清張先生の左手を軽く握りにいった。彼女がどういうつもりでそんなことをしたのか、その途端に清張先生の左手は激しくそれを払い退けた。まさに、

「無礼者、下れ！」

という見幕だった。

あの仲居さんはなぜそんなことをしたのだろう。時々、私はそのことを思い出

しては考える。その時、私は清張先生を狷介な人だと思っただけだったが、もしかしたら仲居さんがそんなことをしてもいい、と思ったようなことがどこかであったのかもしれず、あるいはまたこの仲居さんは、田舎のド厚かましいおっさん客のあつかいに馴れて、男の客というものは、そうすれば喜ぶと思い込んでいたのかもしれない。あの仲居さんがもう少し年若く、もう少し魅力的であれば、違った状況になったかもしれないとも思うのだが、どんなものであろう。

だがある人にいわせると、清張先生は若い美人に対すると、手も足も出なくなる人だから、そういうことになれば逃げ出されるんじゃないかということであった。

さとうあいこ　1923年大阪生まれ。69年『戦いすんで日が暮れて』で第61回直木賞を受賞。2000年、大河小説『血脈』の完成により、第48回菊池寛賞を受賞。16～17年、「何がめでたい」ブームを巻き起こす。17年、旭日小綬章受章。

安生登喜子女性愛読者への手紙

松本清張

文藝春秋「文藝春秋」1994年8月号掲載

　手紙の相手である安生登喜子さんについて、清張さんは昭和五十六年三月四日付「清張日記」（週刊朝日58・6・17号）に次のように記している。

〈安生とき子さん、芦屋（兵庫県）より出京。銀座の「レンガ屋」で夕食。娘同席。

　安生とき子さんは、ファンレターの第一号なり。昭和三十二年ごろにして、短篇を賞む。爾来（じらい）、関西へ行く機に彼女の夫（関西電力系の会社役員）と共に会う。いわゆる「芦屋夫人」の感じなし〉

　昭和三十三年三月、安生さんに宛てて清張さんは初めて手紙を書いた。

昭和33年3月　最初の手紙

御手紙有難う存じました。

いつも拙作を御高読下さっているそうで厚く御礼申し上げます。

推理小説については、ふと足を踏み入れたばかりに、現在では抜きさしならぬ状態となり、いささか困惑しています。しかし、推理小説に対する考え方には私見があり、（詳しいことは来月の「婦人公論」に発表）この線でもう少し進んでみようと思っています。

「風雪断碑」を御愛読下さったことは、うれしいことです。ああいう系列の作品が本当は書き度（た）いのです。二三年のうちには書くつもりでいます。「川路聖謨」とは大へんいいところに着眼されました。失礼乍（なが）ら、お目の高さには敬意を表します。小生は幕末史や昭和史には興味をもっていますので、貴意に賛成します。いずれ調べてみます。

桂にお住まいとは結構な環境です。小生は去年一年間「芸術新潮」に「日本芸譚」なるものを連載し、五月初旬に出版（新潮社）されるので、一部謹呈させて頂き度いと思います。「遠州」や「世阿弥」「光悦」などを書きましたので、皆さまによろしく御伝え下さい、今後とも御愛読を願います。

この手紙の二年後、清張さんは安生夫妻と京都で会った。安生さんは、その時の模様を「松本清張さんのこと」と題するエッセイに綴っている。

〈岸田劉生についての取材のため、京都へ見えた清張さんを、私達夫婦は先斗町のお茶屋へ招待した。

清張さんは、物珍しそうに、部屋の調度品を見廻したり、立上って前面を流れる鴨川や、向うの東山のたたずまいを眺めて「京都はいいですね」と言われた。その時私は、もっといいものをお目にかけますよと、心の中で叫んだ。私の自慢のものは、舞妓の市子であった。彼女が金屏風のかげから〝あてにろうたき〟姿を現わした時、清張さんの眼はかがやいた。食事のあと、氏は、女将に硯と色紙を注文して、市子の正面と横顔を素早く写生された。その見事な出来栄えに夫も私も思わず嘆声をもらした〉

京都の一夜は、清張さんにも強い印象を残したようだ。

昭和35年2月12日　京都で会う

いつも御便りの上で、勝手なイメージを描いていましたが、今度、京都でお目にかかり、自分の想像していた通りのお方だったので、大へん安心もし、うれしく存じました。失礼ですが、小生の後半生に、あなたのような知己を得たことを心からよろこんで居ります。どうぞ、今後も変りなく友情を続けさせて頂くようお願い申し上げます。

御主人さまには、文通も無かったので、ほんとうに初対面の印象がいたしましたが、まことに闊達な、練れた紳士と拝見しました。非礼な言葉をお許し下さるなら、ゆったりとした静かな人生を愉しんで居られる好個の御夫妻という感じがいたしました。羨望の念を禁じ得ません。

突然、御地に参りまして、思いがけない御歓待をうけ、まことに有難う存じました。わざわざ小生のために先斗町の京舞妓をお見せ下さるなど、なみなみならぬ御好意に厚く御礼申し上げます。これも拙い文章を書き綴っている小説家の冥利と申しましょうか、わが身の幸福を想わずには居られません。あの席でも、御主人様から、御高見をちらりと拝聴しましたが、これからの拙作についても、忌憚のない御高評をお願い申し上げます。

京都に行ったのは、ほかの取材のためでしたが、何だか今では、御主人様とあなたに御目にかかりに参ったのが目的のような気がして居ります。ほんとうにお遇いしてよかったと思います。人と会って、こんな充実感があるのは、滅多に有るものではありません。

あの席では申しそびれましたが、川路聖謨のこと、いつかは作品にしたいと思って居ります。しばらく時日を藉して下さい。

東京にお来で下さるのをお待ちしています。もし、よろしければ、御上京の二日前くらいに、御連絡を頂けると大変有難うございます。

御主人様には、くれぐれもよろしく御芳声を願い上げます。

先ず、取り敢えず御礼まで

二月十二日

昭和36年9月22日　台風一過

台風は如何でしたか、御被害はありませんでしたか。新聞によると相当な打撃を阪神地方に与えたようですが、御地はその中心点なので、心配していました。遅ればせながら、御見舞申し上げます。

この間から両度に亘り御手紙有難う存じました。市子さん御披露目には京都に行きたいものと思いましたが、御存じの通りの有さまで、意に叶いませんでした。折角のお招きをうけても、いつも失礼ばかりさせて頂いているのをお詫びいたします。

申し遅れましたが、三ケ月ぐらい前、松竹の高屋氏が来訪され、海老蔵のために何か書いて欲しいと云われましたが、目下の仕事に追われ、そのうちにと申しておきました。これは、安生さんからのサッゼッションで大谷さんから話があったと高屋氏は云っておられました。ところが妙なことから勘三郎のために脚本を書き下ろすことになり、間に合えば十二月の明治座で上演する予定になりました。これが間に合わねば、来年四月の歌舞伎座ということになりましょう。尚、今十二月には前進座で拙作「いびき」を上演することになりました。もし勘三郎のが間に合えば、十二月に御上京下さいませんか。こちらからばかり勝手におすすめして申し訳ありませんが、家内もお目にかかり度いと申しております。新居は浜田山で、附近にはわずかですが、武蔵野の名残りもございます。海老蔵さんも御承知の通り、奥さんの病気その他で、御気の毒な状態なので、いつかは懸命に脚本を書かせてもらいたいと思います。

御主人様相変らず御元気で御精励のことと存じます。よろしく御伝え願います。

九月二十二日

昭和39年3月17日　嵯峨日記

御無沙汰しているうちに、大変な御心配があったご様子、驚きました。御文面を読んでいるうちに肝を冷やしましたが、最後にいたって、ほっとしました。ほんとうによかったと思います。死を直前に見つめる心境はその身になってみなければ分らないことで、想像で御同情申し上げるのは、ご本人にとってかえってうとましいことと思いますが、心から御無事であったことをお慶びいたします。御主人もさぞ御安堵なさったことと存じます。これからもどうぞ御自愛を願います。関牧翁様とは私も一面識があり、お会いの節はよろしくお伝え下さい。

私の海外旅行は前から鳴らしていることなので、今度は止むを得ず出発する羽目になったのです。短い旅程なのですぐに帰ってきます。愚妻は同行しません。この秋の中国には先方から招待されているので、いっしょに行くか分りません。

目下、旅の留守中を埋める書き溜めで苦しんでいます。原稿を書きながら、倦いたときの息休めに、横に置いた芭蕉全集をのぞいています（これも必要あって）が、たまたま例の嵯峨日記の中の「夜も寝られぬままに、幻住庵にて書捨てたる反古を尋ね出して清書」している芭蕉がうらやましくなりました。芭蕉が寝られなかったのは、昼寝をしたからですが、いまの私は昼も夜も原稿書きなのです。（現在、午前四時）こんな苦しみをしなければ、旅にも出られないから腹が立ちます。

ここで、突然、嵯峨日記を出したのはほかでもありません。昨秋、愚妻を連れて嵐山の「吉兆」に二泊しました。そのとき、安生さんにお報らせして、ご一緒したら、という話も出ましたが、突然の京都行ではあり、ご迷惑を考えて失礼しました。その「吉兆」の部屋の壁の腰に、この嵯峨日記の写し（主人の筆とか）が貼ってあったので、安生さんをお呼びしようという相談を思い出したのです。

近ごろは年齢の加減か何ごとも感激がなく、閉鎖型になって了いました。感受性がうすれたのだと思います。前からあまりすきでない文壇つき合いがいよいよ面倒臭くなりました。

身体は何とか健康を保たせています。五月には怱々帰国します。北欧からまっすぐに南下して、中近東を一瞥したいと思っています。

今度、向うに行って下見をして来ますから、ぜひ御主人とヨーロッパにお出掛けになることをおすすめします。

御主人にも御無沙汰していますが、一度、楽しいお話を聞かせて頂き度いと思います。去年の秋のはじめでしたか、京都の茶亭から市子さんに電話をしたら、声だけを聞かせてもらいました。もし、今夏、その機会があれば、加茂川畔で市子さんを侍らせ、御主人と共にビールをひきたい夢を抱いています。（もっとも私は御承知の下戸ですが）

くれぐれも御身体を御大切に願います。

三月十七日

昭和三十年代後半から四十年代初めにかけて、清張さんは猛烈な勢いで書き続けた。その日常が、安生さんへの手紙の中によくうかがえる。

昭和41年12月　われ老いたり

たいへん御無沙汰をいたしました。お変りもなくお過しの由、何よりと存じます。

お便りをいただいて随分経ちます。いつも御返事が遅れて申訳がありません。御宥し願います。

また先日は鳥取県より美事な柿を頂戴しまして、有難う存じました。家族一同おいしく頂きました。いつもおこころにかけて頂いて厚く御礼申上げます。

私も年齢をとりまして、近ごろでは頑張りがきかなくなりました。そのくせ逆に欲が出て、古代史（『古代史疑』）、近代史（『火の虚舟』）、現代史（『昭和史発

「オール讀物」昭和42年2月号より

掘』）と、歴史の分野にまで手をひろげる始末です。もういい加減にしたいとは思いますが、余命いくばくもないので、書きたいうちに書こうというわけです。しかし、やはり年齢の老いは争われません。

ずっと前のお便りで、御夫婦にてヨーロッパご旅行のご計画を聞き、喜んでいましたが、御中止とのこと、残念です。外国も大したことはありませんが、日本が交通の発達で狭くなった今日、一度はおいでになったほうがいいと思います。とにかく日本ではない国々ですから。パリの娘も心待ちに待っていました。（実は、八月に愚妻がひとりで発ち、イタリー、フランスを娘夫婦と遊んできました）

先日、オール讀物の編集部より、グラビヤ用に美人を五人推薦せよとのこと。人選難に陥りましたが、幸い一人は先斗町の市子さんが眼に泛んできたので、助かりました。編集部のカメラマンが京都に行って撮影してきたのですが、新春特大号の巻頭を飾るはずです。（二十二日雑誌発売）市子さんも今はすっかり売れ妓の由、ごいっしょに舞妓時代の彼女に遇った先斗町の夜が思い出されます。ああ、われ老いたりです。

次に御上京の節は是非お目にかかり度く、四、五日前あたりに御通知をいただければ幸甚と存じます。

東京に名物がないので情ないのですが、つまらないものを別送いたしました。

御笑納願い上げます。

昭和46年8月27日　執筆地獄

急に朝夕が涼しくなりました。

御手紙有難う存じました。炎暑にも負けず、御元気に過された由、何よりです。小生のほうはこの八月いっぱい蒸し暑い連夜をほとんど半徹夜で仕事をしましたので、気息奄々の状態です。老化現象も一段と急進したようです。

この前、清水の八重桜を御一緒に観ましたのに、やがて秋の紅葉ですから早いものです。

秋といえば、落葉の降りかかる嵯峨野を今生の名残り（？）に歩いてみたいと思って居ります。先日も京都の光村印刷所の社長が来て申しますには、嵯峨野もやがては地主が宅地造成の会社に売り渡し、現在ようやく残しているイメージもなくなるだろうとのこと、まことに残念なことです。芭蕉の俳文では嵯峨日記は好きな一つですが、月光が筋になって走る竹藪も見られなくなると思うと、もう一度訪ねたいと思います。そのときは是非、御主人さま御同道にてご一緒したいと存じます。

嵐山の吉兆のおかみは面識の間ですので、昼食をそこでとり、夜は大市にでも御案内いただくことに致しましょう。市子さんも立派なお姐さん株になられた由、風の便りに聞き喜んでいます。

とはいえ、小生は相変らずの執筆地獄、自分でも莫迦ではなかろうかと腹が立つことがしばしばです。今秋といってもいつお伺いするとは申せず、はっきり日程の立ったところで、また御案内をさし上げます。

御主人様によろしく御伝え願います。

全集はまだ時期が早いのですが、出版社の事情で性急につつかれ、心ならずも出しました。面映ゆい限りです。

八月二十七日

昭和四十七年十二月、安生さんの御主人が他界する。安生さんはエッセイに、

〈その際、清張さんから頂いたお悔み状の一部に、

〝どうか今迄通り、明るく愉しくお暮し下さい。それが御主人の最もお歓びになることですから〟

とあった。これは生前夫が（健康な時である）「若し、俺が死んでも、お前はメリーウイドウとなつて、愉しくすごしなさい」と言った言葉と符合した〉

と書いた。

昭和47年12月24日　訃報に接して

御主人様の御急逝を謹んで御悼み申上げます。

その前日まで御変りもなく通常にお過しだったそうで、さぞかし夢のようなお気持でおられると思います。私も新聞で訃報を拝見し、びっくりしました。その

前の電話ではお元気だということを聞いたばかりでしたから。

御主人に初めてお目にかかったのは、もう十年ぐらい前になりましょうか、当時「芸術新潮」の取材で京都に参りました折、またその後でしたか、先斗町のお茶屋さんで御馳走になり、市子を紹介していただいたことが鮮明に記憶に残って居ります。最後にお目にかかったのは大阪の「吉兆」でした。最初から最後まで御主人の印象は少しも変りませんでした。温好で、思慮深く、慎重な方のようにお見うけしました。体格もよく、お若いときにダム建設の山間にお身体を鍛えられただけあると拝見したものでした。

御急逝を意外に思い、また七十歳という近ごろではまだお若いほうの年齢なのに返す返すも残念に存じます。

けれども、御主人もあなたのような賢明な、やさしい奥様をもたれて、その御一生は仕合せであったとひそかに拝察しております。夫婦というものはなかなか一方が合うというようにはいかないもので、完全な一致は数少ないと思われます。その意味では御主人の御生涯は幸福であり、あなたも仕合せな記憶で今後を送られると存じます。御主人は世間一般からみて羨しい方だったと映り、私もそのように思っております。

これからはどうぞ御身体にお気をつけて、できるだけその幸福な記憶に包まれて元気に生きていただくようお願いします。またそれが安らかな眠りについておられる御主人様の強い御希望でもあろうかと存じます。

同封のもの、何卒御霊前にお供え頂けるようお願い申上げます。

十二月二十四日

昭和50年12月5日　坂の多い道路

もう年の暮が迫ってきました。早いもので、年をとって何事にも関心を失ったようでも、これにはやはりおどろきます。

長いこと御無沙汰して済みません。また秋には鳥取のおいしい柿を御送り下さって有難う存じました。御礼がおくれたことをお詫び申します。

御主人を喪われてよりすでに三年、折にふれて寂寥を何かとお感じのことと思いますが、「何ともいえぬ悲哀に包まれて」おられるとは、また気の弱いことです。どうぞしっかりして下さい。われわれの気持は毎日が坂の多い道路を歩くようなもので、気持が昂揚するときもあれば、また妙に沈むときがあり、あとの場合はすべてが意味なく、鬱陶しく、やり切れない孤独感に陥るものです。日ごろ快活な貴女にも似合わない悲観的なお言葉です。この際、気分転換に旅行でもなさっては如何ですか。あまり人と交際していると、こんどはそれが次第に煩わしく、そのうちには心を傷つけるような小さなことが重なり、遂には人嫌いの厭人病にもかかるものです。

「自分の存在が無用に思える」のは、それからくる自己疎外感ではないでしょうか。

どうか今後は気をとり直して、自分ひとりの「存在意義」を大切にされ、これを愉しく包んで行ってください、誰ともかかわりのないところで。

ものごとにこだわらなかった御主人の悠々たる生活哲学が、あなたの思い出の中に強い助力となっていると思います。

いつものことながら、詰らぬ粗品を別送させていただきました。

十二月五日

平成四年八月四日、松本清張死去。安生さんの『在天の松本清張さんに捧ぐ』と題した数篇の短歌が、『金雀枝』十一月号に掲載された。

君の訃に天地（あめつち）は揺れ愛読者
われの文学浄土は亀裂す
愛読者一号と君に遇されて
計らざりける幸をつかめり
在天の君よみ心安くあれ御
うからの麗はしき和に
君も夫もまします天の語ら
ひの場にいつの日か我も侍（はべ）
らむ

清張が描いた舞妓・市子
写真提供／安生直美

生涯原稿十二万枚

藤井康栄

文藝春秋「文藝春秋」2013年1月号掲載

『点と線』『砂の器』など、数々の推理小説を生みだした松本清張（享年82）。生涯に渡る一千篇余りの仕事のうち、『昭和史発掘』など、近現代史を深く洞察したノンフィクションもまた読者を熱狂させた。担当編集者の藤井康栄氏が語る。

早いもので、今年で松本清張没後二十年が経ちました。松本清張の作家生活四十年のうち、私は三十年を担当編集者として過ごしました。大作『昭和史発掘』の八年間も含め、私の編集者生活は松本清張に伴走することで形作られてきたといっても過言ではありません。推理小説だけでなく、私の編集者生活にも「清張以前・清張以後」という言葉が当てはまるように思います。生涯で書き上げた作品数は、約千点、推計原稿枚数十二万枚。このうち、全体の四分の一が文藝春秋の各誌に掲載されたものでした。

文藝春秋は創刊九十年。清張は、菊池寛が文藝春秋を創立する前から、芥川や菊池を読んでいました。だからもちろん一号からのファン。創刊号から読者で、後半は執筆者としてかかわったという人はこの人くらいじゃないでしょうか。

清張は子どもの頃から本が好きでした。貪るように本を読み、生活の苦労を抱えながら生きてきた経験がすべて血肉となって作家生活に生かされていたのではないかと思います。

貧乏ではあっても、どん底とも言えないようなお金の使い方をする人でした。芥川龍之介が亡くなった時に文藝春秋が三円でポートレートを頒布するのですが、彼はわずか十一円の給料の中からその金額を捻出して写真を手に入れているんです。当時、給料のほとんどを親に渡しているはずなのに、残ったわずかなお金の中で映画や芝居も見ていたし、十六〜十七時間労働する合間に図書館に通い詰めて本を読んだりもしている。貧乏なりに非常に豊かな精神生活を送ったことが、後年豊かな創作の礎になったのではないかと思います。

連載に足かけ八年の歳月を要した『昭和史発掘』は、当初、こんなに長くなる予定ではありませんでした。清張自身も菊池寛賞の受賞挨拶で「初めのうちはこんなに長くなるはずではなかったけれど、書いているうちに材料が出てきて……」と述べているように、従来一般には未見の資料も含め、さまざまな資料を集められたことがこの仕事の原動力になったと認識しています。

そもそも、連載開始時に清張本人から「他人の使った材料では書きたくない」とか「一級資料が欲しい」といった強烈な要求が出されていたので、資料集めは難航しました。ただ、いい資料が手に入ると私の方が嬉しくなるくらいどんどん燃えるタイプなので、やりがいはありました。いい資料は、渡した瞬間ににんまりするのですぐ分かるんですよ。

楽しそうに仕事しているのを感じると余計いい資料が欲しくなる。『神々の乱心』や『草の径』でもそうでしたが、とにかく先手必勝で、一生懸命いい材料を積み上げていた気がします。「こういう資料がいるんだけど」って夜中に電話で言われ、「先生、隣の資料部屋に、ちゃんとそこのところ付箋貼ってありますから」って私の方がにんまりしたこともありました。

ただ、清張は物に固執しないのか、終わった資料は整理してしまうところがありました。私の貴重な私物だった蔵書を間違って処分されたこともありましたし、「『隠り人』日記抄」の取材で苦心の末にようやく書きあげたスパイ〝M〟が住んでいた建物の図面を「また無くした」と言われた時には仰天しました。私が怒るので「もう一度、書いてください」と猫なで声の電話がありましたが、あの声は今思い出しても苦笑してしまいます。

清張は『昭和史発掘』の中でも、二・二六事件の解明にエネルギーを傾注しました。それには、昭和前期の日本を形造ったものの正体に迫らずにはいられない気力が充満していました。幸運にも上質な極秘資料をかなり入手できたこと、多くの証言を集められたこともあり、最終的に、第七巻から十三巻までが「二・二六事件」というアンバランスな巻立てになってしまったため、清張自身の提案により、二・二六部分を切り離して、決定稿三巻本をつくったり、さらに『二・二六事件＝研究資料』三巻本まで世に送り出すことになりました。

『研究資料』の刊行は、特に清張の強い要望によって実現しました。「作家って

1989年10月撮影　写真提供／藤井康栄（左）

死ぬと、本が売れるのはいいとこ三年ぐらいなんだよ。あとみんな消えちゃうんだから、残るのは資料集だけだよ」と私には話していました。記念に、と清張が強く推してくれて、この『研究資料』は私と清張の共編になりました。

多くの映像化も含め、これだけ読者に支えられた作家というのを、私は清張以外に知りません。だから、全国に散らばっている読者の人たちに「来てよかった」と思っていただける『松本清張記念館』でありつづけることが、私の立場でできるご恩返しなのではないかと思います。

かつては研究対象にならなかった松本清張ですが、今では文学者松本清張や歴史家松本清張を対象として研究する人が毎年出てきて、嬉しく感じると同時に、もう自分の使命は終わったのかな、という複雑な思いを感じます。

松本清張は菊池寛の創設した文藝春秋が好きでした。文藝春秋の各雑誌で私もたくさんの仕事に関わりましたが、晩年、照れ屋の清張が言った「ありがとう。いやなことは一度もなかったね」のひと言が、どんな雄弁にもまさって今でも耳に残っています。

ふじいやすえ　１９３４年東京生まれ。59年文藝春秋に入社、63年より松本清張の担当に。95年退社し、98年～２０１６年まで北九州市立松本清張記念館館長を務め、現在は同館の名誉館長。

トークショー

よみがえる松本清張

京極夏彦×宮部みゆき×大沢在昌

文藝春秋「オール讀物」2009年10月号掲載

二〇〇九年八月四日、松本清張の生まれた北九州・小倉の地で、生誕百年を記念した豪華なトークショーが開かれた。いまなお尽きることのない巨人の魅力に迫る――

脂汗の漂う書斎

大沢　今日、松本清張さん生誕の地・小倉でトークショーをやらせていただくわけですが、この会場に来る前に、私たち三人で小倉城のそばにある松本清張記念館に行ってまいりました。記念館の中に、清張さんがお住まいだった東京・浜田

整理魔がうずうずする清張の書斎

山のご自宅が実際の遺品でもってそのまま再現されているんですけれども、そこに書庫があるんです。その書庫を見てガラスに顔を押し付けて「整理してぇー」って叫んだのが京極夏彦さんです(笑)。この人は整理魔ですから、出しっぱなしになっている資料が許せない。特によく目に付くところに、彼が中学時代に買った本があったそうで。

京極　そう、『日本名所風俗図会』。これ、高い本なんですよ。それがどういうわけか順番バラバラに点々と歯抜けで並んでいて。

しかも横向きに積んであるものまで。かわいそうでかわいそうで、せめて立ててあげたいぞと（笑）。

大沢　そこには清張さんの書斎も完璧に再現されていて、タバコの焦げ跡だらけのカーペットに椅子が置かれ、デスクの上には灰皿やコーヒーカップがあって、本当についさっきまで清張さんが原稿を書いていた雰囲気がある。この暗い部屋を見ると、締め切り前の清張さんの脂汗がね、空気中にこう、蒸散して淀んでいるように感じられるんです。我々三人もやっぱり締め切り間近に脂汗を流しますので、私は何だか胸が詰まるといいますか、身につまされる思いがして、苦しくてしょうがなくなっちゃった。

宮部　あの書斎には、気が満ちています。「あ、清張さんはちょっと席を外しておられるだけで、すぐに戻ってこられるよね」っていうくらい、部屋そのものが生きていますよね。

大沢　そう。何かがいる。

京極　まあ、実際には何もいないんですけどね（笑）。

大沢　京極夏彦という作家はご存じの通りお化け小説を書いていますけど、本人

大沢在昌

は至って論理的な人ですから、「あ、大沢さんがそういう風に見えるのはこの蛍光灯のせいですよ」なんて、ごくあっさりと言われちゃっててね。

京極　あの書斎は蛍光灯がつきっぱなしなんですよ。ということは昼間の設定ではありませんね。夜、かなり遅い時間に仕事をされているという状況を再現しているわけでしょう。だからですよ。

大沢　あ、そうか。わかった。俺はね、夜、あんまり仕事をしないんですよ。

宮部　別のお仕事があるからです

ね〜。

大沢　夜は夜でちょっとあの、まあ、六本木の見回りとか、銀座の見回りがありまして（笑）。

宮部　みなさん、大沢さんは六本木の夜回り先生って呼ばれているんですよ（笑）。

大沢　そのために、大体夕方五時六時くらいには仕事を終えるようにしています。だから、外が暗い時間に蛍光灯をつけて机に向かうというのが精神的にすごく苦痛なの。もちろんそういうことも年に何回かはありますよ。

宮部　あるんですね。

大沢　たとえば長い休みを取る前に、原稿の書き溜めをしておかなければいけないとかね。そのときの暗い気分といったらたまらない。試験勉強を一夜漬けで必死にやっているけれど全然進まなくて、明日がもう試験で、どんどん朝が近づいてくる。外が明るくなるにつれて、気持ちは暗くなっていく。そういう感覚なんです。それを清張さんの書斎から感じて、胸が重くなったのかもしれない。

宮部　清張さんの浜田山のお宅のすぐ横を、私鉄電車の線路が通っているんです。記念館にその写真のパネルが展示されていますが、あんなに近くを電車が走って、うるさくなかったのかなと思って、館長の藤井（康栄）さんに聞いてみました。清張さんは、夜明けに始発電車が走ると、「あ、始発が通る。働いている人がいる」と思うんだよ、とおっしゃっていたそうです。

大沢　何だかわかる気がするなあ。

宮部　自分だけじゃない。こんなに朝早くから働いている人がいるんだって思って、また仕事に戻られたって。

大沢　私はウォーキングをやるんです。六本木なんてチャラチャラした街に住んでいるんですが、麻布の方へ歩いて行くと小さな自動車整備工場が多いんですよ。そこで働いているおじさんたちを見ると、あ、ここにもちゃんと地に足を着けて生きている人がいるんだって、ちょっと安心するんですね。夜は夜で白粉とか香水の匂いをさせて働いている人が好きなんですけど（笑）、昼間はやっぱり一生懸命働いている人が見たい。

宮部　清張さん、取材であちこち飛び回っておられても、執筆は必ずお宅じゃないとだめだったんですって。

宮部みゆき

大沢　記念館の館長さんいわく、別荘なんかにもまったく興味を持たれなかったそうです。

宮部　ご自分の馴染んでいる本や資料が傍にないと、やっぱり落ち着かないって。

京極　その気持ちはよーくわかります。要は外付けハードディスクですし。

大沢　この三人の中では、キャラクター的に京極さんが一番清張さんタイプだね。

京極　いや、僕はもうちょっと書庫を整頓したいです（笑）。

大沢　そこかよ（笑）。

清張作品がドラマ化される理由

大沢　この三人の中で清張作品を一番たくさん読んでいるのは、宮部みゆきさんなんですよ。実際、文春文庫（『松本清張傑作短篇コレクション』上中下）や新潮社（『松本清張傑作選　戦い続けた男の素顔』）で、清張さんの短編アンソロジーを編んだりもされています。宮部さんはどういうきっかけで清張さんを読むようになったの？

宮部　昔、昼メロの時間帯に清張さん原作のドラマをやっていたんです。これを母親がもう夢中になって観ておりまして（笑）、小学生の頃など、私の帰りが早いと母と一緒に観たりするわけです。今でもよく覚えていて、三ツ矢歌子さんが出ていた『水の炎』というドラマだったんですが、「原作・松本清張」って出て、この人だあれ？って。小学生にはまず名前が読めないわけですよ、難しくて。

大沢　そうですね。

宮部　で、松本清張っていう偉い作家だよって教えられて。でも、その時はまだ小学校六年生くらいだから、すぐに本を読むというわけにはいかない。高校生になって『点と線』や『砂の器』などの代表作を読んで、『小説帝銀事件』を読んだのが高校三年生くらいだったかな。それで一気にのめり込みました。

大沢　ドラマの話が出ましたが、実は京極さんが昨日の朝四時半までコンピューターと首っ引きで、清張作品の映像化リストを作ってきました。それによると、なんと清張原作のテレビドラマは三百十五作品。

京極　テレビだけで、ですよ。ちなみに劇場用映画は三十五本。

宮部　そんなに!?

京極　正確には、連続ドラマや前・後編に分かれているものは一タイトルと勘定して、三百十五タイトル確認できたということです。漏れもあるかもしれません。

大沢　これは多いですよね。清張さんの小説は三百冊くらいだから、それでドラマ化が三百十五本……ちょっと考えられません。たとえば八十冊小説を書いている私なら、百本くらい映画やドラマになっているっていう計算ですよ。

京極　短編の単発ドラマ化が多いという事情があるかもしれませんが、それでも多いでしょうね。横溝正史作品よりも多いでしょう。

大沢　それで思ったんですが、清張さんってタイトルをつけるのが上手いでしょう。

宮部　一回聞くと耳に残りますよね。

大沢　そう。だから『球形の荒野』とか『点と線』なんて、プロデューサーとしては「このタイトルなら視聴率が取れる」とか、「映画館にお客さんが入る」と思えるんじゃないか。実際、清張作品の映像化って、タイトルを変えていないものが多いでしょう。

宮部　ほとんど変えていませんね。

大沢　『黒革の手帖』だって、今でもそのままのタイトルでドラマになっているし。

京極　テレビ的にもそのまま使えるタイトルが多い。キャッチーなんですね。

宮部　タイトルもそうですが、何十年もの長いスパンで何度もドラマ化されるということ自体がすごいんです。中身が古びていないということですから。

大沢　そうそう。

宮部　それこそ昔の銀幕のスター女優さんから最近の売れっ子女優さんまで、『黒革の手帖』のヒロインを演じることができる。

京極　作品自体は発表当時の社会性を十二分に反映して書かれているんですが、それでいて根底に描かれているのは普遍的な人間像ですからね。

宮部　風俗によりかかっていないんですよね。セット、衣裳、小道具、そういった風俗の部分は、とっかえがきいちゃう。人物造型や謎解きといった物語のメインのところに普遍性があれば、いつでも映像化できるんですね。

大沢　やっぱり人間描写が根幹に迫っている。時代が変わっても変わらない人間の本質、欲望の本質を、きっちり抉っているんですよ。

生活派のミステリー

京極　これだけ作品が映像化されていながら、清張作品にはシリーズ物がないというところも、特筆すべき点ですね。普通は、人気シリーズがあるほうがドラマ化されやすいものですが。

宮部　そうですね。清張ミステリーには西村京太郎さんの十津川警部も、内田康

京極夏彦

夫さんの浅見光彦もいない。看板シリーズを背負うヒーローがいないんです。『点と線』の刑事コンビが『時間の習俗』でふたたび登場してアリバイ崩しに挑むのが、非常に例外的なケース。

大沢　私や京極さんにはこき使っているシリーズキャラクターがいまして、それで稼がせてもらっているところもあるんですが、そういうヒーロー、名探偵っていうものを、おそらく清張さんは信じていなかったんだと思います。

宮部　刑事であれ、新聞記者であれ、普通の、どこにでもいるような人が主人公。それゆえに繰り返して登場させることができない。

大沢　清張さん以前には、それこそ横溝正史さんをはじめとして、金田一耕助のような名探偵が登場し、快刀乱麻を断つごとく難事件を解決する名探偵の時代がありました。いっぽう、清張さんが描いたのは、しわくちゃのコートを着、あんパンを食べ、靴底をすり減らして捜査する刑事です。

京極　社会派ミステリーの祖という言われ方もしますね。社会派という括り(くく)が有効かどうかは別にして。

宮部　社会派って言うと、社会構造の歪みゆえに起こった事件を描くという大きな構えのイメージがありますが、清張さんの作品の大事なところを占めているのは、私は「生活派」のミステリーだと思いますね。特に短編はそうです。

京極　ああ、それは実に正しい言い方ですね。

宮部　戦後、進駐軍がやってきて、価値観が大きく変転した時代を舞台に、当時の知識人が自分の生活圏を守るためにどうやって自らを正当化したかという、清張さんが好んで描くテーマがあります。

大沢　公職追放とか、転向の問題。

宮部　その代表的な短編が「カルネアデスの舟板」なんですけれど、社会的な問題を扱いつつも、とにかく今の暮らしを守りたい、けっして贅沢しているわけじゃない、ただ食べていきたい、そういう慎ましやかな生活を守るために罪を犯してしまう人間性のほうに焦点が置かれています。

京極　生活そのものが動機になる。

宮部　だから、私はやっぱり「生活派」だろうなと思う。清張さんは歴史小説もずいぶんお書きなんですけれど、丹羽長秀とか、それほどメジャーでない武将を取り上げるんです。きらびやかな主役の周りにいて支えた人とか、主役級の人がいたがために第一線に浮かびあがれなかった人、生涯不本意ながらも懐刀に徹しなければならなかった人、人生の最期の最期に敢えて反逆して死んでいく人。

大沢　長嶋茂雄に対する野村克也みたいなものですね（笑）。

宮部　日陰でどこか屈折した人間の哀しみ、生きがい、プライド、怒り。それもまた、時代を超えて読者の心をとらえる要素だと思います。

目が良くて耳が良い作家

大沢　清張さんは四十代半ばまで会社勤めをされて、ずいぶんご苦労もなさったようですが、後半生の四十年間は華々しくも忙しい作家生活でした。外に出る暇もない。散歩もめったにされない。もちろん別荘も持っていない。家に閉じこもって資料に囲まれて書斎で原稿を書くという毎日の生活の中で、時代の風俗であるとか、その時々の庶民の感覚というものをどこで吸収していたのか。よほど好奇心旺盛な人でなければ、あれだけの作品は生み出せないと思います。

京極　とてつもない勉強家ですよね。

大沢　勉強ってさ、たとえば私の場合の勉強は割合わかりやすい。こう、ふかふかのソファに掛けて、足組んで煙草をくわえると火が出てきて（笑）。

宮部　取材であります（笑）。

大沢　いいですか税務署のみなさん、これ、勉強なんですよ（笑）。それにしても、清張さんみたいなタイプの人はどこで勉強したのかな。

京極　こういう言い方は語弊があるのかもしれないですが、清張さんはいわゆる学歴をお持ちではないですね。そういう意味でずいぶんご苦労もされたと思いますが、そのぶん社会人になってから、ご自分で学ばれているわけですよ。

宮部　独学でね。

京極　私が最初、松本清張に接したのは、『古代探求』だったんですね。

宮部　それは渋いところから入りましたね。

京極　ええ。清張さんは古代史に非常に造詣が深いですね。昭和史の分野でも、二・二六事件をはじめとして大胆な仮説を数多く提示されています。もちろん清張さんに古代人の知り合いがいたとか（笑）、歴史的事件の現場におられたとかいうことはないはずで、すべてあとから取材され、研究されたわけですよね。過去のことも、同時代のことも、同じスタンスで学ばれ、吸収されていたような気がするんですよ。

大沢　小説家というのは、家を一歩も出なくたって書くことができるんです。それは空気を感じとるセンスというか感覚というか……。

宮部　タクシーに乗っているとき、特急や新幹線に乗るとき、ふとした瞬間に世の中のことを摂取することができたんでしょう。目が良くて耳が良いタイプの作家だったんだと思います。

大沢　作家って、大体目つきが悪くなるんだよね。

宮部　……っていう話を、こないだ私がいないときにしてるんですよ。私の目つきが悪いって。私はそんなに目つき悪くないでしょ。（観客に向かって）ないよね？　ほら、ないって（笑）。

大沢　電車に乗り、あるいは道を歩いていて、いろんな人とすれ違う。するとこの人はどんな仕事をしてるんだろう、趣味は何だろう、何か辛いことがあるんだろうか、と、私も考えるんですね。どうやらお洒落が好きそうだ、なんて、見えたものを核にして想像を組み立てていく。小説家って、そういうタイプが多いと思うんですよ。それが物語の人物造型にどこかで活きる。だから目つきも悪くなっていく。

去年、東京の警察大学校で、全国の県警や警視庁の組織犯罪対策課警部研修会というのがあって、いわゆるマル暴を相手にしている警部さんたちが集まっている会なんですが、打ち上げにぜひ来てくれと言われて、私、行きましてね。

宮部　想像するだにスゴそうな打ち上げですね（笑）。

大沢　取材ができるなと期待して行ったら、逆に取材をめちゃくちゃされました。挙句の果てに、暴力団取締りのプロ中のプロたちがしげしげと私の顔を見て、「先生の目もデカ目ですな」って。

宮部　え？　瞳が大きいっていうこと？

京極　いや、刑事（デカ）の目という意味ですって。

大沢　目つきが悪いってことだよ！

本邦初公開！　清張の達磨絵

大沢　清張さんは朝日新聞広告部の意匠係にお勤めになっていて、いわばデザイナーでもありました。清張記念館には清張さんがお描きになった自画像も展示されていました。

宮部　味のある、素敵な自画像です。

大沢　実はここにもひとり、デザイナーであり小説家である京極夏彦という人間がいるんですが、今日、彼がすごいものを持ってきたらしい。

京極　有田に十四代今泉今右衛門さんという陶芸家の友人がいるんです。今右衛門さんによれば、清張さんは人間国宝だった先代の十三代今右衛門さんと親交がおありで、邪馬台国シンポジウムの後などにちょくちょく有田のお宅に寄られていたらしい。あるとき、清張さんがご飯を食べているときに興が乗って「ちょっと紙を貸してくれ」と言って、さらさらさらと達磨の絵を描いた。さらに卓上のお皿から割りばしでちょいちょいっと醬油を取って色を付けたという。その絵というのが（絵を取り出して）これなんです。本邦初公開！

一同　すごい！

京極　この達磨の顔のあたりが醬油で

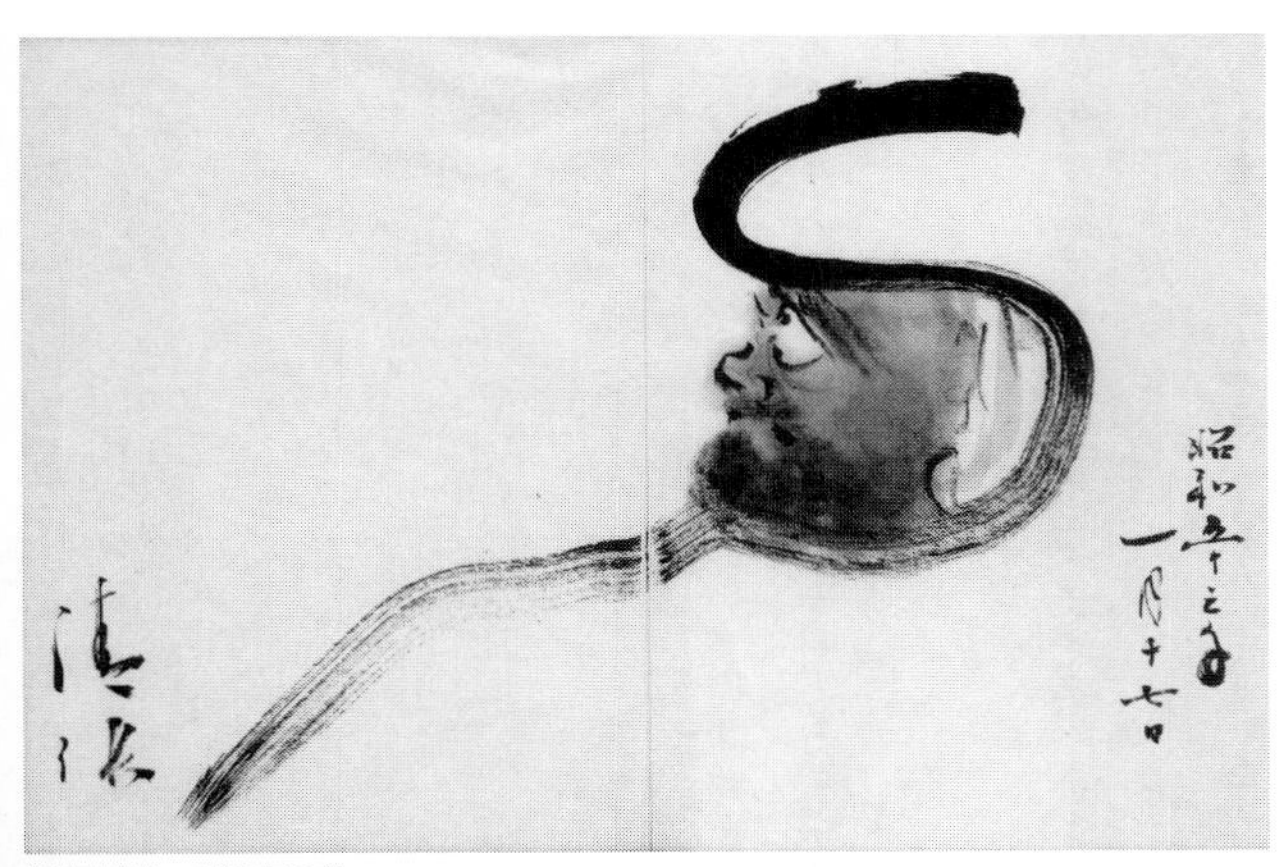

清張が描いた達磨の絵

描かれているらしいんですよ。これはカラーコピーなんですけれど。

大沢　上手いよねえ。オリジナルだったら、俺、絶対にもらっちゃう（笑）。

京極　禅画的な絵というのは空間の配置が非常に難しいんですが、その辺がとても巧みなんですね。やっぱりデザイナーでいらしたんだなと思いますね。

宮部　貴重なものを見せていただきました。

書き続ける原動力

大沢　デザイナーの話が出たところで、ここで改めて清張さんの原点を振り返っておきたいんですが、朝日新聞にお勤めだった清張さんが作家になるきっかけが、週刊朝日の「百万人の小説」という懸賞募集。デビュー作となる「西郷札」を応募して入選されたんですね。

京極　その「西郷札」がいきなり直木賞候補になって認められ、木々（きぎ）高太郎（たかたろう）先生の推薦で書いた「或る『小倉日記』伝」で四十三歳のときに芥川賞を受賞。

大沢　しかもその芥川賞をとる過程がとてもユニークで、もともと直木賞の候補になっていたところが、選考委員が「これは芥川賞だろう」って言って、芥川賞の選考に回された。今では芥川賞、直木賞の選考会は同じ日に料亭の一階と二階に分かれて行われるそうですが、当時は別の日だったらしいんですね。

宮部 そうじゃないと芥川賞の選考委員も読めないですものね。

京極 大衆文学としてノミネートされたものを、選考委員がこれは純文学として評価する方がよいだろうと判断して「回した」わけですね。すごいなあ。

大沢 良いものを世に送り出そうという、選考委員も立派です。

宮部 清張さんは「自分はデビューが遅かったから時間がない、時間がない」と、ずっとおっしゃっていたそうです。書きたいものがたくさんあって追いつかないって。

大沢 みなさんご存知のように、清張さんは貧しい家に生まれて大変な苦労をされた。当時の日本は家が裕福であるとか貧しいとか、あるいは学歴があるとかないとかによって厳しい格差があり、清張さん自身も差別をされて悔しい思いをした。そういった経験や思いが、それ以降ずっと小説家として長く書き続けていく原動力になったと思います。

宮部 とてつもない質と量のお仕事をなさっていますものね。

大沢　ひるがえって今の日本もまた厳しい経済状況にあり、清張さんの時代とはまた異なる形での格差が生じてきているように思う。同じように差別をされたり、悔しい思いをされている人たちの中から、その思いを小説にぶつけようという若い人が出てきてくれるのではないかという期待を、私は持っているんです。

いっぽうで、ネットというものの出現が、読み手のために物語を書くという意識を奪っているような気もしているのですが。

京極　その昔は自分の書いた文章が活字になるというだけで、大変にうれしかったんだろうと想像するわけです。でも現在は、ネットを使えば、いわゆるプロが書いたものでも素人が書いたものでも、デザインも、フォントも含めて外形上まったく差が無い形で世界中に問うことができます。昔はそれこそノートの端っこやチラシの裏に書いていたようなものが、今はプロと同じようなスタイルで発信できてしまう。だから発信した段階で自己満足してしまうケースも多いでしょう。自分の書いたものが誰かに届いて、どう読まれるかということについては、何も思わない、思えなくなりつつあるという状況は確かにあるでしょうね。

現代の松本清張はどこに

京極　清張さんがデビューした頃は、チラシの裏はあくまでチラシの裏でしかありませんでした。同人誌だって謄写版か肉筆回覧ですよ。手書きの冊子を回し読みするのが精一杯。コピーすらなかったわけです。そんな時代ですから、原稿が活字になって印刷される、つまりマスメディアに載るということが、どれだけ大きな意味を持っていたことか。そういう時代に松本清張はデビューしている。しかも、清張さんの小説が世に受容されていく過程というのは、続々と週刊誌が創刊し、雑誌文化が拡張していく時期とぴったり重なっているわけです。

大沢　昭和三十年代の半ば頃ですね。

京極　それはまた、テレビが映画を差し置いて大衆娯楽のトップに躍り出た時代でもあります。つまりメディアの在りようが飛躍的に転換した時代なんです。清張さんはほとんどの週刊誌に連載をもち、コンテンツを欲しがっているテレビドラマに次々に原作を提供した。だからこそ松本清張作品は爆発的に拡大・浸透したわけです。結果的に推理小説というものがそれまでのキワモノ的探偵小説から

1956年、『点と線』の取材で東京駅13番線ホームに立つ松本清張

脱却して、一つの文芸ジャンルとして成立したという背景があるわけです。

大沢　その通りですね。

京極　つまり、松本清張作品は時代を超えて親しまれる普遍性を持っているんだけれども、ポピュラリティを獲得する過程においては、当時の社会構造を巧みに利用したようなところがある。それでいながら、その作品には当時の社会構造自体に対する清張さんの強い不信感、批判が織り込まれていたわけで。

大沢　怒り、でしょうね。

京極　では、今はどうか。確かにメディアはさらに大転換し、自己表現も情報発信もますます簡単にできるようになってきているんだけれども、反面、そうした状況を利用して、現代の松本清張が誕生するような気運があるんだろうか。環境は整ってきているわけですが、見回すに、やや悩ましげな感はいなめません。

大沢 今、苦しい立場に追いやられている人たちが、清張さんがかつてそうであったように、社会の底辺に近いところで、怒りであるとか、満たされぬ思いというものを、文学的な「書きたい」という欲望につなげていく、作品にどんどん結晶させていくということは、今の若い人たちにはなかなか出来づらいと思う。貧しいけれども物がある時代ですから、たとえばニートでネットカフェ暮らしをしていたとしても、そこには食べるものがあり、目の前にパソコンがあって、情報も得られ、発信できる。こういう状況下で、清張さんのように怒りや不満を表現として結晶していけるのか。難しい時代だと私も思います。

宮部 でも、まわりを見ると、今ほど「小説を書きたい！」という人たちが多い時代はないようにも感じます。やはりどこか閉塞感があって、何かを表現したいと思う人が増えているのではないでしょうか。正直、清張さんにも、ある時期ちよっと過去の巨人になったかなという感じがありましたが、近年ふたたび清張ブームが興ったのは、大沢さんがおっしゃるように日本に新たな格差、新たな貧困が生じ始めた時期と重なっているように思います。これは社会にとっては悲しいことで、不幸なことですが、だからこそ現代の松本清張を生み出す一つの時代環境になればいいな、と願っています。

大沢　人の世がある限り、物語は書き続けられていくものです。これからもみなさんには小説を愛していただきたい。できればこの三名の、中でも特に私の小説を愛していただきたい（笑）。

一同　今日はどうもありがとうございました。

おおさわありまさ　愛知県出身。１９９４年『無間人形　新宿鮫Ⅳ』で直木賞。２００４年『パンドラアイランド』で柴田錬三郎賞。

みやべみゆき　東京都出身。１９９９年『理由』で直木賞、２００１年『模倣犯』で毎日出版文化賞特別賞、07年『名もなき毒』で吉川英治文学賞を受賞。

きょうごくなつひこ　北海道出身。１９９７年『嗤う伊右衛門』で泉鏡花賞、２００３年『覘き小平次』で山本周五郎賞、04年『後巷説百物語』で直木賞を受賞。

今月の本人　松本清張（昭和の文豪）

唇の履歴書

南伸坊

文藝春秋「オール讀物」2015年6月号掲載

突き出た下唇、というのが人々が私の顔を捉える記号であろう。もちろん、これだけ目立つ特徴を、私自身、気がついていないわけがない。

私は作家になる以前は、日本宣伝美術会会員の、広告デザイナーであった。絵を描く方が、むしろ本職であったわけだ。

乞われて色紙に絵を描くことも、しばしばであったけれども、そんな時、自画像、というよりも清水崑ばりの似顔絵をよく描いたものだ。横顔の下唇はデフォルメされて大きく突き出していた。

しかし、そうした絵を描いていたころの私の下唇は、実はそれほど突き出ては

撮影◎南文子

いなかったのだ。

もし、若年の頃から最晩年に到るまでの、私の肖像写真を並べて見るなら、人々はそのことに気がつくはずだ。

そのこと、つまり私の下唇は、いわば「私の作品である」ということにである。それは私自身が意図していたことではないけれども、しかし私がそのように創作した形なのである。

私の日々の表情が、唇をそのような形に成型した。徐々に徐々に、私は私の下唇を突き出していって、ついには、デフォルメした似顔絵を、凌駕するまでに変形させたのだった。

下唇を突き出す表情は、余裕を表わしている。余裕のある故に結果する表情で

松本清張
1909年福岡県生まれ。高等小学校卒業後、印刷の版下工などを経て、53年『或る「小倉日記」伝』で芥川賞受賞。『点と線』などの小説や『日本の黒い霧』といったノンフィクションまで、千篇以上の作品を手掛け、様々なブームや流行語を生みだした。92年逝去。享年82。

あるために、それはまた余裕を得んがためにする表情でもある。

口をとがらすのは不満な幼児の表情だ。これと対照をなすのが、老人の余裕の表情なのである。微笑すればそれは完成する。私はともすればとがりがちの唇を、老人的余裕の表情の中におさめたかったのだ。私は余裕を表明したかったのではない。私にあったのは根源的不満だった。

みなみしんぼう　１９４７年東京生まれ。イラストレーター、装丁デザイナー、エッセイスト。

第四章 映像

清張原作の映画やドラマの裏側を
脚本家・橋本忍、女優・岩下志麻、
演出家・和田勉らが語る!

清張映画の真髄

伝説の脚本家が語る現場秘話

橋本忍

文藝春秋「オール讀物」2016年6月号掲載

一九五〇年、黒澤明監督の『羅生門』で脚本家としてデビュー。日本映画として初となるヴェネチア国際映画祭でグランプリを獲得して以来、脚本家・橋本忍（一九一八～二〇一八）は、『七人の侍』『切腹』『白い巨塔』『日本のいちばん長い日』『日本沈没』『八甲田山』など、日本映画の黄金期に燦然と輝く、数多（あまた）の名作を手がけてきた。そこで自身が信条としてきたのは、「一人の原作者につき、脚本は一本しか書かない」ということだ。しかしそれをあっさりと覆すことに――松本清張作品との最初の出会いは、短篇小説『張込み』だった。

清張さんの作品をはじめて読んだのは、『張込み』です。でも、僕の原作の読み方には、変わった特徴がありまして……というのも、もともと小説は好きでずいぶん読んできましたが、シナリオライターという職業に就いてからは、膨大な原作作品を次々に読む必要に迫られることになりました。当時の娯楽の王座は映画で、それに対して脚本を書く人数は限られており、一本を書き終えると、すぐに五冊も六冊も読まなければいけないものが溜まってしまう。それらを面白くても面白くなくても、読みはじめたら朝方になっても最後まで読んでしまうから、何よりそれが辛かった。

そこである時、原作の頭の一ページ、真ん中の一～二ページ、最後も一～二ページを読んで、やるかやらないかを決めるようにしたんです。いい時間短縮の方法が見つかったので、その後もこの読み方がすっかり身についてしまいました。駄目だと思ったものの中には、他の方が脚本を書かれて映画になったものもありますが、それらは大概、失敗している。唯一の例外が、吉永小百合の出世作になった『キューポラのある街』。監督の浦山桐郎さんが、僕と同じ兵庫県姫路の生まれだったことを後で知り、これは惜しかったという気持はあるけど……（笑）、ほとんど間違うことがなく、清張さんの『張込み』の場合も、雑誌に載った短篇だったけど、頭と真ん中とお尻をまず読んでみて、「刑事を二人にすれば、これはいける！」と思いました。

このアイディアを松竹に伝えると、清張さんの方が「ぜひ会いたい」ということで、お宅に伺うことになりました。その時はまだ朝日新聞の社員で、家は練馬の方にありましたが、寒い時期だったので、通された二階には石油ストーブが出ていましたね。僕は松本清張という人のことは「或る『小倉日記』伝」で芥川賞を取られていることしか知らず、てっきり若い颯爽とした方だと思っていたら、かなり年配の方が出てこられた。長年の風雪にさらされ、それを乗り越えてきた「苦労人」というのが、僕の清張さんの第一印象です。

早速、『張込み』は刑事を二人にしたらやれると言うと、「その方がやりやすいんだったら、刑事は二人でいいよ」と言って、「それよりも、これを映画にするなら警察の厄介になると思うから、一緒に警視庁に行こうよ」と言われるんです。後にも先にも原作者から警察へ行こうなどと提案されたことは、清張さん以外にありません。それで一緒に警視庁の広報課長とお目にかかると、そこから話が進み、監督の野村（芳太郎）さんと助監督の山田洋ちゃん（山田洋次）が、一か月間ほど殺人事件を扱う捜査一課の刑事に付き、実際の刑事がどういうものかを見せてもらうことになりました。

こうして映画『張込み』はスタートしたのですが、洋ちゃんに、僕が「刑事さんに何をいちばん感じた？」と聞いたら、それが「とにかくお金を使わないことです」と言う。警察手帳を見せれば、国電にも都電にも無料で乗れるから、一日に一銭も使わない。こうした実際の殺しの刑事の行動が、作品の芯としては非常に役立ったと思っています。

強盗殺人犯を追う二人の刑事。犯人が三年前、故郷で別れた恋人のもとに現れると狙いをつけ、忍耐強く張込みを続ける。追う者と追われる者の息詰まる対決、男と女の悲しい人生を描いた、映画『張込み』は、毎日映画コンクール脚本賞やブルーリボン賞を獲得し、脚本家・橋本忍の名をさらに世に知らしめた。また松竹の監督・野村芳太郎とは、以降、『ゼロの焦点』『影の車』『砂の器』と、映像化の多かった清張作品の中でも、語り継がれるヒットを飛ばしていくことになる。

『張込み』は、二人の刑事が汽車で九州へと向かうタイトルバックが非常に長いんですが、当時は東京と九州では大きな差がありました。それを表すために延々と列車内の場面があるんです。出だしはあれで良かったという気がしますが、お終いのひっくり返しは、もう少し考えた方がよかったような……まぁ、どんな映画でも、後ではいろいろ気のつくところがあるものでね（笑）。

今、改めて『張込み』を観ると、デコ（高峰秀子）にしても、田村（高廣）にしても若かったねえ。つまり、この二人は犯人側なんだけど、清張さんの作品のいちばんの特徴は、この犯人の方へ愛情を注いでいる。しかし、それはどこから出てくるものかと、僕は考えていたんだけど、その後も清張さんの原作をやることになって、どの作品でも主役は犯人であり、この弧状列島に住む、日本人の哀愁をひとりで背負っている。だからこそ、清張さんは新しい時代を作る作家だと思いましたね。

日本は、徳川時代は、侍と百姓、町人という、はっきりした格差社会でした。

だけど二百六十年間もそれが続き、明治以降も意外に安定していましたが、戦争が起きて敗戦後は、経済成長が一気に進み、これまでの日本と別の新しい格差社会が出来上がってきた。それを最初に小説にしたのが清張さんで、その社会で最下層にいる人物に目をつけ、今まで誰も書かなかった犯人側から書かれたものがベースとして迫ってくる。これらはご自身が経験された苦労から生まれたものだろうけれど、英雄や花形の人物ではなく、罪を犯した人を主役に置くというスタイルを発明した功績は大きいですよ。

僕はいちばん最初にシナリオライターとして、芥川龍之介を書いた時に決めたんですが、浮気っぽいこともあって（笑）、原作は一人につき一本でそれ以上は書かない。どんな流行歌手でも持ち唄は一曲で、それ以外はバリエーションに過ぎないから、一作品書けば充分だと割り切っていたわけです。それが清張さんの書く日本人特有のペーソスに、どうしても惹かれてね。松竹で次にやることになった『ゼロの焦点』を読んだ時には、持ち唄は一人に一つは、完全に消えてなくなってしまっていました。

黒澤さんが「これからはお前たちの時代に」

それから監督についても、一度組んでみて、勝手に脚本を直すようなことがあれば、二度と仕事をしないのが、僕の鉄則です。もともとは、黒澤明さんから「俺は松竹で二本撮った。いいことは何もなかったけど、撮影所に野村芳太郎という日本一の助監督がいたよ」と聞かされていて、引き合わされる機会があった時に、僕が大正七年生まれで、野村さんが大正八年生まれというのを聞いた黒澤さんから、「これからはお前たちの時代になる。二人で仲良く一緒に仕事をしろよ」と言われていました。

その野村監督との最初の仕事は火野葦平さんの『糞尿譚』でしたが、ところどころをネズミが齧ったように脚本を直していて、作品の出来はもう一つだった。普段なら、野村さんとの仕事はこれっきりのはずでしたが、黒澤さんの言葉があっただけに、もう一本様子を見ようと思った。それが『張込み』だったのです。ところが『張込み』では一字一句直さない。これには私も参りました。逆に言えば脚本は一字一句も疎（おろそ）かに書けず、一本、一歩が真剣勝負の理想的なコンビになりました。それからは松竹での清張作品は、僕が脚本を書き、監督が野村さんということになったのです。

清張さんは、黒澤さんが「天皇」だから、野村さんのことを「皇太子」と呼んでいましてね。自分で気に入った作品が出来ると、僕に「橋本さん、これを皇太子でやってよ」と電話をもらうこともありました。あの頃の清張さんの書くものはどれも本当に面白くて、書いてみたいと思うものばかりでしたが、僕が気に入ったのは、短篇小説の『潜在光景』。タイトルが映画向きではないので、『影の車』と改めましたが、テレビでリメイクされたものもよかったですね。東宝でやった『黒い画集　あるサラリーマンの証言』は、黒澤さんの下で助監督をしていた堀川（弘通）が撮ったわけですが、清張さんは堀川のことは「東宝の皇太子」と言うんですよ。これはラストが割と良くできていて、自分の脚本の中でもやはり印象深い作品です。

電話で話をするだけでなく、時には清張さんは、僕や野村さんを赤坂の料亭に招待してくれました。何回かご馳走して頂いたが、そこで誰より嬉しそうなのが、清張さんご本人なんです。一回、驚いたのはホテルで食事をすることになっていて、ロビーに着いたら、そこに置いてある机で清張さんが、一生懸命何かを書いている。「橋本さん悪いけれど、ちょっと待っていて」と言うから、何かと思ったら、週刊誌の記者を待たせていて連載一回分をその場で書き上げてしまった——それが速いんだ。もともと文章も分かりやすくて名文なんだけど、太い万年筆であっという間に書き上げて、ほとんど直さない。これには「参った」という感じでした（笑）。

とにかく映画が好きで、外国映画なんかは、僕たちよりも早くご覧になってました。フランス映画『眼には眼を』を観た清張さんが大感動して書かれたのが、『霧の旗』ですが、不条理な復讐劇で非常に面白い、犯罪をする者にはそれなりの論理があるんだと、僕にも観るように勧められました。そこから清張さんは、桐子という女性主人公を立ち上げたわけですが、もともと映画から着想を得たためか、従来とは多少、毛色が違うものでした。そこで清張さんに、「これは山田洋ちゃんの監督でやってみましょうよ」と提案したんです。

洋ちゃんは、野村さんのもとで助監督をやっていたが、野村組の助監督のチーフは大島渚で、セカンドが篠田正浩で、二人の声が大きいから（笑）、いちばん下の洋ちゃんはじーっとしていて目立たない。だけど、僕の目から見ると、すごく才能があった。あの頃は、シナリオライターの卵が我が家へ集まって、昼はうちで作ったものを食べ、一日中、脚本を書いていましたが、朝十時に開始と決めたら必ず、洋ちゃんは一秒も違わずに門前に立つ。こんな人物は他になく、本当に物静かで我慢強くてね。亡くなったうちのかみさんが、「お父さん、いろんな人がうちに来るけど、出世するのは山田洋ちゃんじゃないかしら。あの人はきっと偉くなるわ」と言ってました。寅さんを撮るとは、予想もしていなかったらしいけれど(笑)、僕には黙って、いつも洋ちゃんの撮ったものは観に行っていました。

野村芳太郎のもとで助監督として、『ゼロの焦点』では橋本とともに共同脚本家として、『霧の旗』では自らが監督として、若き日の山田洋次は清張映画になくてはならない存在だった。そして、橋本はその山田とともに、不朽の名作『砂の器』の脚本に取りかかることになる。

ある日、清張さんから電話がかかってきて、「今度、読売新聞に小説を書くことになった。初めての全国紙での連載だから、橋本さんにやってもらうしかないよ」と。僕が「新聞連載ですから半年はかかりますよね」と言うと、「先のことになるけれど、あなたが脚本で、監督は松竹の皇太子でお願いするよ」ということで、予め了解はしていました。

ところが連載がはじまっても、こういうものは大体延びるもので、その話は忘れてしまっていた頃に、松竹が「これが清張さんの『砂の器』です」と、分厚い新聞の切り抜きを持ってきた。しかも、半年の予定だった連載がさらに延び、おそらく一年くらいの連載になるという。結局、半年後、さらに分厚い新聞の切り抜きを松竹がまた持って来て……これが単行本なら、まず頭と真ん中とお尻を読んで何とかするけど、新聞の切り抜きではどうやっていいか見当がつかないし、一度は引き受けたものの、断ろうと考えていたところにやって来たのが洋ちゃんでした。

とにかく一応、山陰という場所だけでも見ておきましょうということで、東京から飛行機で出雲空港に行き、そこから乗り換えた山陰本線の列車が走り出した時、どうやって『砂の器』をやるかは考えもつかないと切り出し、今回は小説の舞台を見ることだけは見るけど、やるかやらないかは東京に帰ってからにしようと、僕が言ったんです。

すると洋ちゃんがまるで松竹という会社の代表みたいな顔をして、「それは違います。映画をやるためにこうして山陰までわざわざ来ているんでしょう」「橋本さんにやってもらえないと、僕は東京に帰れません」と、珍しく強気だった。そこで仕方なく、「新聞の切り抜きの真ん中あたりに、石川県の田舎を去ってから、どうやってこの親子二人が島根県までたどり着いたかは、この親子二人にしかわからないというくだりがあるだろう」。

つまり不幸な親子が故郷から北陸路に出て、海岸伝いに山陰路に入ったのか、一度は京都や大阪に出てから、岡山か広島を通って山陰路に出たのか――清張さんは小説に、それはこの親子以外には分からないと書いている。この親子の旅で一本作ればいいんじゃないかと僕が言うと、洋ちゃんは「それだけで出来ますか?」「出来ても出来なくても、それより他にはしようがないじゃないか」ということで、東京に帰ってから親子の旅だけで脚本を作りはじめたわけです。洋ちやんに言わせると、僕がすごく張り切って書いていたというけれど、それは僕がこの親子の旅に異常なまでに乗っていたからじゃないかと思います。

原作者が書けなかったその先を脚本に書く

もちろん小説にあるのはほんの一行だけで、それ以外に旅の記録は一切ありません。だけど、これは脚本を最初に師事した伊丹万作さんに色々と教えてもらったことのひとつですが、作家といえど人間だから、作品を完全なものに書き上げられることはない。こうやりたいと思っていたことの手前で止まってしまったり、本来は行くべき方向を示さずに終わってしまったりするものだ。他人の原作を映画にするというのは、その作品のバトンを受け継ぐわけだから、原作者が書こうとして書けなかったその先を脚本として書くのが、僕らの仕事。原作に書いてあるかないかは、大した問題じゃないというのが、僕の基本的な考えです。

たとえば黒澤組でやっている時に、『マクベス』をやろうということになると、当然、シェイクスピアの原作がある。僕にしても黒澤さんにしても、『マクベス』を全部通して読んだし、持ってはいるんだけど、脚本を作る時に原作を机の上に置いて開くようなことは一度もしない。原作を読み返すことがないからこそ、あの『蜘蛛巣城』が出来上がった。ところが、最近の原作者は自分の書いたもの通りでないと不満を口にするようですね。僕らから言うと、人間は一〇〇パーセント完璧なものなんて書けるはずがなく、必ず欠点がある。何らかの方向を示そうとやっていても、そうは行かなかった作品を、本来はあるべき方向へ進めることに苦心することこそ、原作のある映画の仕事なんです。

僕がこう主張していると、伊丹さんは「橋本君、そうは言うけど、一緒に心中しなければならない原作もあるよ」とおっしゃっていましたけどね（笑）。それは含蓄のある言葉で、伊丹さんにとっては『無法松の一生』は、心中すべき作品だったのでしょう。でも、やっぱり僕は僕の考えでしか動けない。『砂の器』は清張さんの人生からいっても、本当に書きたかったのは親子の旅であって、過去を封じるために恩人殺しをするのが必ずしも目的ではなかったはずだと思った。だからこそ、清張さんにも「僕の書いたもので映画になったものは多いけど、間違いなくいちばんいいのは『砂の器』だ」と堂々と言ってもらえた。映画を観たファンからは、原作と違いすぎるという抗議もありましたけど、清張さんの原作がなかったら、『砂の器』という映画は絶対に生まれなかった。これはまぎれもない事実なんです。

成功の理由は無声映画の復活にも

親子の旅の撮影は、重厚な場面だけに僕もスタッフと一緒に同行しました。バックは晴天だけを狙い、雲が一切れあってもカメラを廻さない。監督がもう一人いるようなもので、野村さんがオーケーと言っても、「もう一回いくよ」と言う(笑)。監督は芝居の一点しか見ていないけど、僕はバックの通行人やその他を見ているので、それが一秒でもずれたらやり直しでした。監督というのは孤独なもので、時間に追われているから、内心はどうかと思っていてもオーケーを出さなければいけない時もあるけど、僕がもう一遍を繰り返すから、監督もNGに躊躇がなくなり、良い絵が選べる。監督も僕がいたほうがやりやすいんです。

さらに親子の旅の場面は、一コマ単位で僕が編集しました。そんなことはチャンバラの場面でもなければあり得ないけど、一コマ入れたらちょっと多い、一コマ外したら足りなくなるというギリギリまでフィルムを詰めました。そして、ここで大事なのは、親子の台詞を全部抜いてしまったことです。脚本には親子の台詞を入れているし、台詞のない場面でも二人は動きの中でよく喋り合い、唇も動いている。それらの台詞と、台詞だけでなく親子の泣き声まで録音から抜いてしまったのです。映画は最初は無声でしたが、音を得て幅を広げました。しかし、その発展していく過程で、無くしてはいけないものまで失ってしまった。それは映像の強さで、かつては台詞がないだけに絵が強かったのです。最高の見せ場では台詞を抜く……『砂の器』の成功の理由は、無声映画への復活にもありました。

この無声の場面に甘い音楽を――普通の映画なら、音楽を入れる場面ではフィルムの尺を伸ばして、その間に音を滲み込ませることで、スムーズに仕上げていきます。だけど僕は音楽監督の芥川（也寸志）さんに再三言いました。敢えてパンパンに仕上げ、継ぎ目の極端に短い、堅い編集のフィルムに、音楽を叩き付ける。フィルムの継ぎ目に音楽を流し込むのではなく、カンカンの堅いフィルムに甘い音楽を叩きつけ、その反響音こそ、親子の旅に効果的な音楽になる。要はフィルムと音楽を足し算でなく、掛け算にする。そうでなければ四十分の長丁場は持たない。それが僕の狙いでした。
ただ、実験や冒険のやりすぎという危惧もありましたけどね（笑）。

橋本の目論見は見事に当たり、『砂の器』はその年の映画賞を次々に獲得、興行的にも大成功を収めた。その後、「霧プロ」を設立し、自らの作品の映像化に熱心だった松本清張も、生涯、『砂の器』が自身の原作の映画でナンバーワンであると公言していたという。

映画の興行は水もので、封切まで誰も予測のつかないものですが、特に『砂の器』では映画を作る前は、どこの会社も「親子が白い着物で物乞いしながら旅をする映画に、金を出す客はいない」と言われたものです。しかし僕としては、かつて一世を風靡した「ディスカバー・ジャパン」が、今も日本人の根っこの中にあるから、それを基調に映画にすれば、それなりに当たるという気持はありました。
また、この間、書類を調べていてびっくりしたんですけど、『砂の器』は中国に五百万円で興行権を売ったんです。それを喜んで、松竹とは祝杯を挙げましたが、後で話を聞くと、なんと中国での観客動員数は一億四千万人という、途方もない数字になっています。入場料の歩合にしていたら、どうなっていたか、頭がクラクラする思いです（笑）。僕は『羅生門』や『七人の侍』の橋本忍ということで、中国の映画人とは古くから付き合っていたけど、それ以降は『砂之器』の橋本忍になりました。台湾や韓国でも人気を博したが、不思議なことに、アメリカや欧州ではまったく売れない。どうやら、清張さんの作品に心を打たれる、心情的なものの本質は、アジアの国々のモンゴリアン地帯だけのもののようですが……私にはこれがよく分かるような気もしますが、本当のところはよく分かりません。

清張さんの映画との関わりは、『張込み』にはじまり『砂の器』の六作品で終わりましたが、その後もお付き合いは続き、井の頭線の浜田山のお宅にも伺いました。その頃は年齢的な不安を、口にされたりもしていました。「我々のような芸術家は感覚が勝負だから、年齢を経るごとに衰える」と言われる。しかし僕自身は自分を芸術家だとは思わず、字を書く職人だと思っているので、絵描きさん

1974年『砂の器』製作発表に臨む（左から）橋本、松本、森田健作、島田陽子　©共同通信社

が七十代よりも八十代、九十代で優れた作品を残すように、僕ら字を書く職人は伸びていくはずで、体力的な衰えなどとは違うんじゃないか、と答えたりしましたが……。

その時に、清張さんから「橋本さん、僕は頭の出だしを考えたらすぐ長篇でも書きはじめます。書いているうちにお終いまで何とかなる感じですが、この頃は途中で行き詰って四苦八苦することも多い。橋本さんはシナリオは書くと決めたら、最後まで決めてから書かれるんでしょう」と聞かれました。「途中で考え込んで時間がかかったら、忙しい俳優さんのスケジュールまで狂ってしまうから、形は最後まで決めてからでないと、仕事にかかれません」と答えると、「だったら僕のために、小説の構成を立ててください。僕がその構成の通りに小説を書けば画期的なものになるような気がします」と言われるので、僕は思わず膝を乗り出し、「構成・橋本忍　小説・松本清張か。これはいける！」と声を上げ、清張さんの顔も晴れ晴れとしてきました。

僕の方が先行することになるので、あれこれと材料を探しました――普通のものでは面白くない。思い切ってこの国の最古代、ただただ広い太平洋、そのまっただ中で海底火山が大爆発し、日本列島が海から現れる。この国の創世からはじまる物語を無我夢中で考えていたのですが――思いがけなく病を得た清張さんは急逝されてしまいました。茫然自失して天を仰いだ二十数年前から、時の流れは早く、あらゆることが夢幻のように一瞬で過ぎていきます。僕はいつの間にか、九十八歳になっている。

いつお迎えがあってもおかしくないし、思い残すことなどは何もないですが、ただ一つ、「構成・橋本忍　小説・松本清張」という作品を、実現させて残したかった。そうすれば、日本の小説の世界に新しい局面が開けていたかもしれないことだけが、今もなお心残りです。

清張映画で〝大人の女〟になった

岩下志麻

文藝春秋「週刊文春」2017年11月2日号掲載

それぞれ強烈な印象を残す六作に出演した岩下志麻さんは、まさに清張映画の〝女帝〟である。その熱演によって作品が傑作となったことは論をまたないが、岩下さん自身もまた清張作品を通じて女優として磨かれていったという。本人が語る撮影秘話。

清張先生が築いた社会派推理小説ブームが始まった昭和三十年頃だったでしょうか、学生時代の私も拝読しておりました。野村芳太郎監督が撮った『張込み』(58年)が大評判になっていましたね。松竹で社会派推理映画というのは野村監督が新しく開拓した分野だったのではないでしょうか。

私が最初に出させて頂いたのが『風の視線』（63年）です。先生が「女性自身」に連載なさってた作品の映画化で、カメラマン役の園井啓介さんの新妻役でした。当時、年十本位の主演作を続けざまに撮影していましたから記憶が殆どないのですが、先生が作家役で出演なさっているのですか？　それは是非、観直さなくちゃ！

朗らかに振り返る岩下さんだが、その女優人生のターニング・ポイントには必ず映画監督野村芳太郎と清張作品があったという。

野村監督の作品に関わる毎に私は女優として一歩ずつ前進出来たと思っています。『風の視線』の翌年に撮った『五瓣の椿』（64年）、これは山本周五郎原作で、若い女による凄惨な復讐劇でした。初めての人を殺す役。主人公は純真で真面目で、お父さんを愛していて穢（けが）れのない娘ですが、それ故に一本気で復讐のために五人の男を殺す。二十三歳で初めて演じた悪女役の経験は大きかったですね。

六年後、再び野村監督に誘われて『影の車』（70年）に出演しました。清張先生の原作『潜在光景』は幼馴染の女性との愛欲に溺れる会社員のトラウマを軸にした、インパクトのある濃密な短編でした。これをどういう風に橋本忍さんが脚色なさるのかなってすごく楽しみにしてたら、原作にないラブシーンの多さに驚いてしまいました（笑）。当時、私は篠田（正浩）と四年前に結婚し、三十歳手前でしたが、松竹ではここまでの大人の女の役は初めてでした。普通の生活の中で暮らしていた女性が思いがけない出会いをしたことから奈落へ踏み込むわけで、身近な怖い話だと思いました。

私の役は泰子という、加藤剛さんが演じる主人公と恋に落ちるシングルマザー。恋愛によって母親であることを忘れるくらい女の部分が膨らんでいくんです。脚本にはそのプロセスが緻密に描かれていて、なるほど他人だった男女が離れられなくなる関係性とはこういうものなのかと。だからラブシーンも抵抗なく受け入れられました。クランクイン後は、ほぼ出逢いから順番に撮影したせいもあって、どんどん役の中に入っていけましたよ。監督も細やかでトラウマの心象風景場面を単なる回想場面にせず、特殊なフィルム加工で処理したり、東急沿線にある実際の家屋で撮ったりして。冬の撮影だから凄く冷えて、ラブシーンの合間は加藤さんと私はおコタで暖まってスタンバイしてました（笑）。

難しかったのは当時、まだ子どもがいなかったから、母親の気持ちが摑めなかったこと。息子役の岡本久人君がなかなか懐いてくれなくって。映画のキャッチコピーは「六才の子供に殺意があるか?-」。息子の不信の視線が主人公のトラウマを炙り出すわけでしょ。あの笑うでもなく、怒るでもない岡本君の表情は演技じゃないの。監督が巧みになだめたり、ノセたりしてあの姿を摑まえたんです。

野村は撮影所にライフラインを引いた部屋のセットを組むなどリアルを徹底的に追求したという。

その『影の車』で興行・批評両面の成功を収めた松竹は翌年、日本映画界屈指の映像派監督・斎藤耕一を起用。岩下さんを主演に据え、さらに濃密な愛憎劇を公開した。

『内海の輪』（71年）は前よりさらにラブシーンが多かったですねえ。観直したら、中尾彬さんとこんなに沢山！　ってビックリ。老舗呉服屋の旦那様役が三國連太郎さんで、私が歳の離れた妻。三國さんは不能で、妻である私は中尾さん演じる考古学者と密かに通じてる。考古学者は不倫の現場を新聞記者に目撃されて、自分の栄達のために私を殺そうとするんです。冒頭から三國さんが私を按摩するシーンがあって、ちょっと生々しいのよ（笑）。

濃厚な性描写は脚本を読んで納得していましたが、一番きつかったのはクライマックスの蓬萊峡（ほうらいきょう）の撮影ね。実は私ね、演じた役と同じ高所恐怖症なんです。映画では女が恐怖症であるがゆえに男は断崖の上に行かせる。ところが私自身が怖すぎて、むき出しの岩壁を登れない。スタッフ三人に手を引かれながらやっと辿り着いたの。本番になると望遠レンズで撮影しますからスタッフはいなくなる。私一人、ブルブル震えながら必死でお芝居しました。あの形相はまさに素の状態なんです（笑）。

自分が壊れそうだった『鬼畜』

七八年、野村監督は『砂の器』以来、清張映画としては四年ぶりとなる問題作『鬼畜』を発表。虐待、ネグレクト、子殺しを描いた本作はキャスティング段階から難航を極めた。監督はテーマを明確にするため、お人好しで気の弱い主人公・宗吉役に渥美清を切望したが果たせなかったという。一方、夫と子へ凄絶に迫る正妻を演じた岩下さんだが、悪役に留まらない下町女の哀しみを滲ませた演技で高い評価を得る。

『鬼畜』の脚本を拝見した時は吃驚（びっくり）しました。旦那さんの愛人の子らを凄惨に虐（いじ）めぬく正妻役でしょう？　躊躇して暫く悩みましたもの。で、お相手がどなたか伺ったら、緒形拳さんに交渉中というお話だつた。当時、緒形さんは新国劇での舞台に注力してらした頃で、なかなかお返事が貰えなかったんですよ。それまで私、俳優さんの家へ直接電話したことなんてなかったのに、この時は緒形さんへ直接お電話して出演をお願いしたんです。監督に頼まれてではなくって、緒形さんと共演出来るのなら私もやらせて頂こうと。そうしたら「映画に興味が無いんだよ」と断られましてね、ホントにガックリしました。

だけど監督も彼で行きたいと仰って粘ってらした。だから私も諦めきれずに二回目の電話をしたんです。「やりましょうよ、一緒に。緒形さんなら私も頑張れるから」って。そこでやっと腰を上げてくださったんですよ。結果、緒形さんの映画熱に火がついて素晴らしいものになりました。

撮影中も大変でしたよ！　被害者になる三人の子役さんには、普段から私のことを睨んでもらわないと困るわけですよ。芝居で急に睨んでって指示されても、子どもは正直だから馴れ合いになっちゃう。そこで私は彼らに意地悪をしたんです。もちろん役としてよ！（笑）　私は朝からお梅の役に入り込んでいて、そこへ劇団のお子さんだから「おはようございます」って、ちゃんと挨拶にみえるんですよ。でも私はプン！　と横向いて冷たくあしらった。それから子どもたちが何かやるたびに「あんた達、何やっているの！」とか「ダメよ、そんなことしちゃ！」って怒鳴ったりして。初日の朝から映画の役そのまま、子どもたちに辛く当たり続けたんです。お陰で本番の時に、ものすごく憎い表情で私を睨んでくれたのでテストが少なくて撮影は進みました。監督から、子どもを引っ叩く時は手加減しないようにと指示されて、バシッと叩きました。末のまだ小さい子どもの口に無理矢理ご飯を詰め込む折檻も、誤魔化しなしで演りましたよ。内心、窒息するんじゃないかと怖かったです。最初に口元へちょっとご飯を入れたら、監督から「もっと本気で！」って怒られて。カットがかかるとすぐ、あの子の口の中のものを取ってあげて、背中を叩いて吐かせてね。そしたらそれ以来その子が、どこに私がいても泣くようになっちゃったん

岩下志麻が選ぶ自薦ベスト3

1『疑惑』 1982年 出演：桃井かおり、柄本明 他

3億円保険金殺人の容疑者である女は、果たして白か黒か?「証人尋問のシーン、アメとムチで感じ悪いでしょ」という敏腕弁護士を演じきる。桃井かおりとの演技合戦が映画史に残る法廷劇の傑作。

2『鬼畜』 1978年 出演：緒形拳、小川真由美 他

「児童虐待が顕在化した今こそ観てほしい」という永遠の問題作。しがない印刷屋の亭主と愛人の隠し子を責め苛む妻を体当たりで演じる。幼子を憎む一方で女の哀しみも表現し、各方面で絶賛された。

3『影の車』 1970年 出演：加藤剛、小川真由美 他

岩下さん曰く「深層から恋愛心理まで鋭く描くサイコ・スリラー」の名篇。律儀で小心な男が愛人の幼い息子の殺意を感じる。心の奥底に隠された男の秘密とは？　慎ましい中に激しさを抱える女を好演。

です。スタジオへ私が入っていくだけで、離れているのに「ギャーッ！」と喚いて撮影が出来ないの。もう本当に可哀想でしたよ。

こちらはもう一日中イライラして役の中にいる訳で、キツかったですね。私って役を引きずるタイプなんです。役のまま家に帰るので、普通の夫婦ならとっくに追い出されてますよ（笑）。女優の仕事を知っている監督が夫でホントに良かったと思いますね。『鬼畜』の場合はねぇ。ストレスフルな状態で玄関に辿り着くでしょ、その頃、娘が可愛い盛りでしたので、私からギュッと抱きついちゃってね。何度も「愛してる」って言って。娘もお母さんがそんなだから、煩(うるさ)いと思ったろうし、ビックリもしたでしょうけどしょうがない！　娘にしがみつかないと自分が壊れそうで、お梅の役をやり遂げられる気がしなかったんですもの。

最初に夫の愛人役である小川真由美さんが子を連れて印刷屋に乗り込んできて延々、緒形さんと三人で大喧嘩をする場面がありますね。あそこは三人共、気合いが入っていました。だらしない男を挟んで激しく罵(のの)り合いました。私は居直る小川さんにつっけんどんに当たって、その挙句に置き去りにされた子どもを虐待するわけですが、考えてみればお梅だって可哀想なんです。子どもを産めず、貧しい印刷屋を、旦那さんを励ましながらやりくりしてる。そこへ持ってきて、旦那に隠し子がいるという裏切りが判ってしまう。誰だって激怒するでしょう。元から悪魔のような女ではないんです。大人のエゴがエスカレートした結果の悲劇です。

撮影後もずっとご飯を無理に詰めた子役さんの事が気がかりでした。トラウマになってるんじゃないかと。だから後年、テレビ番組の企画で再会した時にまず訊ねたのが「ご飯とパンのどっちが好き」でした。男子中学生になってた彼が「ご飯」と答えてくれたのでホッとしました（笑）。撮影当時の記憶はないとも言ってました。だけど映画は残るでしょう？　『鬼畜』がテレビ放映された時、たまたま知人から電話があったんです。すると「ちょっと代わりますね」と電話口にその方の子どもさんが出て、「おばちゃんのバカヤロー！」って怒鳴られちゃった（笑）。俳優冥利に尽きる話ですが、よっぽど憎たらしかったんでしょうね。

七八年、自作の映画化に積極的に参画するため、清張は野村監督とともに霧プロダクションを立ち上げる。八二年には、『わるいやつら』（80年）に続く第二弾

『疑惑』の製作に着手した。野村監督と清張は、原作の弁護士・佐原を女性に変更することを決断。それは岩下さんを起用するためだった。更に原作者自身が脚色を担当。当初は弁護士が無理心中を立証するラストだったが監督と激論を交わした結果、現在の結末となる。

清張先生は『疑惑』の富山ロケ、仲谷昇さんと桃井かおりさんの乗った自動車が海に転落する場面を見学にいらしてましたね。私が現場でお目にかかったのはそれが初めてでした。『古都』(63年)撮影中に見学にいらした川端康成先生とお目にかかったこともありましたけれど、清張先生を含め原作者と親しくお話しすることはなかったですねえ。なんだか気後れしちゃいます(笑)。撮影後、プロモーションの対談などでもご一緒しましたが、先生は一貫して静かなイメージです。

毒婦役である桃井かおりさんを弁護する役って原作では男性だったわけです。それを女性に変更したのはアイデアの勝利ですね。私は演じるにあたって女っぽさは消そうと考えました。仕事に人生を捧げて離婚もし、法廷では容赦しないキャリアウーマンですしね。一方で容疑者の桃井さんは男を踏み台にし、殺人も厭わない女。エリート悪女対叩き上げの悪女にしないと、釣り合わないし面白くない。やり甲斐がありました！　でも弁護士ってどういう職業か具体的に知りません。だから裁判の傍聴へ足を運んだり、弁護士事務所に通って、法律関係だけではない普段の生活についても伺いましたよ。演じていくにつれ弁護人は場合によっては演技者だと思いました。ですから証人には、はじめ優しく話しかけたりするけど、思うような事を言わせるためには子どもにだって容赦しない。だから、今度は冷徹な弁護士として、毎日家に帰りましたよ（笑）。

桃井さんの顔にピシャッと

現場は桃井さんと仲良く出来ました。共演中、不仲だったんじゃないかと言われたけど真逆。私ね、彼女にすごく刺激を受けましたもの。だって桃井さんは撮影中、脚本通りの台詞ではなく、監督とディスカッションした後、前日にご自分で考え抜いて作ってくる。当日、現場で桃井さんが口にする台詞に、脚本を頭に入れて準備してきた私が「え！　そうなるの」って驚く（笑）。元々、俳優の演技に柔軟な監督さんでしたから面白がられるんです。だから私は受けの芝居を毎回、ちゃんとやらないとダメ。怯まずに「あんたの弁護をやってあげてるのよ」という上から目線のエリート意識の強い、いけ好かないキャラクターを崩さないようにして。演技の反射と言うんですか、初めての経験で楽しかったです。桃井さんにワインを浴びせられる場面では赤が際立つだろうなって、最初から白いスーツを選びました。彼女は勢いよくかけてくるかと思ったら、本番ではボトルを持ってダラダラと浴びせてきたのね。だから咄嗟に私は桃井さんの顔めがけてピシャッと一気にやり返しました（笑）。とにかく女と女の組み合わせに設定したアイデアは素晴らしいですよ。

岩下さんの清張映画出演の最後は勝新太郎主演『迷走地図』（83年）。政治サスペンスの本作はソフト化は不可、放映も限定という幻の封印作品だ。

派閥の領袖を演じるのが勝さんで、私はその妻なんだけど、撮影中は強烈な体験をしました。勝さんは脚本をまず書き直していらっしゃるのです。勝さんに

「この台詞でよろしいですか」と伺うとね、「いいや、俺は政治家として話すから、岩下も妻として受けてくれ」と仰るの。つまり書き直した脚本なのに本番ではまた違うことを喋るかもしれないと仰るわけ（笑）。

しかも不仲な夫婦だからって「撮影中は君と口をきかない」と宣言されてしまい、スタジオに私がいるとサーッと勝さんは離れてしまうんです。夫婦喧嘩の場面は脚本で五ページあるんですけど、勝さんが予測がつかない上に、野村監督も勝さん方式を面白がってらっしゃるから、三台のカメラで台本なしのワンシーンを撮る態勢なんです。始まったらぶっつけで演じました。そんな中で勝さんが、いきなりお茶をバーンと私に浴びせてきたの。瞬間、どうしたらよいか分からなくなったけど、えいままよと顔中お茶まみれで最後まで演りました！

『疑惑』プロモーション撮影にて、松本清張（左）、作曲家・芥川也寸志（後列）、野村監督（右）と
写真提供／岩下志麻

バラエティに富むヒロインたちを演じた岩下さんはこう締めくくる。

小説だと私は『砂の器』も好きです。清張作品の面白さは市井の人が誰でも陥る可能性がある恐怖を描いてるところにある。これは演じてきて実感しました。六作品通じて様々な役を頂いて充実してましたね。いったん役柄に入ると自室に籠って、家事もしない。仕事と家庭の切り替えが下手なんです。撮影を終えても役の人格が暫く残ってしまうので夫や娘は大変だったかな（笑）。

これからの女優業ですか？　ありがちな老人役には興味が湧きませんね。歳を重ねても挑戦的な企画をやりたいな。私にとって清張映画は、チャレンジの連続でしたから。

（取材・構成　岸川　真）

いわしたしま　女優。1941年東京生まれ。58年からテレビ出演。60年、松竹に入社、『笛吹川』で映画デビュー。『五瓣の椿』『はなれ瞽女おりん』『極道の妻たち』シリーズ、『鬼龍院花子の生涯』など数多くの映画に出演。2012年、旭日小綬章受章。

きしかわしん　作家・編集者。1972年長崎生まれ。助監督などを経て佐藤忠男、新藤兼人らに師事。

清張作品の女の本質に迫る

清張ドラマに見る魔性の女たち

文藝春秋「オール讀物」２０１５年６月号掲載

春日太一

旧作の邦画やテレビドラマでは、暗く陰惨な話がエンターテイメントとして創られてきた。中でも、松本清張原作を映像化した作品ではその傾向が強く、あの手この手で登場人物たちは不幸な状況に追い込まれてきた。

中でも印象的なのは、魔性の女に男たちが惑わされて絶望的な状況に落ち込むという設定の作品たちだ。幾多の女優たちの演じる美しい魔性と、男優たちの演じる「堕ちる」様はなんとも生々しく、絶えず筆者の心を捉えてきた。そこで今回は、そうした魔性の女たちが匂い立つ作品を取り上げつつ、その魅力を検証してみたい。

真面目な男の落とし穴

真面目一筋に生きてきた男がフとした欲望の落とし穴にはまり込み、そこから地獄への一本道を突き進む。その行き着く先には破滅しかない――。清張作品にはそんな設定が数多い。一九九一年のテレビドラマ『**黒い画集・坂道の家**』（TBS）も、そんな一本だ。

舞台は一九五九年の東京。寺島（いかりや長介）は質素倹約を旨に雑貨店を細々と営む、昔気質の頑固者だが、客としてやってきた謎めいた美女・りえ子（黒木瞳）に一目惚れしたことで人生が狂っていく。

りえ子はホステスをしており、寺島は彼女の店に通いつめるように。そして、酔っ払った彼女を送り届け介抱しているうちに肉体関係になってしまう。「欲しいものは何でも買ってあげる」と猫なで声で語りかける寺島に「今の私はあなただけよ」と甘く応えるりえ子。寺島はりえ子に入れあげ、自らの商売を危うくしていく。

大きな瞳をいつも潤ませながら正面から見つめてくる、どこまでもキュートな

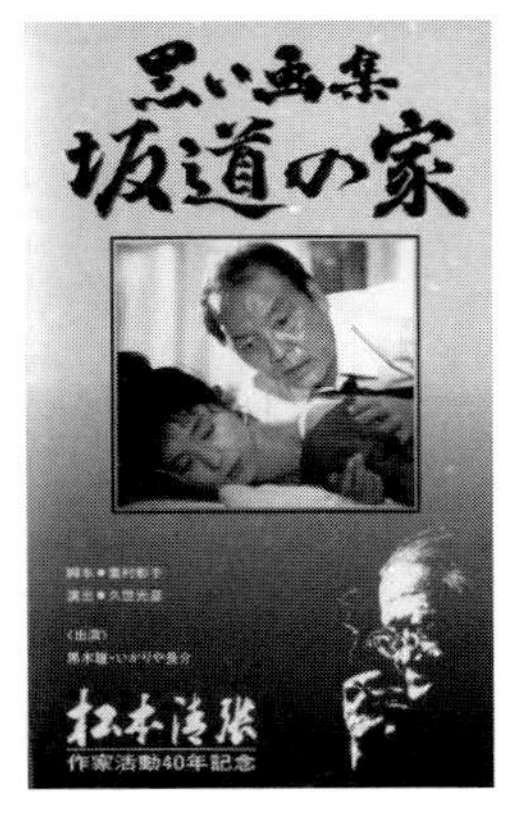

黒木。姿勢すらなかなか崩せず、目も合わせられない、朴訥としたいかりや。対極的な両者の演技は、百戦錬磨の子猫に搦め取られてしまった遊び知らずの中年男の悲哀を浮き彫りにしていた。

りえ子には若い恋人（沖田浩之）がいた。その存在に勘付いた寺島は嫉妬と猜疑心を募らせていく。それでもりえ子はどこ吹く風。寺島に疑いをかけられる度に泣いたり甘えたりして、いとも簡単に籠絡してしまう。

騙されていると分かっていてもなおりえ子から離れられない寺島は徐々に常軌を逸し、彼女を縛りつけていった。坂道の上に家を買い、そこにりえ子を囲い、ついには「俺から逃げようったって、そうはいかないよ」そう言いながら硫酸を持ち出す。目は正気を失ない、喋り方は素っ頓狂――そんないかりやの狂気の演技により、魔性に囚われて全てを失っていく男の哀れな末路が、どこか滑稽なものとして映し出されている。

八三年のテレビドラマ『**寒流**』（テレビ朝日）もまた、真面目さしか取り柄のないような中年男が魔性の女との出会いによって転落していくという物語だった。

主人公の銀行員・沖野（露口茂）は同期入社ながら二大派閥の一方を束ねる常務にまで出世している野心家の桑山（山口崇）にひたすら媚び、彼のために裏でダーティワークをこなすことで昇進を重ねてきた。だが、渋谷支店長に就任した挨拶回りで訪れた高級料亭の女将・奈美（梶芽衣子）との出会いが、転落の始まりだった。

増築のための融資を求めてくる奈美の応対をしているうちに両者は親密な関係になっていく。「これまでの人生、何かが足りないと思っていた……それが君だったんだ」初めて知る充足感の中で、沖野は仕事を疎かにするようになり、ひたすら奈美に溺れていく。

二人の関係は沖野の妻に気づかれ、妻は自殺未遂してしまう。それ以降、奈美は沖野に会うことを拒んだ。いつの間にか、奈美は桑山に乗り換えていたのだ。桑山は沖野が邪魔になり、沖野を地方へ左遷させてしまう。奈美もまた、即座に賛同した。彼女にとって、男とは店を拡大させるための財布でしかない。だから、いかなる男に対しても感情を動かすことはないのだ。

銀行の送別会で酔っ払った沖野は奈美に電話した。「今晩で最後だ……会ってほしい」と懇願する沖野に対し、奈美は「これっきりにしましょう」と容赦なく電話を切ってしまう。電話ボックスの中で年がいもなく泣きじゃくる沖野――。

とにかく情けないことこの上ない小心者がボロボロになっていく様を、露口がこれまでのダンディなイメージをかなぐり捨てて熱演している。その一方で、梶は決して心の底を見せることのない冷淡な女をクールに演じる。それだけに、男の弱々しさと女のたくましさが、恐ろしいまでに際立つことになった。

無自覚に翻弄する女たち

魔性に囚われた男はどこまでも情けなく、魔性を身にまとった女はどこまでもたくましい。それが、多くの清張ドラマの骨格にある。

それでは、その魔性を武器に女たちが意図的に仕掛けてきたら、男はどうなるか。もちろん、この場合も破滅しか待っていない。

八三年のスペシャルドラマ『共犯者』（TBS）では、そんな女にロックオンされた男たちの悲劇がスリリングに描かれている。

岐阜の家電店主として成功を収め、家族と和やかな暮らしを送る内堀（平幹二朗）は、かつて一度だけ銀行強盗を働いていて、その時の相棒・萬木（尾藤イサオ）の足跡が気になっていた。彼がもし何かヘマをしでかしたら、今の生活が破たんしてしまうからだ。

内堀は正体を隠して求人広告で調査員を募集、その中から選んだ美智子（畑中葉子）という若い事務員に萬木の調査を依頼する。若い女ならバイト感覚のため、余計な詮索をされないだろうという判断だった。が、この女がとんだ魔性の持ち主だったのだ。

美智子の調査で萬木はキャバレーを経営していることが分かった。そして、二人の間に何かあると嗅ぎつけた美智子は、萬木のキャバレーに勤めることにする。そこに金の臭いを感じ取ったからだ。萬木は美智子の若い肉体に溺れるようになり、店の金を次々と彼女につぎ込んで経営を傾かせていく。美智子はそれに悪びれることなく、「私があの店、食いつぶしてやんの」と無邪気に笑う。

美智子は萬木の金で宿願のブティックを開くが、それだけでは終わらないのが、この女の恐ろしいところだ。ひょんなことから二人の男が強盗犯だったことを知ると、今度はいたずら心で二人をかち合わせ、共に破滅へと追い込んでいくのだ。

美智子の甘い言葉に乗せられ正体を明らかにしてしまう内堀。何もかも見えなくなり、ただひたすら美智子の肉体を求める萬木。そんな二人を裏で嘲笑う美智子——。美智子に騙されて萬木への猜疑心を募らせていく様を演じる平と、いかにも要領が悪いお人好しを演じる尾藤の演技が段々と狂気を孕んでいく一方で、その間を往来する畑中は終始あっけらかんとしている。この男女の温度差が、若い女に翻弄される中年男たちの情けないまでの哀れさを、より一層浮き彫りにしていた。

「あっけらかんと男たちを翻弄する魔性」として最も強烈な印象を残すのは、八〇年の映画『**わるいやつら**』の松坂慶子だ。

この時期の松坂慶子は、出演する数多くの映画で溢れんばかりの自然なエロスを全身から醸し出し、男たちを毒牙にかけ、愛欲の地獄へと引きずりこんでいた。『わるいやつら』では、まさにそれが圧巻だった。

主人公の若き医師・戸谷（片岡孝夫、現・仁左衛門）は父から病院を受け継いだが、真面目に経営をする気はない。看護婦長や金持ちの女性患者を愛人にし、邪魔になったら殺す。最悪の遊び人である。

そんな戸谷をも翻弄してしまうのが、松坂演じるファッションデザイナー・隆子だ。

誕生日祝いに薔薇の花束を贈ってきた戸谷に電話で返礼した際には、「先生、今なにしていると思います？　ハ・ダ・カ（実はバスローブ着用）」。酔った勢いで呼び出すと、介抱して帰ろうとする戸谷の手を握り締め「嫌になったでしょ、こんな女」と微笑む。

しかも厄介なのは、やることなすことが男からすると「誘っている」ように思えるのに、隆子には全く「その気」がないことだ。罪の意識も打算的な厭らしさも、微塵も感じられない。それもそのはず。当人は全く誘っている気はないのだ。男たちが勝手に誤解して舞い上がり、それでもなかなか距離が縮まらないものだから入れあげていき、離れられなくなる。戸谷もまた、そうだった。

病院を担保にして借りた金まで隆子に貢いでしまうのだ。それでも彼女は決して振り向かない。「悪いのは勝手にハマり込む男たちであって、自分は思うままに生きているだけ」と言わんばかりにアッケラカンとし続けている。

一度近づいてしまったら破滅するまで全てを注ぎ込むしかない——。そんな天性の無自覚な魔性の恐ろしさを、松坂は放っていた。

日蔭に咲く魔性の恐ろしさ

映画『わるいやつら』には、もう一人の忘れ難い魔性が登場する。それは、主人公の愛人の一人・たつ子を演じた藤真利子だ。

松坂慶子が演じてきた魔性が日向に咲く花なら、藤真利子が醸し出す魔性は日蔭花。片や男には手の届かない存在で、近づいてきた者が勝手に自滅する。片や、いかにも薄幸な雰囲気を全身から醸し出し、男にはすぐになびく。そして、ダメな男に捕まって悲惨な状況に陥る。だが、この花が厄介なのは、猛毒を孕(はら)んでいることだ。近づいてきた男を道連れに、地獄の底に飛び込んでいくのだ。

たつ子もまた、そんな女だった。寝た切りの夫がいるにもかかわらず戸谷と不倫している彼女は、逢い引きの度に戸谷からヒ素を受け取り、それを少しずつ夫に飲ませて時間をかけて人知れず殺害しようとしていた。だが、その度に「怖いの！」と戸谷にすがりつく。とにかく戸谷がいないと何もできない女で、夫が危篤に陥った時も不安のあまり戸谷を呼び出し、「早く帰らないと……」と言いながら、戸谷に身を任せてしまう。

ただ、もちろんそれだけでは終わらない。計画通りに夫を死なせるも、家族や警察から疑いの目で見られると、人目もはばからず喪服のまま戸谷を訪れ、「私、もうダメ……」と泣きじゃくる。そして挙句には「私と一緒にどこかへ逃げて！　私には先生だけなんです！」とすがりついてくるのだ。窮した戸谷は看護婦長と共謀してたつ子を殺害してしまう。それが戸谷の破滅への引き金になっていく。

一見すると地味で、決して美人ではない。が、なぜかそこはかとないエロスが漂う。すぐに抱けるし、一途に惚れてくれる。その間はいつも献身的だ。そして、どこか可愛らしい——たつ子のような日蔭の女は、男からするとこの上なく都合がいい。が、目先の欲にかられた身勝手さ故に、つい見落としてしまうのだ。その一途さは、「男のためなら後先を考えない狂気」と表裏一体なことを。都合よく近づけても、都合よく放してはくれない。どこまでも、どこまでも、追いかけてくる。覚悟なく安易に近づいた男は、気づいたら抜け出せない無間の迷路にハマり込んでいる。そこから脱する方法は、男女どちらか、もしくは双方の破滅しかない――。

そんな、日蔭に咲く魔性の魅力と恐ろしさが全編を貫いているのが、八二年のテレビドラマ『**馬を売る女**』（TBS）だ。

おもちゃ会社の社長秘書をしている花江（風吹ジュン）は馬主をしている社長の電話を盗聴、その情報を秘密の会員たちに売って金にしていた。それでも、生活は質素そのもので、安アパートに住み、特売のコロッケを一つしか買わない倹約ぶりだ。ボリボリとタクアンをかむ音の鳴り響くだけの薄暗い部屋で暮らしながら、花江は「女の幸せ」を諦めて「孤独な老後」に備えていた。

だが、ひょんなことで妻子ある工場主の英吉（泉谷しげる）と知り合い、全てが狂う。積極的にアプローチしてくる英吉に心を開くようになり、恋に落ちてしまったのだ。そして、英吉に「工場の運転資金のため」と頭を下げられ、次々と貯金を貸していく。

恋を知ってからの女の変貌を、風吹がチャーミングに演じている。序盤は瓶底メガネにベージュのカーディガンという地味な身なりで、感情を一切表に出さなかったのが一変。英吉を乗せて去ってゆく電車に腰元で小さく手を振ったり、英吉からの電話に一目散に出たり、英吉が近くに来ていると知るとクシャクシャに顔をほころばせながら駈け出していったり……と、まるで初恋の乙女のような喜びに満ちた感情を全身で可愛らしく表現していた。

だが、それはすぐに裏切られる。実は全ては彼女の盗聴を疑う社長側の仕組んだことで、英吉も命令で彼女の身辺を探るために近づいただけだった。真相を知った花江は「お金を返して！」と英吉に付きまとうように。「もう少し待ってほしい」そう頭を下げるしかない英吉に対し、花江の要求は変わっていく。金を返せないなら、結婚してほしい、と。

「お願い、私のことも考えてよ」「私、あなたのことが好きなのよ」裏切られてもなお、花江は英吉への想いを断ち切れないでいたのだ。だが、英吉は妻子と別れる気は毛頭なかった。

「離れないで！」英吉をどこまでも追いかけ、すがりついて泣く花江は全てを英吉の妻に話すと告げる。ただ英吉と一緒にいたい。その一心によるものだったが、英吉の立場からすれば、迷惑この上ない話だ。英吉は花江の殺害を決意する。だが、それはすぐに警察に露見するところとなった……。

『わるいやつら』も『馬を売る女』も、共通するのは「あなただけ」という言葉の重みだ。愛している女から言われたらこれ以上なく嬉しい言葉だろうが、遊びで近づいた女から言われると死刑宣告に近い響きを放つ。日蔭の魔性に近づく時は、相応の覚悟を持たなければならないと痛感させてくれる。

だが、彼女たちに罪はない。これまで男運に恵まれないできたからこそ、唯一優しくしてくれた男にすがりつく。だが、その男もまた情けないエゴイストで、彼女たちの想いには応えてくれない。だからこそ彼女たちは相手に妄執を抱き、それが乙女心を魔性へと変貌させる。それは男にとってはモンスターのような恐怖の対象になるかもしれない。だが、彼女たちは踏みにじられた純情が化けて出た、切なさを背負ったモンスターといえる。彼女たちの魔性を目覚めさせたのは、男たち自身なのだ。

理不尽なモンスター

そうしたモンスターたちに破滅させられる男たちは因果応報でもあるので、いい気味だとも言える。だが、清張ドラマには、そうではないモンスターも登場してくる。相手から直接的な被害を受けていないにもかかわらず、逆恨みや八つ当たりを動機に破滅へと追い込んでくる、理不尽なモンスターたちだ。

六五年の映画『**霧の旗**』で倍賞千恵子の演じたヒロイン・柳田桐子は、まさにそんな一人といえる。

桐子は強盗殺人の罪を着せられて死刑になるかもしれない兄を救うため、東京の高名な弁護士・大塚（滝沢修）に依頼をするが、弁護料を理由に断られてしまう。兄は死刑宣告を受けた後、獄死した。一年後、銀座のバーで働く桐子は、大塚の愛人が容疑者となった殺人事件の証人になる。愛人の無実を証明できる桐子

を必死に説得する大塚だったが、桐子はこれを無視する。ついには大塚に罠を仕掛け、破滅へと追い込んでいった。

大筋は原作と変わらない。だが、桐子による復讐を描いた原作から視点を変え、大塚の目線からのドラマに比重が置かれている。その結果、彼の悲劇性が強調されることになった。ここでの大塚には、富と名声に驕る傲慢さはない。むしろ、依頼を断ったことに後ろめたさを感じて自ら真相を探ろうとするなど、善意ある人間として描かれている。そこにいるのは、やり場のない恨みを晴らす生贄の対象として選ばれてしまった、哀れな男だった。大塚から見れば、桐子という存在は突然降って来た災厄でしかない。

そう思わせるほど、本作での桐子は何重もの理不尽をもって大塚に押し寄せてくる。わざわざ熊本の桐子が東京の自分だけを拠り所に選んでしまったという理不尽。兄の悲劇に直接加担した人間は他にもいるのに、自分だけが恨みの対象にされたという理不尽。愛人の無実を証明すれば兄を陥れた真犯人も罰することができるのに、なぜか真犯人でなく自分自身が復讐の相手に選ばれてしまったという理不尽……。

劇中、大塚にはなんら合理的な罪や落ち度はない。そして、桐子がなぜここまで大塚を憎むのかも明示されていない。それだけに、堂々たる品格漂う滝沢がボロボロになりながら這いつくばる様を見おろす、倍賞の感情の全く通わない凍てつく微笑からは恐怖感を覚えるのみで、逃れようのないモンスターにロックオンされた男の哀れさがひたすらに突き刺さってきた。

そして最後に、清張ドラマが送り出した恐ろしいモンスターをもう一人挙げたい。それが、八三年のテレビドラマ『**熱い空気**』（テレビ朝日）に登場する家政婦・信子（市原悦子）だ。本作は後に「家政婦は見た！」シリーズへ繋がっていくのだが、設定はこの一作目ではかなり異なっている。後には「一見幸せそうな家庭の裏の秘密を家政婦が覗き見る」となるのが、本作では、表面的には何ら問題のない家庭に対して「家庭なんて信じる方がおかしい。それを分からない人に、つい教えてあげたくなっちゃうのよね」と、自ら率先して派遣先の家族を不幸な方向へと焚きつけていくのだ。

そこにあるのは幸福な家庭への嫉妬と憎しみ。普段は野良猫にエサをやりながら話しかけ、夜は寂しさに涙する。そんな自身の現状への八つ当たりをするかのように、幸せそうな家庭の実態を暴いて崩壊させることを「生きがい」としているのだ。まさに悪意の塊。派遣先からすれば悪魔のような存在といえる。彼らには恨まれる筋合いは何もない。幸せそうに見えるのが気に入らない——ただそんな理不尽な理由で、襲いかかられてしまうのだ。

徹底した家探しをして少しでも問題の火種を見つけると、それをより効果的な手で最大限に利用して家族の間に溝を生み出していく。それが成功すると「さ、これからが面白くなる」とほくそえみ、見事に家族を崩壊させると「これだからこの商売、忘れられないのよね」「もう、この家には用はな〜い」と高笑い。そんな嫉妬とコンプレックスの入り混じった複雑な感情のヒダの千変万化を、市原が悪びれるどころか、可愛らしさすら漂わせつつ演じているのがまた恐ろしい。

彼女が新たな豪邸を訪れる場面で物語は終わる。今度はこの家庭が崩壊させられるのか——。そんな不穏な余韻を残して。

清張ワールドにおいて、襲いかかる女たちの魔性からは何人たりとも逃れることはできない。その時に白日の下に晒される男たちの身勝手な欲望や保身。魔性を纏(まと)って女たちが妖しく輝けば輝くほど、男たちの存在は卑小なものになっていく。一連の清張作品は、究極の女性賛歌といえるのかもしれない。

かすがたいち　1977年東京都生まれ。映画史・時代劇研究家。著書に『あかんやつら　東映京都撮影所血風録』『美しく、狂おしく　岩下志麻の女優道』『泥沼スクリーン　これまで観てきた映画のこと』などがある。

聖優松本清張先生

和田勉

文藝春秋「文藝春秋」1975年12月号掲載

今年一月十九日、日曜日、先生と会った。高井戸のお宅にうかがうと門柱に「猛犬アリ」の札があって、なかにはいると小さな柴犬がしっぽをふって出てきた。

「十月から先生のものをやらしていただきたいのです」、と私とKプロデューサー。

「ウンウン、よろしい。で、何をやるのかね?」メガネが光り着物の前が開いた。

四本のレパートリーを申し上げた。

「よろしい、わかった。自由にやってください、大いに自由にね。ところで、それ、どんなはなしだった?」

るる先生自身がお書きになった原作の内容をおはなしすると、「ウンウン、ウン! だんだんわかってきたよ」、とますます身をのりだされ、着物の前がどんどん開いていった。そしてあげくのはてに、

「それ、ぼくも読んだことあるよ!」

「?!」、そりゃそうでしょう、先生自身がお書きになったのだから、あたりまえです。

松本清張氏はひと味ちがう作家なのだ。ぼくは八年前に「文五捕物絵図」という、これも先生の原作を元にした時代劇シリーズでいちどおつきあいした。そのときから先生のそそっかしさはすこしも変っていない。

そそっかしいといってはいけない、先生は熱血のロマンチストである。ぼくはいちどで惚(ほ)れた。惚れなきゃ役者としては使えない!

「ウン、戦後の闇市が出る? ぼくちょっと出演してもいいですよ、日の丸(ラッキー・ストライク)売ってる闇市のオッサンになってネ」

「え?! 先生出てくださるんですか、助かるなあ、仕出し（エキストラ）が」、とはやくも私もプロデューサーも金勘定をしている。

だけれど、俳優松本清張氏はあくまで正論の人であるのだ。

「ネ、和田シャン（と清張さんのサンはときどきシャンときこえる）、ぼくはいちど性格俳優というものをやってみたかったんですよ、ドラマを支えているのは主役じゃないんだ、外国のいい映画を見てもぜんぶそうですよ、日本のテレビタレントはこの初心を忘れてしまっている、これではテレビドラマが面白くなるわけがない」

もうすっかり俳優になりきっておられる。

「それにしても和田サン、テレビの仕事はいいですねぇ、楽しいでしょうねぇ」

「なぜですか?」

「しょっちゅう女優とナニして」、となぜかはやくも子供のように目をうるませておられるのだが、ここが先生のそそっかしいところである。まるで赤ん坊のように無邪気なのだ。

「だから困るのですよ先生、演出というのは重労働なのですよ」

三カ月後の四月一日、録画が始まった。それまでにぼくはさらに五十枚ばかりラブレターじみた手紙を書いて、先生に全四本の出演をおねがいした。むろん心から書いたのである。ぼくにもまた先生の熱気がのり移った。

さて、出演の当日、お迎えにいったKプロデューサーの言によると、くるまがＮＨＫに近づくにつれやはり先生の心悸（しんき）は亢進（こうしん）し、ついに渋谷近くで「オレちょっと降りるよ」。そして気持ちをおちつけるためにパチンコ屋にとびこまれた。

約三十分ほどでひとかかえほどのチョコレートの山。ＮＨＫに到着するや演出しているぼくに、まず「これたべたまえ」

化粧室ではまわりのジャバラの戸を密閉してメーキャップの女性と二人きりで、約四十分間、赤軍のように閉じこもる。ちなみにこの四十分間というメーキャップの時間は、浅丘ルリ子さんがメークに要する時間と同じ長さである。

きくとツケヒゲというものに熱中されているらしい。

「どうかね和田シャン、四本ともよごれ役なんだから、ぜんぶヒゲをつけることにしたよ」、とこのことばは論理的にはすこしおかしいのだが、さまざまなツケヒゲを前にして思案投げ首のていである。

「素顔を見せたくないのですよ」、とこれまた堂々たる役者のことばだった。

スタジオでは一切の取材を厳禁、拒否。これまた大女優（?!）なみのベッド・シーン撮影に似ている。

各回三十秒ほどの四つの役は、洋モクの闇屋、病院の雑役夫、かつての雲助運チャン、遊園地の整備員、といずれも念願の（?・）性格的よごれ役になっている。いざはじまるや、すべて一発でオーケーとなった。N・Gまるでぜんぜんなし。

おそろしい貫禄にみちみち、顔つきまでヒゲをつけるとそっくりになってしまった中村翫右衛門（かんえもん）さんや森繁久彌さんが、ハダシで逃げ出すぐらいのものであるから、見上げたというほかはない。

試写の日、先生は奥さまを連れて来られ、ぼくに「親戚の者です」、と紹介された。最後まで俳優として演じられたのである。

記者会見ではまっさきに次のような発言をされた。

「なにぶんからだを動かすとセリフが出ず、セリフをいうとからだがいうことをきかない、なるほど役者も重労働ですな」

そしてなみいる記者に深々と頭をさげ、「よろしく」と。ぼくのお株までうばってしまい、しかもこの大タレントはノーギャラ出演なのである。ぼくにはこの人、〝俳優〟というよりも〝聖優〟という気がしてならない。

聖優松本清張先生

わだべん　１９３０年三重県生まれ。53年にＮＨＫに入局、主にテレビドラマのディレクター、プロデューサーとして活躍。２０１１年没。

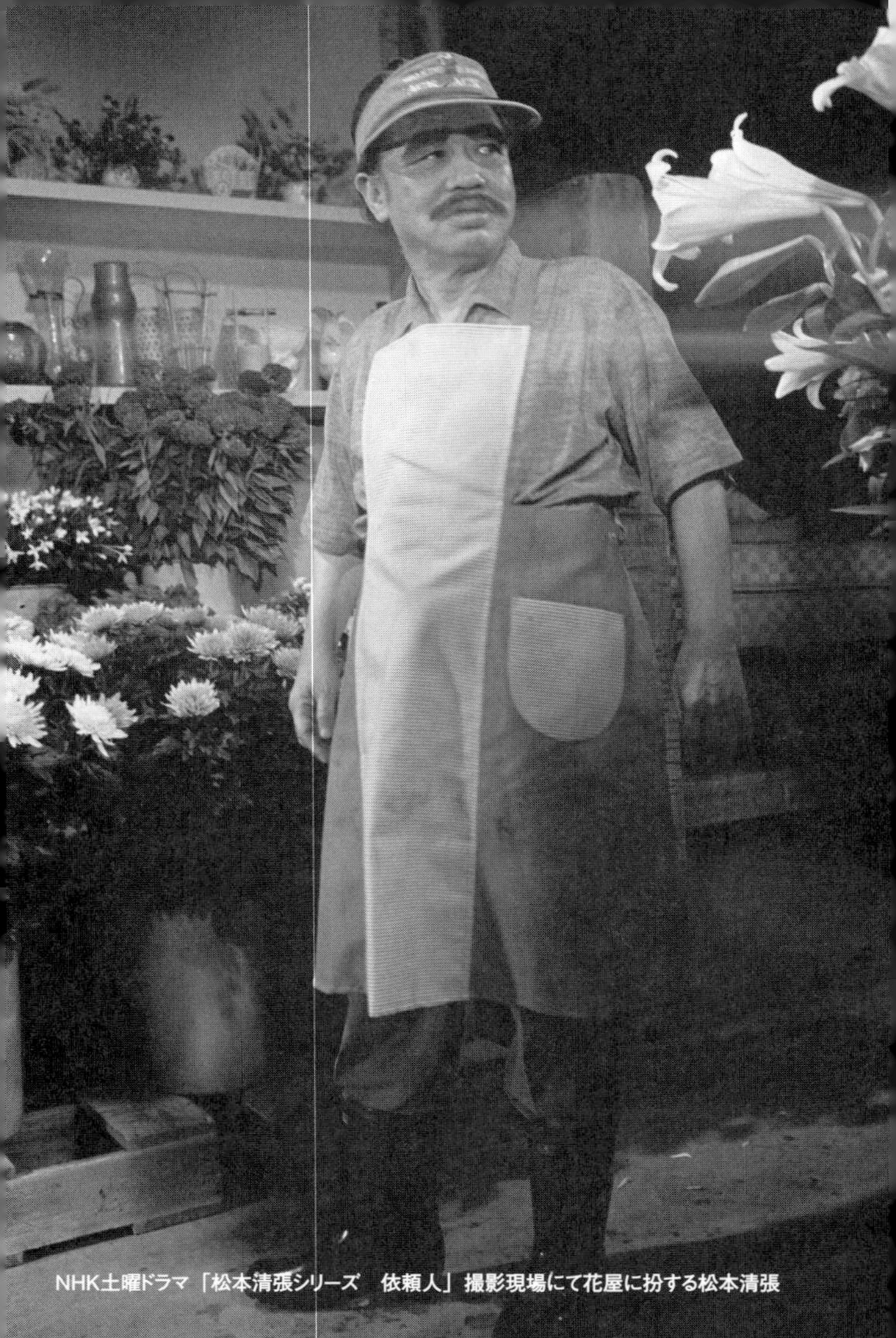

NHK土曜ドラマ「松本清張シリーズ　依頼人」撮影現場にて花屋に扮する松本清張

不倫の世界は「大人のホラー」

泉麻人×みうらじゅん

講談社「週刊現代」2016年11月26日号掲載

みうら 清張映画って、「大人のホラー」なんだよね。若いうちに小説で読んだときはまったくリアリティを感じない。だけど、30歳を超えた頃に、いざ自分が不倫なんてことをしてみたら、急にグッと恐ろしくなった。

泉 僕は最初、町並みとか地理的な描写の細かさに惹かれて清張ファンになったけど、やっぱりそこから不倫モノの描き方のおもしろさにハマりましたね。

みうら そうなると、やっぱり清張映画のエキスを凝縮しているのが『**黒い画集 あるサラリーマンの証言**』。不倫してることがバレないかと心配するあまり、たまたま巻き込まれたある事件の正しい証言が出来ないという、男の焦りと悲しさ。身に染みますね。

泉　小林桂樹が小心で狡猾なエリートサラリーマンを見事に演じている。あと、家のシーンが生活臭に溢れているのがいい。子供がボクシング観てるシーンとか、無理に団らんに付き合って、上の空になってるシーンとか。愛人の家でアリバイ作りに観てもいない映画の筋書きを語る練習をする場面なんか最高だよ。

みうら　登場人物はみんな根が真面目な小市民だからこそ、思い悩む。そこが、底なしの「清張地獄沼」の醍醐味だもんね。家庭も地位も築くと男はつい「次に愛人」って考えがちだから。でもその結末は地獄が待ってる。これは週現読者のお父さんたちにも声を大にして申し上げたい（笑）。

泉　不倫というテーマでは、『**内海の輪**』もいい。主人公が兄貴の元妻と密通して子供ができちゃう話なんだけど、旅先の景色が効いてる。

みうら　不倫旅行中のふたり（岩下志麻、中尾彬）が、空港で共通の友人にばったり出くわす。それで顔が割れたんじゃないかとやたらと気にするんだけど、相手は全然気づいてない。小心者が不倫に手を出して、余計なことをグルグル考えるからかえってドツボにはまるんだよね。

煩悩をリアルに描く

泉　三國連太郎がインポな呉服屋の旦那役で出てくるんだけど、あれは映画オリジナルだね。

みうら　勃たないけど、性欲は人一倍。布団の中から手を出して、若い女の足をずっと撫でさすったりする。妙にリアルだから、世の中にはああいう黒幕が本当にいるんじゃないかと思った。

泉　不倫モノじゃないけ

ど野村芳太郎が監督した『**張込み**』は好きだね。刑事が、犯人の昔付き合っていた女の動向を向かいの旅館からずっと監視しているんだけど、ヒッチコックの『裏窓』みたいな面白さがある。今回のランキングでも野村作品が大半を占めているけど、彼と脚本の橋本忍のコンビは清張ミステリーの世界を映像的にぐっと広げたよね。

みうら　清張はマイナスの観光地を作るのが抜群に上手い。崖も樹海も、自殺の名所というイメージを確立したのは清張でしょう。そういう意味では『ゼロの焦点』で殺人の舞台になる石川県の「ヤセの断崖」は清張作品に欠かせない。あと、樹海で言うと、『**波の塔**』（'60年・松竹）ね。コレも不倫モノですから。

泉　帝銀事件や三鷹事件が起きた戦後の混乱期の妖（あや）しさが匂い立ってくるのも、清張映画の魅力。何と言っても印象的なのは『**眼の壁**』。凶悪な手形詐欺グループが子供に詐欺の片棒を担がせた挙げ句、硫酸のプールに落として殺すんだけど、最後は犯人自身も硫酸に飛び込んで死ぬ。とにかく、暗くて後味の悪い話が多い。

みうら　基本、後味の悪さと後ろめたさだもんね。観るほうもそれを期待してるし。実のところ目を見張るようなトリックや、格好いい刑事は出てこないけど、その分、人間の煩悩をリアルに描き出している。

泉　いまは表現的にタブーなネタも多いから、ぜひ原作も読んで欲しい。

時代の制約の中で

みうら　『**鬼畜**』では、不倫でできた姉弟を本妻が蚊のたくさんいる土間で寝かせるシーンがイヤ

『疑惑』撮影現場にて、清張（右）、桃井かおり（中央）、野村監督

になるほど辛いね。それでもって、カネがないからって姉弟を捨てに行くんだけど、下の女の子は東京タワーに置き去りにしたのに、上の子を捨てるのは、なぜかまた「ヤセの断崖」なの。そんな遠くまで行けるカネ持っててんだったら、考えなおせないもんかね（笑）。

泉　不倫モノだと、清張のお気に入り女優・岩下志麻が『鬼畜』と入れ替わって不倫相手になる『**影の車**』も外せない。

みうら　あの映画の少年のトラウマって、きっと清張が小倉時代に実際にみた風景が念頭にあるんですよ。おばあちゃんが裕福な家の家政婦で、その家に遊びに行ったときの話とかも小説にはあるでしょ。

泉　印刷工時代の話も、清張映画でよく出てくるよね。清張の原体験が元になっているから、妙に現実味がある。

みうら　今でもテレビでよく清張ドラマをやっているけど、現代のロケーションだと、どうしても終戦直後のドロドロした感じが出しにくいよね。

泉　それと、いまは地方もすぐ行けるから、映像化しても心理的なリアリティが薄い。清張映画は地方がよく出てくるのが魅力で、『張込み』なんて刑事が犯人を追いかけて2日くらいかけて九州に行く。「あー、はるばるこんな遠くまで来ちゃって……」という非日常感にワクワクさせられたものだけどね。

みうら　表現上の制約も多いから大変だね。『**砂の器**』の映画は、原作を超えた紛(まご)うことなき傑作なんだけど、最近のドラマ版は重要な描写を省かなきゃなんないから、どうしても、社会の不条理や犯人の苦しみを描き切れない。

泉　清張映画は、'57年に最初の作品である『**顔**』が公開されて、それから毎年映画化されていたんだけど、'84年の『**彩り河**』を最後に、'09年の『ゼロの焦点』のリメイク版まで、実に25年も作られていないんだよね。ま、TVドラマは相変わらず多いけど。

みうら　こうして見ると、清張映画は、昭和後期の映画産業の隆盛と没落を映し出していたことにもなるな。

いずみあさと　１９５６年東京都生まれ。東京ニュース通信社を経て84年からフリーのコラムニストに。

さめざめと泣ける松本清張映画ベストテン

1『鬼畜』'78年松竹

監督／野村芳太郎　主演／岩下志麻　緒形拳

東京タワーで娘を捨てた後、残った息子を殺すための旅路、父（緒形拳）は自身の惨めな生い立ちを訥々と語る。ラスト、断崖から落とされ、奇跡的に助かった息子は警察で対面した父に「お父ちゃんじゃない」と訴えるが、父を庇うためか責めるためか、その真意は謎のまま幕を閉じる。

2『黒い画集 あるサラリーマンの証言』'60年東宝

監督／堀川弘通　主演／小林桂樹

ややこしいことには巻き込まれたくないエゴと小心の中間管理職が、自らの保身のためのウソで知人を見殺しにしようとし、結果、社会的地位や家庭、すべてを失うに至る怖い名作。ドラマでは渡瀬恒彦、東山紀之らが主役を演じたが、本作の小林桂樹の「小ささ」には敵わない。

3『砂の器』'74年松竹

監督／野村芳太郎　主演／加藤剛

原作では数行しかない親子の漂流エピソードを、壮大なメインテーマに乗せて映画全体のモチーフにした橋本忍の手腕に、脚本参加した山田洋次も唸る。この、情感たっぷりの音楽で大事なプロットをうやむやにする手法は、'78年『八つ墓村』に受け継がれたが、映画はオカルト化した。

4『影の車』'70年松竹

監督／野村芳太郎　主演／岩下志麻　加藤剛

不倫相手の息子の悪意に悩む男（加藤剛）がその息子の殺意を感じ、首を絞める。子供がお前を殺すわけないと責める刑事に、男は母の間男を殺した少年期の記憶を呼び覚ますのだ。

5『疑惑』'82年松竹

監督／野村芳太郎　主演／桃井かおり　岩下志麻

辣腕弁護士（岩下志麻）と悪女（桃井かおり）の諍いと共闘は、赤ワインのかけ合いで痛み分け。山田五十鈴のマダムが証言中「ちょっとぉここ税務署？」と居直る様は貫禄十分。

6『眼の壁』'58年松竹

監督／大庭秀雄　主演／佐田啓二

二枚目の優男が人のいい元上司の汚名返上のため、会社をサボり、闇社会と対峙していく。犯人が運営するいかがわしい精神病院に硫酸プールがあるという驚愕の設定など突っ込みどころは満載。

7『張込み』'58年松竹

監督／野村芳太郎　主演／大木実　高峰秀子

野村芳太郎監督、橋本忍脚本の清張映画黄金ユニット第一作。ストーリーよりも、狭いSL列車での長旅、酷暑の中の張り込みで刑事たちが精神的・肉体的に追い込まれる映画的心理サスペンスが秀逸。

8『内海の輪』'71年松竹

監督／斎藤耕一　主演／岩下志麻　中尾彬

幸薄い美女（岩下志麻）が浮気相手に捨てられると疑心暗鬼になり、絶望的な死へと自らを追いつめ、破滅へと向かう。キツい役柄が多い清張映画の志麻サンだが、本作での儚い美しさは出色。

9『ゼロの焦点』'61年松竹

監督／野村芳太郎　主演／久我美子　高千穂ひづる

清張映画の裏テーマ「旅モノ」かつ「過去のしがらみモノ」で、野村＆橋本タッグに山田洋次がつく安定の布陣。ラスト、女同士が断崖の上で対決する構図は、長らくサスペンスドラマの定番となった。

10『わるいやつら』'80年松竹・霧プロ

監督／野村芳太郎　主演／松坂慶子　片岡孝夫

女を騙して悦に入る若き医師(片岡孝夫)が悪女（松坂慶子）と手下（藤田まこと）に転落させられる。終盤、緒形拳の刑事（なぜか首にコルセット）と渡瀬恒彦の弁護士(妙にドライ)が存在感を放つ。

文庫特典インタビュー

清張さんとの共通点は、タバコと部屋とメガネと唇⁉

みうらじゅん

文藝春秋「文春オンライン」2019年7月3日掲載

――『清張地獄八景』の巻頭に掲載されている、みうらさんと清張さんの執筆風景がそっくりで驚きました。

みうら　僕も原稿を書くときはずっとタバコを吸っていますからね。物書きイコールチェーンスモーカーというイメージは、清張さんの影響が大きいのではないでしょうか。昔からロックな人と文豪はタバコを吸ったもんですよ。僕も清張さんに憧れて、いまだに原稿用紙に手書きだし、事務所で原稿を書くときは常にタバコを吸っています。自宅では1本も吸わないくせにね。昔、『8マン』って漫画があって、8マンは「タバコ型の強化剤」を吸って電子頭脳を冷却するって設定だったんですが、その刷り込みか、いまだにタバコを吸うといいアイデアが湧いてきて面白い原稿が書けるんじゃないかって思い込んでいてね。今日も元気だ、タバコも原稿もウマイってね（笑）。

――筆記具は何をお使いですか？

みうら　もっぱら0・7ミリのシャーペンですが、一時期、清張さんの真似をしてモンブランの万年筆で書いていたことがあったんです。でも、ノリで書いているせいか書き損じが多くて、原稿用紙がもったいないからやめました（笑）。清張さんは書くときに迷いがないんでしょうね。頭の中でお話がかっちり出来上がっていたんだろうなあ。

――みうらさんはタバコもアナログといいますか、タバコも紙なんですね。

みうら　もっぱら紙タバコですよ（笑）。もし今の時代に清張さんがおられたら、ニオイも気になるし、奥様に注意されて加熱式タバコに変えられていたかもしれませんね。小倉の「松本清張記念館」で、移築された清張さんの書斎を見たら、絨毯にタバコのコゲ跡がいっぱいあったんですよ。今回の本に載っている奥様のインタビューでも「着物が灰だらけでコゲ跡があった」とおっしゃっていましたし。昭和なら「文豪はそうしたものだ」で許されたけど、令和にコゲ跡はヤバイでしょ（笑）。とはいえ、やっぱり犯罪小説に出てくる登場人物は加熱式よりも紙タバコが似合いますよね。吸殻でＤＮＡが検出されてアリバイが崩れたりしますから。

――みうらさんと清張さんは、仕事場が雑然としている感じも似ています。

みうら　それは部屋が散らかっているってことですよね（笑）。坂口安吾さんの執筆中の有名な写真も相当散らかっていましたけど、あの写真には少し演出っぽいニオイがしたしね（笑）。でも清張さんの書斎の散らかり具合は理にかなっていると思います。僕の仕事場もヘンな置物とかいっぱいあって散らかっていますけど、実は全部必要な資料として置いてあるものですから。

――清張さんとの共通点は、ほかにもありますか？

みうら　やっぱり度の強いメガネですかね。メガネ屋で「もう、右目はこれ以上視力が出せない」とまで言われてしまったんですが、清張さんのメガネのレンズもよく見ると左右の厚みがまったく違いますよね。左右の視力が違うという点も、僕は清張さんと同じなんです。あと、清張さんに憧れ続けていたら、なぜか唇も若い頃より分厚くなってきたような（笑）。清張さんの唇も、若い頃のお写真を見ると、そんなに厚くないんですよね。清張さんは自画像を描かれる際も、唇を分厚く描かれます。きっと、「そこがいいんじゃない！」と思われていたんじゃないでしょうか。

――作品を書く上で、影響を受けていると感じることはありますか？

みうら　「ノンフィクションな自分の心情をフィクションに混ぜて伝える」という手法は清張さんから学んだことだと思います。清張さんは自伝を1冊しか書かれていませんが、小説の中にご自身の心情を織り込んで描かれているから自伝を書く必要がなかったのではないかと思うんです。清張さんの小説は、セリフもすごくリアルでしょ、「実際に体験されたことを元に書かれているんじゃないかな」と感じるシーンも多々ありますからね。そのまんま本当のことを書くのではなく、ドキュメントを小説というエンタテインメントに変化させた魁でしょう。実は、僕が「週刊文春」で連載させてもらっている「人生エロエロ」も、「自分や知人の実体験をどうフィクションに置きかえるか」ということを毎回考えて、清張さんの文体で書いているつもりなんですけど、誰も気付いてくれません

（笑）。かなり自分流にはなっていますけど、僕の根底には確実に清張さんが流れています。30代後半から、小説はほぼ清張さんの作品しか読んでいないですし、本当に多大なる影響を受けているんです。

——そこまで清張さんの作品に惹かれる理由はどこにあると思いますか？

みうら　いい比喩をされるし、語彙も豊富だし、文学性もあるんだけれど、大衆寄りでわかりやすいところですかね。古代史の話とか学者なら難しくわかりにくく書きそうなことを、清張さんは一般大衆が興味を持てるように犯罪や推理を絡めてわかりやすく説いてくれます。政治の話や宗教の話なども面白く描くし、ものすごい物知りでおられますよね。清張さんが『点と線』を書かれた年齢より、今の僕のほうが年上になっちゃいましたけど（笑）。清張さんの作品は、時代性よりも大衆性が重視されているから、いつまでも読み継がれるし、何度もドラマ化されるんでしょうね。時代設定を現代に置き変えても面白く仕上がるように、未来を見越して書かれていたんですね。

——米津玄師さんや「ゲスの極み乙女。」の川谷絵音さん、古市憲寿さん、ヒカキンさんなどが集まって飲んだりしていると聞いたとき、『砂の器』のヌーボー・グループ（音楽家や評論家などの若手文化人集団）を思い出しました。どの時代にもそういう若者のグループが出てくるんだなあ、と。

みうら　なるほど。清張さんは、ご自身のデビューは40歳を過ぎてからでしたし、ヌーボー・グループのような若い頃にデビューした人たちのことを苦々しい気持ちで見つめ続けておられたんじゃないかなあ（笑）。「週刊文春」はそういう清張さんのスピリッツを引き継いで、現代のヌーボー・グループに張り付いて文春砲を打っているんでしょうね（笑）。清張さんは、どんなことに対しても疑問をもたれていて、人間の生み出す煩悩を暴きたいと思われていたんじゃないですかね。

――みうらさんが清張さんを意識して書かれた小説（「松本清張の悪夢　痕跡」）も再録していますね。

みうら　そうなんです。その頃、清張さんが決して扱わない主人公として、中流家庭で育った「三浦純」というふざけた男が「清張地獄」に堕ちる小説を書いてみたかったんです。昔から僕のコンプレックスは、何においても「中流」なことでした。だから人物に特徴がない。個性がないと言ってもいいでしょう。でも

「中流」って、今の世の中では多くの人に当てはまるし、中流の男にも「清張地獄」に堕ちる可能性はあるでしょ。今はネットが炎上したりして、世間が誰かを地獄に堕とすことも多いですけどね（笑）。

――「清張地獄」のスイッチは、今も至る所に仕掛けられているんですね。

みうら　清張さんの描く犯罪者の多くは、因果応報のカルマに苦しめられますが、今は理由なき犯罪者も増えましたよね。昭和より今のほうがずっと怖いし、本当の地獄の時代がきたような気がします。因果応報という仏教の教えがなくなった社会が一番怖いですよね。最近は、そういう社会にどんどん近づいている傾向がありますし。今も清張さんのドラマがくり返し作られるのは、因果応報の教えを留めるためなのかもしれませんね。善と悪、そしてその中間のグレーゾーンを描き切った清張さんの小説を、ぜひ読んでほしいと思います。そして、この本がその手引きになれれば嬉しいです。

デザイン　鶴丈二
カバー撮影　榎本麻美
DTP　エヴリ・シンク
編集　みうらじゅん　臼井良子
相談　田中光子
協力　SN企画、北九州市立松本清張記念館、集英社、青林工藝舎、太田出版、新潮社、扶桑社、講談社、今泉今右衛門、東京造形大学、アトリエ・エツ、小山田裕哉、永利彩乃

＊本書は2019年7月17日発行の文春ムック『松本清張生誕110年記念　みうらじゅんの松本清張ファンブック　清張地獄八景』を文庫化したものです。
＊初出から修正した箇所があります。
＊クレジットのない写真は、文藝春秋写真資料室所蔵です（p.5　p.48　p68〜p.89　p.97　p.162　p.164　p.171の写真はみうらじゅん事務所所蔵）
＊掲載された記事について再録の許諾の確認をすべく努めましたが、どうしても著作権継承者の連絡先がわからないものや著作権継承者と連絡が取れないものがありました。お気づきの方は、編集部までお知らせください。

文春文庫

清張地獄八景（せいちょうじごくはっけい）

定価はカバーに表示してあります

2021年2月10日　第1刷
2023年7月25日　第2刷

編　者　みうらじゅん
発行者　大沼貴之
発行所　株式会社文藝春秋

東京都千代田区紀尾井町3-23　〒102-8008
TEL 03・3265・1211(代)
文藝春秋ホームページ　http://www.bunshun.co.jp

落丁、乱丁本は、お手数ですが小社製作部宛お送り下さい。送料小社負担でお取替致します。

印刷製本・凸版印刷

Printed in Japan
ISBN978-4-16-791648-0